Oliver Geisselhart | Helmut Lange

LUTSCHE DAS LICHT

Oliver Geisselhart | Helmut Lange

LUTSCHE DAS LICHT

Mit Wortbildern hundert und mehr
Italienischvokabeln pro Stunde lernen

Bibliografische Information der Deutschen Nationalbibliothek
Die Deutsche Nationalbibliothek verzeichnet diese Publikation in der Deutschen Nationalbibliografie. Detaillierte bibliografische Daten sind im Internet über http://dnb.d-nb.de abrufbar.

Für Fragen und Anregungen:
info@mvg-verlag.de

2. Auflage 2015

© 2013 by mvg Verlag, ein Imprint der Münchner Verlagsgruppe GmbH,
Nymphenburger Straße 86
D-80636 München
Tel.: 089 651285-0
Fax: 089 652096

Alle Rechte, insbesondere das Recht der Vervielfältigung und Verbreitung sowie der Übersetzung, vorbehalten. Kein Teil des Werkes darf in irgendeiner Form (durch Fotokopie, Mikrofilm oder ein anderes Verfahren) ohne schriftliche Genehmigung des Verlages reproduziert oder unter Verwendung elektronischer Systeme gespeichert, verarbeitet, vervielfältigt oder verbreitet werden.

Redaktion: Petra Holzmann, München
Umschlaggestaltung: Kristin Hoffmann, München
Umschlagabbildung: Ralph Bittner, München
Satz: Georg Stadler, München
Druck: CPI books GmbH, Leck
Printed in Germany

ISBN Print 978-3-86882-432-2
ISBN E-Book (PDF) 978-3-86415-448-5
ISBN E-Book (EPUB, Mobi) 978-3-86415-449-2

Weitere Informationen zum Verlag finden Sie unter

www.mvg-verlag.de
Beachten Sie auch unsere weiteren Verlage unter
www.muenchner-verlagsgruppe.de

100 oder 200 Vokabeln in nur einer Stunde lernen ...

funktioniert wirklich. Unsere beiden Bücher »Schieb das Schaf – mit Wortbildern hundert und mehr Englischvokabeln lernen« und »Liebe am O(h)r – mit Wortbildern hundert und mehr Spanischvokabeln lernen« haben es bereits eindeutig bewiesen. Die Resonanz war unglaublich. Der Erfolg ebenso. »Schieb das Schaf« war bei Amazon sogar auf Platz 1.

Also war es der bestverkaufte Buchtitel von über 10.534.000 verschiedenen lieferbaren Büchern bei Amazon! Es hielt sich wochenlang in den Top 100 der Gesamtbücher-Bestseller-Liste. »Liebe am O(h)r« schaffte es auf Platz 6 bei Amazon.

Was wir ziemlich witzig fanden. Platz 6 für ein Buch mit »Liebe« im Titel!

Die Mails und Dankesschreiben, die wir erhielten, überstiegen unsere kühnsten Träume: Eltern, die sich freuten, dass ihre Tochter eine Eins im Vokabeltest geschrieben hatte; ältere Herrschaften, die ihr Englisch oder Spanisch auffrischen wollten; Business-Menschen, Manager, die Englisch oder Spanisch lernen mussten; Schüler, Studenten, Hausfrauen und -männer, Azubis, Arbeiter, Verkäufer, Ärzte und Vorstände. Menschen, die lernen müssen oder wollen, oder Leute, die einfach nur Spaß mit den lustigen Verbilderungen hatten. Menschen aus allen Schichten, in jedem Alter, lasen das Buch für etliche Anwendungen. »Schieb das Schaf« schob so viel positives und überwältigendes Feedback in unsere Büros. Wir waren überrascht und bestätigt zugleich. »Liebe am O(h)r« setzte das Ganze fort.

Dass sich solche »Vokabelbücher« gut verkaufen, davon waren wir überzeugt. Der Verlag auch. Dass die Bücher aber gleich so einschlagen, damit hatte keiner gerechnet. Mittlerweile gibt es einen Extravortrag zum Vokabelthema. Firmen buchen uns, um Mitarbeiter zu coachen. Denn so effektiv haben die noch nie gelernt. Es ist klar machbar, in nur vier Stunden 400 Englisch-, Spanisch- oder sonstige Vokabeln dauerhaft bei den Mitarbeitern zu verankern! Schulen und Universitäten laden uns ein. Der Höhepunkt aber war sicher der Deutsche Schulleiterkongress im März 2012 in Düsseldorf. Dort durfte ich, Oliver Geisselhart, einen Vortrag vor über 1.000 Schulleitern halten. Und: Sie waren begeistert! Wir hatten ja bei einem solchen Publikum doch eher mit etwas Skepsis gerechnet. Aber nein, die Schulleiter haben es mit offenem Geist angenommen. Der Run auf »Schieb das Schaf« (»Liebe am O(h)r« wurde erst danach veröffentlicht) im Anschluss an den Vortrag war gigantisch. Und auch dort wurde von den meisten der Wunsch nach weiteren Büchern dieser Art geäußert. Meist mit dabei: Spanisch und Italienisch! Und um den zahlreichen Anfragen nach einem »Spanischvokabelbuch« und einem »Italienischvokabelbuch« nachzukommen, haben wir erst »Liebe am O(h)r – mit Wortbildern hundert und mehr Spanischvokabeln lernen« geschrieben und eben jetzt »Lutsche das Licht – mit Wortbildern hundert und mehr Italienischvokabeln lernen«, das Sie gerade in Händen halten. Wir sind gespannt, wie es mit diesem Buch vorangeht.

Wer »Schieb das Schaf« oder »Liebe am O(h)r« bereits kennt, kann einige Teile der Einführung gerne noch einmal wiederholen. Wiederholung schadet ja nicht. Sie muss aber wahrscheinlich gar nicht sein. Schauen Sie einfach mal. Auch in diesem Buch werden Sie gleich in der Einleitung die ersten 100 Italienischvokabeln lernen. So ganz nebenbei. Und mit Spaß. Ein paar Erklärungen kennen die »Schaf- und Liebefans« schon. Genauso wie die Erklärung der Technik im Allgemeinen. Sie können also nach der Lektüre nicht nur die circa 1.500 Italienischvokabeln, sondern Sie haben auch die LaGeiss-Technik drauf. Damit lernen Sie Vokabeln aller Sprachen effizient, schnell und dauerhaft.

Vokabellernen leicht gemacht

Sie wollen VIELE Vokabeln in kurzer Zeit dauerhaft abspeichern? Sie wollen also 100 oder gar 200 oder noch mehr Vokabeln in nur einer Stunde lernen? Sie wollen dabei auch noch Spaß haben und sich amüsieren?

Vergessen Sie es! Das schaffen Sie nie! Das heißt: Das schaffen Sie nie mit den Lerntechniken, die Sie in der Schule beigebracht bekommen haben. Apropos: Lerntechniken – in der Schule? Haben Sie dort denn überhaupt gelernt, WIE Sie lernen sollen? Also, ich nicht. Ich wusste nur, DASS ich lernen sollte. Aber eben nicht, WIE. Und so geht es 99,9 % aller Menschen im deutschsprachigen Raum.

Zum Beispiel kam am Ende eines Gedächtnistrainingvortrags ein Teilnehmer an den Signiertisch und wollte mich sprechen. Er sagte, er habe große Probleme damit, Fremdsprachen zu lernen. Wenn er eine neue Vokabel gelernt habe, vergesse er sie schnell wieder. Ich fragte ihn, wann er sie denn nicht mehr wisse: nach zwei Tagen oder nach zwei Wochen? Daraufhin meinte er: »Nach zwei Sekunden!« Da musste ich ein Schmunzeln unterdrücken. Denn dann hatte er die Vokabel wahrscheinlich nicht wirklich gelernt.

Solche Begebenheiten erleben Helmut Lange und ich, Oliver Geisselhart, immer wieder bei Vorträgen oder Seminaren. Die allerwenigsten Menschen können gut, sicher, schnell und dauerhaft Vokabeln lernen. Selbst Schüler, die ja voll im Training sind, lernen zwar bis zu 50 Vokabeln in einer Stunde, aber die behalten sie meist nur bis zur Klausur im Gedächtnis. – Sie haben sie also nicht wirklich effektiv gelernt.

Was also tun?

Ganz klar: mit der richtigen Technik Vokabeln lernen! Und auf einmal geht es, ist es leicht, macht es sogar Spaß! Hört sich komisch an, ist aber so!

Sie sind nicht zu alt!

Nein, auch wenn Sie jenseits der dreißig sind, selbst wenn Sie jenseits der siebzig sind, funktioniert es bei Ihnen. Die einzige Voraussetzung ist: Sie sollten geistig normal gesund sein. Ihr Gedächtnis wird im Alter nicht schlechter, zumindest nicht spürbar. Ihr Gedächtnis wird nur schlechter, wenn Sie es nicht mehr benutzen. Wenn Sie allerdings auch im Alter noch geistig rege bleiben und sich ein wenig fordern, bleibt Ihr Geist sehr leistungsfähig. Gut, gemäß der Wissenschaft werden Sie etwas, aber auch wirklich nur ein wenig langsamer, ansonsten sind Sie genauso leistungsfähig. Was noch wichtiger ist: genauso lern- und wachstumsfähig!

Dominic O'Brien wurde achtmal Gedächtnisweltmeister, zuletzt mit 44 Jahren. Würde er heute mit 56 Jahren bei der Weltmeisterschaft mitmachen, hätte er wohl noch immer gute Chancen. Aber wollen Sie Gedächtnisweltmeister werden? Die meisten Menschen wohl eher nicht. Gedächtnissportler merken sich zum Beispiel 2.280 Zahlen in nur einer Stunde (Wang Feng aus China) oder 1.456 Karten in der richtigen Reihenfolge (Ben Pridmore aus England). Boris Nikolai Konrad aus Deutschland merkt sich 201 Vor- und Zunamen und Gesichter in nur 15 Minuten! Gut, das braucht eigentlich kein Mensch, aber diese Gedächtnissportler können es! Und beweisen damit

eindrucksvoll, welche Leistungen unser Gedächtnis vollbringen kann.

Du bist auch nicht zu jung!

Auch wenn Du gerade erst mit der Schule begonnen hast, diese tolle Lerntechnik funktioniert bei Dir ebenso. Die junge Lara Hick stellte mithilfe dieser Technik im Jahr 2004 in der Gruppe der Acht- bis Zwölfjährigen einen Weltrekord auf: Sie merkte sich **in nur fünf Minuten 42 Vokabeln!**

Das wären nach Adam Riese ganze **504 Vokabeln in nur einer Stunde!**

Unglaublich? Natürlich! Aber wer kein Handy kennt, findet es auch unglaublich, dass man damit mit Menschen sprechen kann, die Tausende Kilometer weit weg sind. Du wirst gleich bei der ersten Übung feststellen, dass es auch bei Dir funktioniert. Du merkst Dir sofort bei dieser ersten Übung circa 20 Vokabeln in nur vier bis fünf Minuten!

20 Vokabeln in 5 Minuten

Okay, legen wir los. Just do it!

Lesen Sie den unten stehenden Text aufmerksam durch. Stellen Sie sich jede der zehn Szenen bildhaft vor. Auf der Leinwand Ihres Kopfkinos sollten Sie die Situationen so sehen, als hätten Sie sie gerade eben tatsächlich beobachtet. Am besten funktioniert das, wenn Sie direkt nach dem Lesen jeder Szene die Augen

schließen. Verweilen Sie pro Szene beziehungsweise Bild circa 5 bis 10 Sekunden. Lassen Sie auch die Gefühle zu, die Sie hätten, wenn Sie die Szene in Wirklichkeit erleben würden. Wenn Sie alle zehn Szenen verbildert haben, werden Ihnen Fragen gestellt, die Sie dann beantworten sollen.

Nun geht es los:

1. In einem Kürbis wird Zucker (zucca) eingefüllt.
2. Im Tal ist eine Bärenfalle (valle) aufgestellt.
3. Den Teer an der Schere (tergere) kann man nicht so einfach abwischen.
4. Am Schuhabsatz klebt ein Taco (tacco) (mexikanische Speise).
5. Alle meine Schuhpaare (sciupare) sind abgenutzt.
6. Dreh (tre) das E, dann hast du eine 3.
7. Man kann sich auf einem Dach tätowieren (tetto) lassen.
8. Mit Tesa (tesa) die Hutkrempe befestigen.
9. Und in diesem Zimmer steht die Münzstanze (stanza).
10. Sylvester Stallone (stallone) ist ein toller Hengst.

Wenn Sie wirklich jede Szene deutlich im Geiste gesehen haben, beantworten Sie bitte folgende Fragen:

1. Was wird in den Kürbis eingefüllt?

   _____

2. Was ist im Tal aufgestellt?

   _____

3. Was kann man nicht so einfach abwischen?

   _____

4. Was klebt am Schuhabsatz?

   _____

5. Was ist abgenutzt?

   _____

6. Was muss man tun, um aus dem E eine 3 zu machen?

   _____

7. Was kann man auf dem Dach mit sich machen lassen?

   _____

8. Womit wird die Hutkrempe befestigt?

   _____

9. Und was steht in diesem Zimmer?

   _____

10. Wer ist ein toller Hengst?

    _____

Nun, wie viele Antworten haben Sie richtig? Bei mehr als sieben Richtigen dürfen wir Ihnen gratulieren. Bei weniger als sieben können wir Ihnen Mut zusprechen, denn: Man kann diese Lerntechnik verbessern und optimieren.

Hiermit haben Sie schon die ersten Vokabeln gelernt. Ja, tatsächlich! Denn wenn Sie wissen, was im Tal aufgestellt wird (genau: eine Bärenfalle), dann wissen Sie auch, was »Tal« auf Italienisch heißt: »valle«! Und »Hutkrempe« heißt demnach? Genau: »tesa«. Es wird sogar genauso geschrieben. Und wenn Sie noch wissen, wer ein toller Hengst ist, haben Sie auch die Italienischvokabel für »Hengst« gelernt: Denn Hengst heißt auf Italienisch »stallone«.

Sollten Sie also alle zehn Antworten gewusst haben, haben Sie zehn Vokabeln gelernt!

Gleich weiter geht's mit noch einmal zehn Kopfszenen. Sehen Sie diese bitte auch wieder so wie gerade vor Ihrem geistigen Auge.

1. Die Rothaarige (rotare) dreht sich im Kreis.
2. Am Apfelbaum wachsen Melonen (melo).
3. Der Kalender für Messerfetischisten: Für jeden Monat ein anderes Messer (mese).
4. Eine riesige Fliege landet auf dem Roten Platz in Moskau (mosca).
5. Man sieht viele Monde (monte) um den Gipfel des Berges.
6. Die Nachtschwester ist die Tante in der Not (nottante).
7. Auf dem Nacken liegt ein Stück Nougat (nuca).
8. Mit der Fliegenpatsche (pace) für den Frieden demonstrieren.

9. Den Porree (porre) kann man stellen, legen und setzen.
10. Wenn der T-Rex den Brontosaurus anruft, meldet er sich nicht mit »hallo!«, sondern mit »bronto« (pronto)!

Und jetzt beantworten Sie bitte diese Fragen:

1. Was macht die Rothaarige?

   _____

2. An welchem Baum wachsen die Melonen?

   _____

3. Spezieller Kalender: Ein Messer für jeden …

   _____

4. Wer landet auf dem Roten Platz in Moskau?

   _____

5. Wo sieht man viele Monde?

   _____

6. Welchen Beruf hat die Not-Tante?

   _____

7. Wo liegt das Stück Nougat?

   _____

8. Wofür demonstriert man mit einer Fliegenpatsche?

   _____

9. Was kann man sowohl stellen, legen und setzen?

   _____

10. Wenn der T-Rex den Brontosaurus anruft, was sagt der Brontosaurus am Telefon statt »hallo«?

    _____

Na? Wie viele Antworten wussten Sie dieses Mal? Vielleicht mehr als sieben? Vielleicht weniger? Auf jeden Fall dürften es fürs Erste gar nicht so wenige gewesen sein. Wenn Sie Ihr Kopfkino gut im Griff hatten, müsste es geklappt haben.

Auf jeden Fall haben Sie gerade eben wieder Vokabeln gelernt. Und wenn Sie es oben nicht schon gelesen hätten, hätten Sie es wahrscheinlich gar nicht gemerkt. Aber es waren schon wieder zehn neue Italienischvokabeln.

Vergleichen Sie nun Ihre Antworten mit den im Folgenden angegebenen »Möglichen Antworten«. In der Spalte »Italienisch« sehen Sie die Übersetzung des deutschen Wortes, daneben – in der Spalte »Aussprache« – eine etwas merkwürdige Lautschrift, die Ihnen aber mehr bringt als die Lautschrift, die in Schulbü-

chern und Wörterbüchern verwendet wird. Bei »Aussprache« steht die italienische Vokabel genau so in Deutsch geschrieben, wie sich diese anhört. »Tal« zum Beispiel heißt auf Italienisch »valle«. Ausgesprochen wird es »walle«. Und »Falle« klingt eben ähnlich wie »walle« – und deshalb ist es leicht für Ihr Hirn, von »Bärenfalle« auf »walle« zu kommen.

Im **Tal** steht eine **Bärenfalle**. – Unser Gedächtnis findet solche Bilder spannender als die bloßen Begriffe. Der Trick ist also, die Vokabel als Bild mit der entsprechenden Übersetzung als Bild zu verknüpfen. Verknüpfen bedeutet hier: beide Bilder in ein Bild, in eine Szene oder in einen Film zu integrieren. Wenn Sie also »Tal« auf Italienisch sagen wollen, sehen Sie sofort, weil verknüpft gelernt, die dort stehende »Bärenfalle«. Und schon haben Sie die Übersetzung. Unser »Ähnlichkeitsgedächtnis« – der Gedächtnisforscher Prof. Dr. Hans Joachim Markowitsch hat es entdeckt und nennt es »Priming« – kommt damit gut klar. Denn das Wort »Falle« ist ähnlich genug, um das Wort »walle« hervorzurufen. In den meisten Fällen läuft dieser Bilderabruf unbewusst und sehr schnell ab. Sie müssen also in der Praxis nicht erst lange an die Bilder denken und träumen, um auf die gesuchte Vokabel zu kommen. Dies werden Sie schon bald selbst merken.

»Hutkrempe« heißt auf Italienisch »tesa«. Ausgesprochen wird das Wort wie das bekannte Klebeband »tesa«. Und weil wir beides wieder in ein Bild für unser Gedächtnis integrieren müssen, stellen wir uns einfach eine **Hutkrempe** mit **Tesa** befestigt vor. Das ist leicht, schnell gemacht und bleibt im Gedächtnis!

Deutsch	Mögliche Antwort	Italienisch	Aussprache
Kürbis	Zucker	zucca	zucca
Tal	Bärenfalle	valle	walle
abwischen	Teer an der Schere	tergere	tärdschere
Schuhabsatz	Taco	tacco	tacko
abgenutzt/abnutzen	Schuhpaare	sciupare	schupahre
drei	Dreh	tre	träh
Dach	tätowieren	tetto	tetto
Hutkrempe	Tesa	tesa	tesa
Zimmer	Münzstanze	stanza	stanza
Hengst	Sylvester Stallone	stallone	stalloone
drehen	Rothaarige	rotare	rotaare
Apfelbaum	Melonen	melo	mehlo
Monat	Messer	mese	mese
Fliege	Moskau	mosca	moska
Berg	Monde	monte	monte
Nachtschwester	Tante in der Not	nottante	nottante
Nacken	Nougat	nuca	nuka
Frieden	Fliegenpatsche	pace	paatsche
stellen, legen, setzen	Porree	porre	porre
Hallo (am Telefon)	bronto	pronto	pronto

Unglaublich: Sie haben gerade mal so nebenbei 20 italienische Vokabeln gelernt und wissen diese morgen auch noch – ohne sie zu wiederholen!

Testen Sie sich doch gleich einmal richtig! Tragen Sie die entsprechenden Vokabeln in die unten stehende Liste ein und vergleichen Sie Ihre Einträge dann mit der Tabelle weiter vorne. Auf die richtige Schreibweise brauchen Sie jetzt noch nicht

achtzugeben. Hier ist erst einmal wichtig, dass Sie die Vokabel sprechen können. Folglich können Sie auch unsere Speziallautschrift verwenden.

Deutsch	Mögliche Antwort	Italienisch	Aussprache
Kürbis			
Tal			
abwischen			
Schuhabsatz			
abgenutzt/abnutzen			
drei			
Dach			
Hutkrempe			
Zimmer			
Hengst			
drehen			
Apfelbaum			
Monat			
Fliege			
Berg			
Nachtschwester			
Nacken			
Frieden			
stellen, legen, setzen			
Hallo (am Telefon)			

Der Aha-Effekt

Wenn Sie jetzt verwundert sind, dass Sie so viele Vokabeln so einfach behalten haben, dann ist das absolut normal. Fragen Sie sich nun: »Warum hat mir das bis jetzt noch niemand beigebracht?« – Kein Italienischlehrer, kein Pädagoge, auch nicht Ihre Eltern haben Ihnen wahrscheinlich gezeigt, wie man Vokabeln schneller und nachhaltiger lernt. Sie sehen also: Ebenso wie »Schieb das Schaf« für Englisch und »Liebe am O(h)r« für Spanisch war dieses Buch für Italienisch überfällig.

Die nächsten 80 Vokabeln

Es geht weiter, und zwar flott. Hier gleich noch einmal zehn kleine Kopfszenen. Am Anfang ist es sinnvoll, in Zehnerschritten vorzugehen. Später, mit mehr Übung, können Sie dann gleich 20 oder gar 50 Vokabeln auf einmal abspeichern. Bis dahin haben Sie aber bitte noch ein wenig Geduld. Sie können am Ende der folgenden zweimal zehn Vokabeln testen, wie viel Vokabeln Sie behalten haben. Und los geht's:

1. Alle Lufth**ansa**flugzeuge (ansa) haben einen **Griff** zum Wegschmeißen.
2. Die komplette **Arena** (arena) ist mit **Sand** gefüllt.
3. Das **Meerschweinchen** wird mit **Kaviar** (cavia) gefüttert.
4. Bei **Tchibo** (cibo) kann man außer Kaffee jetzt auch Tier**futter** kaufen.
5. Auf einem **Baumstumpf** liegt eine Tafel Schokolade (ciocco).
6. Alle **Tiere** (dire) können sprechen.

7. **Hape** (ape) Kerkeling (Entertainer) wird von einer **Biene** gestochen.
8. Wenn du dein **Essen** aus **der Tasse** isst (esente da tasse), bist du **steuerfrei** (hast deine Hände nicht mehr am Steuer).
9. Du schneidest vom **Feta**-Käse (fetta) eine **Scheibe** ab.
11. Das **Komma** (gomma) mach ich mit dem Radier**gummi** weg.

Hier die Fragen nach den italienischen Wörtern:

- Wer hat **Griffe** zum Wegschmeißen?
- Was ist komplett mit **Sand** gefüllt?
- Womit wird das **Meerschweinchen** gefüttert?
- Wo kann man außer Kaffee auch Tier**futter** kaufen?
- Was liegt auf dem **Baumstumpf**?
- Wer kann **sprechen**? Alle …
- Welcher Promi wird von einer **Biene** gestochen?
- Wann bist du **steuerfrei** (hast deine Hände nicht mehr am Steuer)?
- Wovon schneidest du eine **Scheibe** ab?
- Was radiere ich mit dem Radier**gummi** weg?

Die nächsten zehn Vokabeln:

1. Die **Unter**hose (unto, -a) ist total **fettig** und **schmierig**.
2. Ich **male** (male) das **Böse** (Teufel).
3. Die **Mona** (mona) Lisa (Gemälde von Leonardo da Vinci) als **Affenarsch**.
4. Zu jeder **Miele-** (miele) Waschmaschine (Marke) gibt es ein Glas Schleuder**honig** umsonst.
5. Eine **Lampe** hat die Form einer **Blume** (lume).

6. **Lodda** (Lothar) (lotta) Matthäus führt einen harten **Kampf** gegen sein schlechtes Image.
7. Das **Pesto** (pesto) für die Nudeln ist ein im Mörser **zerstoßenes** Gemisch.
8. Die **Bälle** (pelle) haben eine **Haut**.
9. Bei einer Auto**panne** (pane) haben alle erst einmal von einem **Brot** abgebissen.
12. Die **Inkas** haben ihre abgeschnittenen **Haare** (incassare) immer **in Kisten verpackt**.

Und hier die Fragen dazu:

- Was ist total **fettig** und **schmierig**?
- Was **male** ich?
- Wer sieht jetzt aus wie ein **Affenarsch**?
- Was muss man kaufen, um ein Glas Schleuder**honig** geschenkt zu bekommen?
- Welche Form hat die **Lampe**?
- Wer führt einen harten **Kampf** gegen sein schlechtes Image?
- Wie nennt man das im Mörser **zerstoßen**e Gemisch für Nudeln noch mal?
- Was besitzt eine **Haut**?
- In welcher Situation haben alle erst einmal in ein **Brot** gebissen?
- Wer hat was **in Kisten verpackt**?

Deutsch	Mögliche Antwort	Italienisch	Aussprache
Griff	Lufth*ansa*flugzeuge	ansa	aansa
Sand	Arena	arena	arena
Meerschweinchen	Kaviar	cavia	caavia
Tierfutter	Tchibo	cibo	tschiibo
Baumstumpf	Schokolade	ciocco	tschooko
sprechen	Tiere	dire	diere
Biene	Hape	ape	aape
steuerfrei	Essen aus der Tasse	esente da tasse	esente da tasse
Scheibe	Feta-Käse	fetta	fetta
Radiergummi	Komma	gomma	gomma
fettig/schmierig	Unterhose	unto, -a	unto, -a
Böse	ich male	male	male
Affenarsch	Mona Lisa	mona	moona
Schleuderhonig	Miele-Waschmaschine	miele	miäle
Lampe	Blume	lume	luume
Kampf	Lodda, Lothar Matthäus	lotta	lotta
zerstoßen	Pesto	pesto	Pesto
Haut	Bälle	pelle	pelle
Brot	Autopanne	pane	paane
verpacken	Inkas Haare	incassare	inkassaare

Nun dürfen Sie sich wieder testen:

Deutsch	Mögliche Antwort	Italienisch	Aussprache
Griff			
Sand			
Meerschweinchen			
Tierfutter			
Baumstumpf			
sprechen			
Biene			
steuerfrei			
Scheibe			
Radiergummi			
fettig/schmierig			
Böse			
Affenarsch			
Schleuderhonig			
Lampe			
Kampf			
zerstoßen			
Haut			
Brot			
verpacken			

Die nächsten zehn Vokabeln:

1. Im **Bällebad** (imbelle) spielen alle Kinder. Nur eines ist **feige** (und isst eine Feige).
2. Auf einer **Messe** (messe) werden die **Getreide**sorten präsentiert.
3. Meine Tante hab ich zum Mond (**Mond-Tante**) (montante) geschossen. Dort ist sie an einem **Pfosten** zur Sicherheit noch angebunden.
4. An einem **Mobile** (mobile) hängen viele kleine **Möbel**stücke (Sofa, Stuhl, Schrank, Sessel, Kommode usw.).
5. Ständig haut sich mein **Chef** seinen **Kopf** am **Carport** (capo) an.
6. Kinder füllen **Schlamm** in eine **Limo**-Flasche (limo).
7. Der **Libero** (libro) (Stürmer beim Fußballspiel) liest ein **Buch**.
8. Du kannst mich **stolz machen**, indem du **in** die **Suppe** ein paar **Biere** (insuperbire) schüttest.
9. Der **Hintern am Ende** (internamente) von Vierbeinern führt nach **innen** in den Körper.
10. Der **Mörser** (morsa) ist im **Schraubstock** eingespannt.

Und hier die Fragen dazu:

- Alle Kinder spielen **im Bälle**bad. Nur ein Kind steht abseits und is(s)t ...
- Was wird auf der **Messe** präsentiert?
- Wo ist die **Mond-Tante** noch angebunden?
- Was hängt am **Mobile**?
- Wer haut sich immer was am **Carport** an?
- Wo füllen die Kinder den **Schlamm** ein?
- Wer liest ein **Buch**?

- Womit kannst du mich **stolz machen**?
- Wohin führt der **Hintern am Ende** von Vierbeinern?
- Wo ist der **Mörser** eingespannt?

Die nächsten zehn Vokabeln:

1. Ein **Inder** legt **Porree** (interporre) **zwischen** die Seiten eines Buches, um die Pflanze zu pressen.
2. **Hochzeit** feiern an der **Nordsee** (nozze).
3. Die Wiese **ohne** eine **Sense** (senza) zu mähen ist kaum möglich.
4. **Bäcker** (pecca) schreibt man mit »B«, sonst ist es ein **Fehler**.
5. Die **Bratpfanne** kann man als **Paddel** auch (padella) verwenden.
6. Am **Licht** (an einer Glühbirne) **lutsch**en (luce).
7. Vom **Mond** oben (mondo) aus betrachtet, ist die **Erde** ziemlich klein.
8. Ich hab noch **nie** ein Lied von Reinhard **Mey** (mai) gehört.
9. **Martina** (Hill, Hingis, Gedeck, Navrátilová oder eine andere) (mattina) im **Morgen**mantel.
10. Ich bin **lieber am Ende** (liberamente) **frei**.

Die Fragen dazu:

- Was macht der **Inder** mit dem **Porree**?
- Was wird an der **Nordsee** gefeiert?
- … **Sense** kann man kaum eine Wiese mähen.
- Wenn man **Bäcker** mit »P« schreibt, ist es ein …
- Was kann man als **Paddel** auch verwenden?
- Woran **lutsche** ich?

- Was erscheint ziemlich klein, wenn man vom **Mond oben** runterschaut?
- Reinhard **Mey** soll Liedermacher sein. Hab ich von dem schon mal was gehört?
- Wer steht am **Morgen** im **Morgen**mantel vor mir?
- Was bin ich **lieber am Ende**?

Deutsch	Mögliche Antwort	Italienisch	Aussprache
feige	im Bällebad	imbelle	imbelle
Getreidesorten	Messe	messe	messe
Pfosten	Mond-Tante	montante	montante
Möbelstücke	Mobile	mobile	moobile
Chef/Kopf	Carport	capo	kaapo
Schlamm	Limo-Flasche	limo	liimo
Buch	Libero	libro	liibro
stolz machen	In die Suppe ein paar Biere schütten	insuperbire	insuperbiire
innen	Hintern am Ende	internamente	internamente
Schraubstock	Mörser	morsa	moorsa
zwischen	Inder legt Porree	interporre	interporre
Hochzeit	Nordsee	nozze	nozze
ohne	Sense	senza	sennza
Fehler	Päcker/Bäcker	pecca	pecka
Bratpfanne	Paddel auch	padella	padella
Licht	lutschen	luce	lutsche
Erde	Mond oben	mondo	mondo
nie	Reinhard Mey	mai	mai
Morgenmantel	Martina	mattina	mattiina
frei	lieber am Ende	liberamente	lierameente

Nun dürfen Sie sich wieder testen:

Deutsch	Mögliche Antwort	Italienisch	Aussprache
feige			
Getreidesorten			
Pfosten			
Möbelstücke			
Chef/Kopf			
Schlamm			
Buch			
stolz machen			
innen			
Schraubstock			
zwischen			
Hochzeit			
ohne			
Fehler			
Bratpfanne			
Licht			
Erde			
nie			
Morgenmantel			
frei			

Die nächsten zehn Vokabeln:

1. **Musso**lini (muso) kriegt eine aufs **Maul**.
2. **Mozarts Haare** (mozzare) wurden nicht abgeschnitten, sondern mit einem Säbel **abgeschlagen**.
3. Jack the **Ripper** (ripa) befindet sich am **Ufer** und schneidet seinem Opfer eine **Rippe** raus.
4. Meine **Frau** seh ich nur, wenn es **donnert** (donna).
5. **Im Maschine**nraum (immagine) des Schiffes hängt das **Bild** vom Kapitän.
6. Ich mache einen **Spaziergang** zum **Giro**-Konto (giro) meiner Bank.
7. Der **Wurm** erzeugt **Wärme** (verme), wenn er sich nur schnell genug bewegt.
8. Eine **Schlange** schlängelt sich eine **Serpent**ine (serpente) hoch.
9. Am **Spina**t (spina) wachsen **Dorne**n.
10. Katzen haben **Tasthaare** (tastare) im Gesicht, damit sie bei Dunkelheit ihre nähere Umgebung **abtasten** können.

Die Fragen dazu:

- Wer kriegt eine aufs **Maul**?
- Was wird **abgeschlagen** und nicht abgeschnitten?
- Was geschieht am **Ufer**?
- Wann seh ich meine **Frau** nur?
- Wo hängt das **Bild** vom Kapitän?
- Wohin mache ich einen **Spaziergang**?
- Was erzeugt der **Wurm**, wenn er sich nur schnell genug bewegt?
- Wo schlängelt sich die **Schlange** hoch?
- Wo wachsen auch **Dorne**n?

- Was besitzen Katzen, um bei Dunkelheit ihre nähere Umgebung **abtasten** zu können?

Die nächsten zehn Vokabeln:

1. Das **Tabas**co-Fläschchen (Marke) (dabbasso) ist immer **unten** im Schrank.
2. Der Gewichtheber mit **bunt**en **Haar**en (puntare) **stemmt** das Gewicht.
3. Ein Bilder**rahmen** (rame) aus **Kupfer**.
4. Während er eine **Rede** (rete) hielt, warf man ein **Netz** über ihn.
5. Die **Geliebte** ist **am Ohr rosa** (amorosa) (aber nicht mehr grün hinter den Ohren).
6. Während ich durch die Gegend **kutschiere** (cucire), **nähe** ich.
7. Auf dem **Platz** habe ich **Platz**angst (plaza).
8. Ich streue eine **Prise** Chili auf das **Präs**ervativ (presa).
9. **Brat die Kamm-Ente** (praticamente) in der Bratpfanne! Das ist wirklich **praktisch**.
10. Der **Räuber** (Hotzenplotz) **brät ohne** (predone) Fett.

Die Fragen dazu:

- Was ist immer **unten** im Schrank?
- Was macht der Gewichtheber mit **bunt**en **Haar**en?
- Aus welchem Material ist der Bilder**rahmen**?
- Was passierte, während er eine **Rede** hielt?
- Wer ist **am Ohr rosa**?
- Wann **nähe** ich?
- Wo befinde ich mich, wenn ich **Platz**angst habe?
- Was streue ich aufs **Präs**ervativ?

- **Ich brat die Kamm-Ente** in der Bratpfanne. Das ist wirklich …
- Wer **brät ohne** Fett?

Deutsch	Mögliche Antwort	Italienisch	Aussprache
Maul	Mussolini	muso	muuso
abschlagen	Mozarts Haare	mozzare	mozzaare
Ufer	Jack the Ripper/Rippe	ripa	riipa
Frau	es donnert	donna	donna
Bild	im Maschinenraum	immagine	immatschiine
Spaziergang	Girokonto	giro	tschihro
Wurm	Wärme	verme	wärrme
Schlange	Serpentine	serpente	särpennte
Dornen	Spinat	spina	spiina
abtasten	Tasthaare	tastare	tastaare
unten	Tabasco	dabbasso	dabbasso
stemmen	mit bunten Haaren	puntare	puntaare
Kupfer	Bilderrahmen	rame	raame
Netz	Rede	rete	reete
Geliebte	am Ohr rosa	amorosa	amoroosa
nähen	ich kutschiere	cucire	kutschiere
Platz	Platzangst	plaza	plaza
Prise	Präservativ	presa	preesa
praktisch	Brat die Kamm-Ente	praticamente	prattickamente
Räuber	brät ohne	predone	predoone

Und nun wieder Sie:

Deutsch	Mögliche Antwort	Italienisch	Aussprache
Maul			
abschlagen			
Ufer			
Frau			
Bild			
Spaziergang			
Wurm			
Schlange			
Dornen			
abtasten			
unten			
stemmen			
Kupfer			
Netz			
Geliebte			
nähen			
Platz			
Prise			
praktisch			
Räuber			

Die nächsten zehn Vokabeln:

1. Die **Propeller-Ente** (propellente) muss notlanden, weil sie unbedingt **Treibstoff** braucht.
2. Beim Haarausfall **bleiben** noch ein paar **Rest-Haare** (restare) **übrig**.
3. Als der Kapitän den **Busen** der Loreley erblickte, geriet er in **Seenot** (seno).
4. Hinter der **Gardine** (cartina) hängt der **Stadtplan**.
5. Er **wendete sich** dann wieder mit der **Woll-Schere** (volgere) den Schafen **zu**.
6. Ein **Kino** auf **Schienen** (cine).
7. **Nana** Mouskouri (nana) (Sängerin mit Nerd-Brille) gibt's jetzt auch als Gartenzwergin.
8. Zur **Strafe** musste sie **Pena**tencreme (pena) (Marke) essen.
9. Ich liege **schlaflos in** der **Sonne** (insonne).
10. **Bettina** (z. B. Wulff; pedina) hat einen **Spielstein** verschluckt.

Die Fragen hierzu:

– Wer muss unbedingt notlanden, weil sie **Treibstoff** braucht?
– Was **bleibt** beim Haarausfall manchmal noch **übrig**?
– Was passierte, nachdem der Kapitän den **Busen** der Loreley erblickte?
– Wo hängt der **Stadtplan**?
– Mit was **wendete** er sich wieder den Schafen **zu**?
– Ein **Kino** auf …?
– Wen gibt es jetzt auch als Gartenzwergin?
– Was musste sie zur **Strafe** essen?

- Wo liege ich **schlaflos**?
- Wer hat den **Spielstein** verschluckt?

Die letzten zehn Vokabeln:

1. Die **Kuh** trinkt einen **Mokka** (mucca) aus einem Mokkatässchen.
2. An einer **Brez**el in O-Form (prezzo) hängt der **Preis**.
3. Über meine **Latzho**se (lazzo) hat schon jeder einen **Witz** gemacht.
4. Das **Lametta** (lametta) ist so scharf wie **Rasierkling**en.
5. Mit einer Zaun**latte** (latte) die **Milch** umrühren.
6. Im **Mai** werden alle Männer zu **Macho**s (maggio).
7. Die ganze **Mannscha**ft (mancia) sammelt ein ordentliches **Trinkgeld** für die Bedienung ein.
8. **Otto** (z. B. Waalkes) (otto) fährt **Ach**terbahn.
9. Ein **Paar** trinkt **Tee** (parte). Aber nicht ganz, sondern nur zum **Teil**.
10. Der **Schuhputzer** sitzt auf einer **Schuhscha**chtel (sciuscià).

Und nun noch die letzten zehn Fragen:

- Wer trinkt **Mocca** aus Mokkatässchen?
- Was hängt an der **Brez**el in O-Form?
- Über meine **Latzho**se hat schon jeder einen ... gemacht.
- Wie scharf ist **Lametta**?
- Was rühre ich mit der **Latte** um?
- Wann werden alle Männer zu **Macho**s?
- Was sammelt die **Mannscha**ft für die Bedienung?
- Was fährt **Otto** Walkes?
- Das **Paar** trinkt nicht den ganzen **Tee**, sondern nur ...?
- Wer sitzt auf einer **Schuhscha**chtel?

Deutsch	Mögliche Antwort	Italienisch	Aussprache
Treibstoff	Propeller-Ente	propellente	propellente
übrig bleiben	Rest-Haare	restare	restaare
Busen	Seenot	seno	seeno
Stadtplan	Gardine	cartina	cartina
sich zuwenden	Woll-Schere	volgere	wolltscherre
Kino	Schienen	cine	tschiene
Zwerg, -in	Nana Mouskouri	nano, nana	nano, nana
Strafe	Penatencreme	pena	peena
schlaflos	in der Sonne	insonne	insonne
Spielstein	Bettina (z. B. Wulff)	pedina	pedina
Kuh	Mokka	mucca	mucca
Preis	Brezel in O-Form	prezzo	prezzo
Witz	Latzhose	lazzo	laazzo
Rasierklingen	Lametta	lametta	lametta
Milch	Zaunlatte	latte	latte
Mai	Machos	maggio	maatscho
Trinkgeld	Mannschaft	mancia	maanscha
acht	Otto Waalkes	Otto	ootto
Teil	Paar trinkt Tee	parte	paarrte
Schuhputzer	Schuhschachtel	sciuscià	schuhscha

Und jetzt überprüfen Sie sich selbst:

Deutsch	Mögliche Antwort	Italienisch	Aussprache
Treibstoff			
übrig bleiben			
Busen			
Stadtplan			
sich zuwenden			
Kino			
Zwerg, -in			
Strafe			
schlaflos			
Spielstein			
Kuh			
Preis			
Witz			
Rasierklingen			
Milch			
Mai			
Trinkgeld			
acht			
Teil			
Schuhputzer			

Lassen Sie sich überraschen!

Hier können Sie nun noch einmal checken, ob Sie sich wirklich alle beziehungsweise wie viele Sie sich von den 100 Vokabeln gemerkt haben. Mit Sicherheit sind es deutlich mehr als über

das herkömmliche Wiederholungslernen. Also seien Sie ruhig ein bisschen stolz auf sich. Übrigens: Es geht hier (wie schon erwähnt) nicht um die Schreibweise, sondern lediglich um die Aussprache. Es ist also egal, wie Sie die entsprechenden Wörter schreiben. Wichtig ist nur, dass sie sich so anhören wie bei den Merksätzen.

Warum gehen wir so vor? Nun, als Sie zu sprechen begonnen haben – es also gelernt haben –, haben Sie da schon alles richtig schreiben können? Nein, natürlich nicht. Als Sie mit sechs oder sieben Jahren eingeschult wurden, konnten Sie schon sehr gut sprechen, aber Sie konnten nicht schreiben! Doch nie haben Sie besser und schneller gelernt als damals! Deswegen machen wir es nun so wie zu der Zeit, als Sie noch ein Kind waren und Lernen für Sie ganz normal war. Außerdem müssen Sie, bevor Sie ein Wort schreiben wollen, erst einmal wissen, WELCHES Wort Sie schreiben wollen. Sie müssen es also erst denken beziehungsweise sprechen können. Die Rechtschreibung lernen Sie später.

Aber nun folgt die große Prüfung. Sie werden überrascht sein.

Deutsch	Italienisch
Kürbis	
Tal	
abwischen	
Schuhabsatz	
abgenutzt/abnutzen	
drei	
Dach	
Hutkrempe	

Deutsch	Italienisch
Zimmer	
Hengst	
drehen	
Apfelbaum	
Monat	
Fliege	
Berg	
Nachtschwester	
Nacken	
Frieden	
stellen, legen, setzen	
Hallo (am Telefon)	
Griff	
Sand	
Meerschweinchen	
Tierfutter	
Baumstumpf	
sprechen	
Biene	
steuerfrei	
Scheibe	
Radiergummi	
fettig/schmierig	
Böse	
Affenarsch	
Schleuderhonig	
Lampe	
Kampf	

Deutsch	Italienisch
zerstoßen	
Haut	
Brot	
verpacken	
feige	
Getreidesorten	
Pfosten	
Möbelstücke	
Chef/Kopf	
Schlamm	
Buch	
stolz machen	
innen	
Schraubstock	
zwischen	
Hochzeit	
ohne	
Fehler	
Bratpfanne	
Licht	
Erde	
nie	
Morgenmantel	
frei	
Maul	
abschlagen	
Ufer	
Frau	

Deutsch	Italienisch
Bild	
Spaziergang	
Wurm	
Schlange	
Dornen	
abtasten	
unten	
stemmen	
Kupfer	
Netz	
Geliebte	
nähen	
Platz	
Prise	
praktisch	
Räuber	
Treibstoff	
übrig bleiben	
Busen	
Stadtplan	
sich zuwenden	
Kino	
Zwerg, -in	
Strafe	
schlaflos	
Spielstein	
Kuh	
Preis	

Deutsch	Italienisch
Witz	
Rasierklingen	
Milch	
Mai	
Trinkgeld	
acht	
Teil	
Schuhputzer	

Nun, wie viele Vokabeln haben Sie geschafft? Waren es mehr, als Sie ohne diese skurrile Technik – also früher – geschafft hätten? Bestimmt. Vielleicht haben Sie ja sogar 70 bis 80 Richtige. Vielleicht sogar noch mehr. Das ist toll! Manche Seminarteilnehmer allerdings finden das nicht so toll. Sie hätten gerne ALLE richtig. Das ist falscher Ehrgeiz. Warum? Nun, weil Sie sich damit unnötig unter Druck setzen. Und unter diesem Druck können Sie nicht Ihre volle Leistung abrufen. Ihr Hirn schüttet dann nämlich die Stresshormone Adrenalin, Kortisol und Noradrenalin aus. Und meist in Mengen, die nicht förderlich sind, denn dann wird der Abrufvorgang im Gedächtnis blockiert. Dadurch wissen Sie deutlich weniger als ohne die schädlichen Stresshormone. Noch schlimmer wird das Ganze, wenn Sie schon während des Lernens einen solchen Druck auf sich ausüben. Denn dann werden die Hormone schon beim Einüben frei und beim Abrufen fällt Ihr Hirn wiederum in genau denselben Status und Sie erinnern sich noch schlechter. Deshalb: Perfektion weckt Aggression. Immer locker bleiben. Damit lernen Sie effektiver. Und die Vokabeln, die Sie nicht auf Anhieb wissen, lernen Sie einfach nach. Schauen Sie sich die Bilder, Szenen beziehungsweise Aussagen noch einmal an. Stellen Sie sich diese noch einmal so deutlich wie möglich vor Ihrem geistigen Auge vor. Lassen Sie Gefühle zu, diese sind so etwas wie ein »Merkturbo«. Und dann prüfen Sie sich erneut. Sie werden sehen, dann haben Sie sich wirklich ALLE gemerkt.

Sprachen lernen wie ein Profi

In Zukunft lernen Sie also selbst schwierige Sprachen leicht, schnell, effizient und dauerhaft. Wichtig hierbei ist – wie Sie wahrscheinlich schon gemerkt haben – eine gute Kreativität. Die sollten Sie durch Anwendung trainieren. Das heißt auch: Je mehr Vokabeln Sie lernen, desto kreativer werden Sie! Vertrauen Sie sich selbst. Nach den ersten 100 SELBSTverbilderten Vokabeln merken Sie eine drastische Verbesserung Ihrer Bilder. Sie sind dann auch schon deutlich schneller und finden für mehr Vokabeln passende Bilder.

Wie das Ganze nun genau funktioniert, die besten Tipps und Tricks, und wie es auch mit schwierigen Vokabeln klappt, lesen Sie im folgenden Kapitel »Vokabellernen leicht gemacht – Die wichtigsten Tipps auf einen Blick«.

Sehr gut geübte Gedächtnisfans schaffen übrigens – und das ist kein Witz – 200 Vokabeln einer neuen Sprache in nur einer Stunde. Wie? Richtig, genauso wie oben: mit der LaGeiss-Technik. Ob Sie nämlich Italienischvokabeln, Spanischvokabeln, Englischvokabeln oder die Vokabeln einer beliebigen anderen Sprache lernen wollen, macht keinen Unterschied. Also wenden Sie einfach die Ihnen bereits bekannte Technik an, um auch zum Beispiel lateinische, französische oder arabische Vokabeln abzuspeichern.

Nehmen wir als Einstiegsbeispiel einmal an, Sie wollten sich die Lateinvokabel »cubare« (gesprochen: kubare) und deren deutsche Bedeutung merken. Dann gehen Sie genauso vor, wie Sie es schon die ganze Zeit bei den Italienischvokabeln gelernt haben: Verbildern Sie die Vokabel. Die Bilder, die Sie bei »cubare« hören, könnten sein: Kuh, Bar, Bahre, Cuba, Reh usw. Das heißt, achten Sie wie immer nicht auf die Schreibweise, sondern nur auf die Aussprache. Sprechen Sie die zu lernende Vokabel am besten laut aus und achten Sie auf die Bilder, die Ihnen spontan in den Sinn kommen, wenn Sie die Vokabel hören. Was hört sich ähnlich an? Gibt es ein deutsches Wort, das annähernd so klingt? Kennen Sie bereits eine andere Vokabel, die sich wie diese anhört? Zerhacken Sie die neue, unbekannte Vokabel in Silben und machen Sie Wörter beziehungsweise Bilder aus den einzelnen Silben. Oder nehmen Sie einzelne Wortteile, die keine Silben sind. Dabei kommen manchmal sehr komische, aber einprägsame Geschichten heraus.

In unserem Beispiel »cubare« nehmen wir nun das Bild »Kuh und Bahre«. Dann sieht dies so aus:

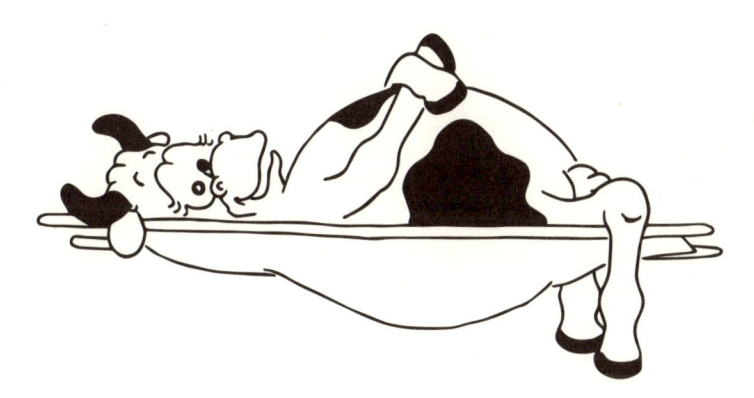

Die Kuh liegt auf der Bahre.

Die Bedeutung der Vokabel »cubare« ist »liegen, schlafen«. Und genau aus diesem Grund »liegt« die Kuh auf der Bahre! Wir verknüpfen also zwei Bilder. Nämlich das Bild der Vokabel mit dem Bild der Bedeutung dieser Vokabel. So haben wir »Kuh und Bahre« als erstes Bild und die Bedeutung »liegen« als zweites Bild. Beide Bilder, also Vokabelbild und Bedeutungsbild, miteinander verknüpft, ergibt: »Die Kuh liegt auf der Bahre.«

Würde »cubare« zum Beispiel »tragen« heißen, wäre das Bild folgendes: Die Kuh trägt die Bahre.

Vokabellernen leicht gemacht – Die wichtigsten Tipps auf einen Blick

1. Die Vokabel verbildern

- **Welches andere Wort hört sich ähnlich an?**

»Bolso« (span. Tasche) hört sich ähnlich an wie »bolzen« (Fußball spielen).

Diese Ähnlichkeit reicht dem Priming, dem Ähnlichkeitsgedächtnis, schon. Es muss also keineswegs perfekt sein, ähnlich reicht. Roland Geisselhart (Oliver Geisselharts Onkel) hat deshalb schon in den späten Sechzigerjahren die »Egal-Regel« kreiert: Egal, wenn es nicht hundertprozentig passt, Hauptsache, es ist im Klang einigermaßen ähnlich; es reicht auch, wenn nur die erste Silbe passt.

- **Vokabel in Silben zerhacken und für jede einzelne Silbe oder für zusammengefasste Silben nach ähnlichen Wörtern suchen:**

»cubare« wird so zu »cu«, »ba«, »re«. Aus »cu« wird »Kuh«, »ba« und »re« zusammengefasst ergibt »Bahre«.

- **Aus den Silben neue Worte kreieren**

»Helios« (griech. Sonne) wird so zu »he«, »li«, »os«. Daraus entstehen die Worte »Helikopter«, »Liege«, »Ostern«. Bild: Im Helikopter steht eine Liege mit Ostereiern darauf.

- **Vokabel nicht in Silben, sondern entsprechend passend zerhacken**

Bei »vendredi« (frz. Freitag, ausgesprochen »woandredie«) wären die Silben »ven«, »dre«, »di«. Besser passt: »vend«, »red«, »i«. Also: »Wand«, »rede«, »ich«.

- **Einzelne Buchstaben der Vokabel doppelt benutzen**

Bei »hostigar« (span. bedrängen, ausgesprochen »ostigar«) könnte man das T doppelt benutzen: einmal für »Ost« und das zweite Mal für »Tiger«.

- **Dialekte und andere Sprachen mit einbeziehen**

»L'embouchure« (frz. die Flussmündung, ausgesprochen »loambuschür«) klingt ähnlich wie »Lampenschirm« auf Schwäbisch ausgesprochen »Loambeschürm«.

2. Die Bedeutung der Vokabel verbildern

- **Oft ist die Bedeutung schon ein Bild.**

Zum Beispiel ist die Bedeutung von »cubare« »liegen«: »Liegen« ist ein Bild.

- **Sollte die Bedeutung kein Bild sein, benutzen Sie das erste, spontane Bild (wie bei den Vokabeln selbst), das Ihnen beim Aussprechen der Bedeutung in den Sinn kommt.**

Zum Beispiel ist die Bedeutung von »but« (englisch für »aber«, gesprochen »batt«) kein Bild. – »Aber« ist nun mal kein Bild. Die erste spontane Assoziation könnte vielleicht die Band »Abba« sein. »Abba« hört sich ähnlich an wie »aber«.

3. Beide Bilder verknüpfen

- **Die Verknüpfung sollte möglichst skurril sein. Eine liegende Kuh auf einer Bahre ist skurril.**

- **Denken Sie nicht lange nach, die erste Verknüpfungsidee ist meist die beste.**

- **Konzentrieren Sie sich auf den Kern und lassen Sie Unnötiges weg.**

- **Sehen und erleben Sie das Verknüpfungsbild beziehungsweise den Verknüpfungsfilm deutlich in Ihrem Kopfkino.**

- **Die Verknüpfung sollte alle Sinnesorgane ansprechen.**

- **Beziehen Sie Gefühle mit ein.**

Testen Sie sich

Und nun testen Sie selbst, wie gut Sie im »Verbildern« von Vokabeln bereits sind. Sollten Sie alle Italienischvokabeln durchgearbeitet haben, haben Sie ja genug Anregung erhalten. Halten Sie sich bitte an die obigen Regeln und achten Sie nicht so sehr auf die Zeit, die Sie benötigen. Schnelligkeit kommt von ganz alleine.

Lassen Sie Ihrer Fantasie freien Lauf und nehmen Sie die ersten Bilder, die in Ihrem Kopf Gestalt annehmen. In der eckigen Klammer hinter den folgenden Vokabeln finden Sie die korrekte Aussprache, falls diese von der Schreibweise abweicht. Das ist wichtig, denn Ihre Bilder sollten auf der Aussprache basieren! Hören Sie sich also die folgenden Vokabeln sprechen und erfinden Sie dazu Ihre individuellen Bilder. Unsere Vorschläge folgen später. Los geht's:

- **verser [wersee]**

    Mein Bild: _____

- **l'amas [lama]**

    Mein Bild: _____

- **nascere [nascherre]**

    Mein Bild: _____

- **fuscus (fuskus)**

    Mein Bild: _____

- **brachium (brachium)**

    Mein Bild: _____

Nun folgen die Verknüpfungen. Das erste Bild haben Sie ja gerade entwickelt. Das zweite Bild ist die Bedeutung der jeweiligen Vokabel. Dieses wird mit dem ersten Bild verknüpft (wie oben bei »cubare«). In der runden Klammer dahinter steht die Sprache.

Verknüpfen Sie also jetzt das Vokabelbild mit dem Bedeutungsbild.

- **verser [wersee] (frz.) – schenken**

    Meine Verknüpfung: _____

- **l'amas [lama] (frz.) – die Menge**

    Meine Verknüpfung: _____

- **nascere [nasschere] (ital.) – geboren werden**

    Meine Verknüpfung: _____

- **fuscus (fuskus) (lat.) – dunkel**

  Meine Verknüpfung: _____

- **brachium (brachium) (lat.) – Arm**

  Meine Verknüpfung: _____

Ob Ihre Verknüpfungen erfolgreich waren, erfahren Sie im folgenden Test.

Schenken heißt auf Französisch: _____

Die Menge heißt auf Französisch: _____

Geboren werden heißt auf Italienisch: _____

Dunkel heißt auf Lateinisch: _____

Arm heißt auf Lateinisch: _____

Das Ganze funktioniert natürlich auch andersherum, also aus der Fremdsprache ins Deutsche.

Verknüpfen Sie also jetzt das Vokabelbild mit dem Bedeutungsbild.

verser [wersee] (frz.) heißt auf Deutsch: _____

l'amas [lama] (frz.) heißt auf Deutsch: _____

nascere [nasschere] (ital.) heißt auf Deutsch: _____

fuscus (fuskus) (lat.) heißt auf Deutsch: _____

brachium (brachium) (lat.) heißt auf Deutsch: _____

Sollten Sie hierbei noch Probleme gehabt haben, so können wir Sie hoffentlich beruhigen: Sie sollten erst einmal circa 100 Vokabeln selbstständig verbildert und verknüpft haben, dann erst klappt es richtig. Aber: Es muss ja nicht bei jeder Vokabel gelingen! Zu Beginn wenden Sie die LaGeiss-Technik eben nur bei den Vokabeln an, bei denen sich Ihnen das Bild praktisch aufdrängt. Mit der Zeit wird dies immer häufiger passieren. Und dann klappt es relativ zügig bei den meisten Vokabeln. Und ganz wichtig: Perfektion weckt auch hier immer noch Aggression. Es muss nicht bei jeder Vokabel gelingen! Freuen Sie sich über die, bei denen es klappt. Und ärgern Sie sich nicht über die, bei denen es NOCH nicht klappt.

Ob Sie jemals so viel trainieren beziehungsweise anwenden, dass Sie, wie oben erwähnt, in nur einer Stunde 200 Vokabeln schaffen, ist gar nicht so wichtig. Wenn Sie nur halb so gut werden, schaffen Sie bereits 100 Vokabeln in nur einer Stunde oder 50 in einer halben. Und das ist doch auch ein toller Wert! Der ist übrigens für jeden gesunden Normalsterblichen zu erreichen. Wenn Sie täglich circa eine halbe Stunde Vokabeln lernen, sollten Sie diese Zahl nach ungefähr zwei bis drei Wochen, spätestens nach zwei Monaten erreicht haben.

Dann sind Sie auch in der Lage, eine neue Sprache, zumindest vom nötigen Wortschatz her, in nur einem Monat zu erlernen! Welche Zeitersparnis! Überlegen Sie: Sie lernen täglich 50 Wörter. Diese sollten natürlich die richtigen sein, also genau die, die Sie später tatsächlich brauchen. Schauen Sie sich einmal in einer guten Buchhandlung um. Dort gibt es Vokabelbücher mit häufig gebrauchten umgangssprachlichen Vokabeln. Bei 50 Vokabeln täglich schaffen Sie 250 in fünf Tagen. Am Wochenende wiederholen Sie diese noch einmal. Dies machen Sie drei Wochen lang, dann haben Sie 750 Vokabeln gelernt. Damit sind Sie schon ziemlich fit und können alles sagen, was Sie wollen. Natürlich ist Ihre Synonymauswahl begrenzt, aber was soll's? Die vierte Woche gehört allein der Wiederholung aller 750 Vokabeln. Wer dann zwischendurch noch die wichtigsten Grammatikregeln lernt, kommt im Ausland prächtig klar. Und das nach nur einem Monat!

Also, worauf warten Sie noch? Gehen Sie in die nächste Buchhandlung und fangen Sie an! Erfolg buchstabiert man T-U-N! Das ist bei Gedächtnistechniken genauso wie beim Fremdsprachenlernen oder in jedem anderen Bereich. Für den Anfang starten Sie einfach mit weiteren Italienischvokabeln.

Ach ja, fast hätten wir es vergessen – und das darf uns ja nicht passieren –, hier noch unsere Verknüpfungsvorschläge für obige Vokabeln:

- **verser [wersee] (frz.) – schenken**

Vokabel verbildern: »verser« wird »wersee« ausgesprochen. Dies klingt dann ähnlich wie die »Ferse« hinten am Fuß. Ein Bild für *verser* könnte also *Ferse* sein.

Übersetzung verbildern: »schenken« als Bild. Jemand »schenkt« einem anderen etwas.

Beide Bilder miteinander verknüpfen: Eine Person, evtl. Sie, bekommt von einer anderen Person (nehmen Sie am besten jemanden, den Sie kennen) eine *Ferse geschenkt* – schön mit roter Schleife drum herum. Tolles *Geschenk*!

- **l'amas [lama] (frz.) die Menge**

Vokabel verbildern: Lama (das Tier)

Übersetzung verbildern: Menschenmenge

Verknüpfen: Ein Lama rennt in die Menge und spuckt alle an.

- **nascere [nasschere] (ital.) – geboren werden**

Vokabel verbildern: nass und Schere

Übersetzung verbildern: Ein Kind wird geboren.

Verknüpfen: Das Kind will nicht von selbst heraus, dann nehmen wir die nasse (Geburts)Schere.

- **fuscus [fuskus] (lat.) – dunkel**

Vokabel verbildern: Fuß und Kuss

Übersetzung verbildern: dunkel, kein Licht

Verknüpfen: Ich gebe jemandem einen Fußkuss, da wird mir dunkel vor Augen.

- **brachium (brachium) (lat.) – Arm**

Vokabel verbildern: brach ich um

Übersetzung verbildern: Arm ist schon ein Bild.

Verknüpfen: Meinen Arm *brach ich um*.

(Zum Großteil aus: Geisselhart, Oliver: Kopf oder Zettel?
Offenbach, Gabal, 5. Aufl. 2013)

Die Handhabung des Wörterbuches

Einzige Voraussetzung: Seien Sie offen für ALLES!

Sie müssen weder schlau, allwissend noch besonders intelligent oder talentiert sein. Aber Sie sollten offen für Neues sein – für alles Neue. Die Bilder, mit denen die einzelnen Vokabeln gelernt werden, sollten einigermaßen passen. Wenn sie dann noch absurd, lustig, brutal, bescheuert, übertrieben oder versaut sind, haftet die Vokabel richtig gut. Es ist in mehreren groß angelegten wissenschaftlichen Studien bewiesen worden, dass gerade Bilder bzw. Bildverknüpfungen mit sexuellem Inhalt extrem gut behalten werden. Also: Lassen Sie ALLE Bilder zu. Stehen Sie sich bitte nicht durch Zensur selbst im Weg. Ihr Ziel ist es, Vokabeln zu lernen, viele Vokabeln. Und das in kurzer Zeit. Dafür gehen Sie den Weg, der dafür nötig ist: Just be open minded!

Die folgenden Verbilderungen zu den Italienischvokabeln sind lediglich Vorschläge. Sie können diese für sich übernehmen oder jederzeit verändern oder durch andere Verbilderungen ersetzen.

Wenn Sie möchten, mailen Sie uns Ihre Verbildungsvorschläge doch einfach zu. Tragen Sie dazu bei, dass auch andere an Ihren originellen, lustigen und skurrilen Verbilderungen teilhaben können. Wir freuen uns auch auf Beispiele aus anderen Sprachen. Hier unsere E-Mail-Adresse: info@lutschedaslicht.de.

Sie können bei jeder Gelegenheit üben: im Wartezimmer, auf der Toilette, in der Schule, im Flugzeug (vorausgesetzt, Sie sind kein Pilot). Doch Achtung! Bitte lernen Sie nicht im Auto, wenn Sie selbst fahren. Die Ablenkung wäre einfach zu groß.

Ob Sie jetzt das Wörterbuch alphabetisch oder von hinten nach vorne lesen oder zufällig eine Seite aufschlagen, spielt überhaupt keine Rolle. Am besten suchen Sie sich Vokabeln aus, die Sie brauchen, lustig finden oder weitererzählen wollen. Markieren Sie die Vokabeln, wenn Sie sich abfragen lassen oder selbst abfragen wollen.

Das Abspeichern gelingt Ihnen in der Regel am besten, wenn Sie die Augen dabei schließen. Wenn Sie die Übungen zu Beginn des Buches gemacht haben, dann wissen Sie bereits, worauf es ankommt.

Und nehmen Sie die Verbilderungsvorschläge im Buch nicht allzu ernst. Sollten diese zum Teil nicht nach Ihrem Geschmack sein, können Sie gerne, wie oben schon erwähnt, eigene Vorschläge anwenden. In erster Linie soll das Arbeiten mit dem Buch und den darin enthaltenen Verbilderungen Spaß machen und Sie dazu animieren, mit dieser Technik weiterzuarbeiten.

Sie dürfen das Buch natürlich auch verschenken, weiterempfehlen (gerne auch an Lehrer) und mitgestalten.

Erklärung

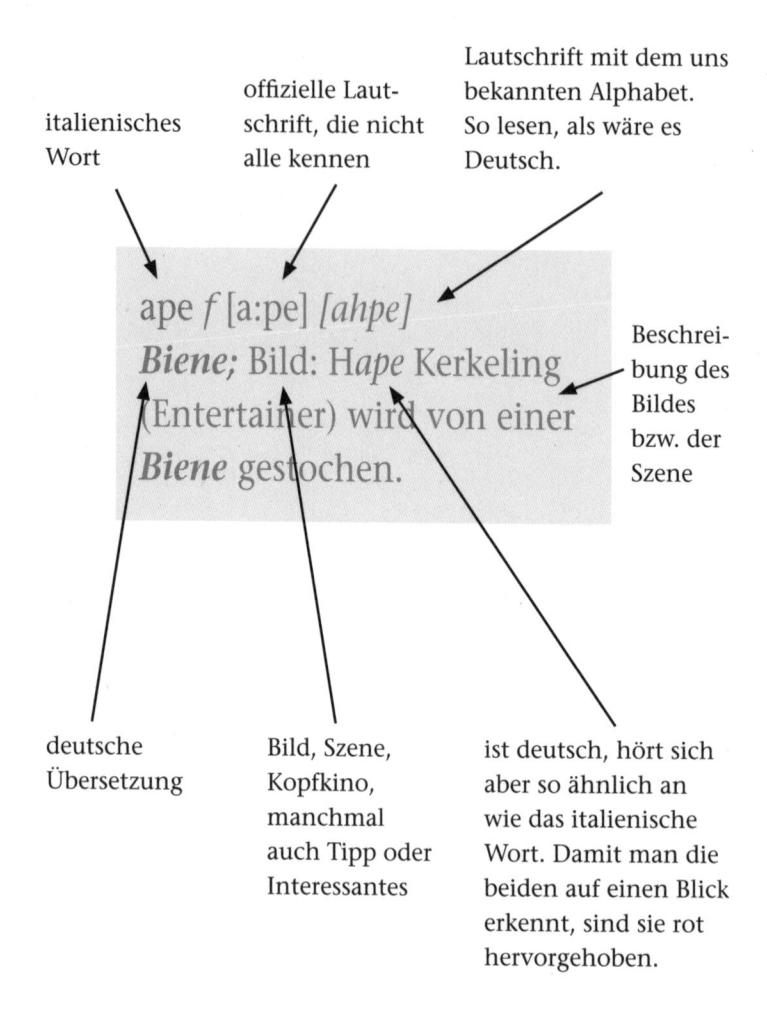

italienisches Wort

offizielle Lautschrift, die nicht alle kennen

Lautschrift mit dem uns bekannten Alphabet. So lesen, als wäre es Deutsch.

> ape *f* [a:pe] *[ahpe]*
> *Biene;* Bild: H*ape* Kerkeling (Entertainer) wird von einer *Biene* gestochen.

Beschreibung des Bildes bzw. der Szene

deutsche Übersetzung

Bild, Szene, Kopfkino, manchmal auch Tipp oder Interessantes

ist deutsch, hört sich aber so ähnlich an wie das italienische Wort. Damit man die beiden auf einen Blick erkennt, sind sie rot hervorgehoben.

A

abbondante [abbonˈdante] *[abbondante]* **reichlich, üppig;** Bild: Es gab *ab und an Tee* – aber dann richtig **reichlich** (im Reichstag).

abbonire [abboˈniːre] *[abbonihre]* **besänftigen, beruhigen;** Bild: Ich *abonniere* die Zeitschrift, um meine Nerven zu **besänftigen** (lesen in einer Sänfte).

abdicare [abdikaːre] *[abdikahre]* **abdanken, zurücktreten;** Bild: Der König *tritt zurück* (einen Schritt) und steigt in seine Karre. Geht ganz schön *ab, die Karre.*

abete *m* [aˈbeːte] *[abehte]* **Tanne;** Bild: Die **Tanne** wird mit einer T*apete* tapeziert.

abisso [aˈbisso] *[abisso]* **Abgrund, Unterwelt, Ruin;** Bild: In der **Unterwelt** wird alles noch einmal von *A bis O* durchdiskutiert, um irgendwie wieder nach oben zu kommen.

abitante [abiˈtante] *[abitante]* **Bewohner(in), Einwohner(in);** Bild: Jeder **Einwohner** dieser Stadt hat eine Tante, die Abi gemacht hat. Man nennt sie auch *Abi-Tante*n.

abituro *m* [abiˈtuːro] *[abituhro]* **Hütte, armselige Behausung;** Bild: Nach dem *Abitur* hauste er in einer **Hütte** (Loch).

abolire [aboˈliːre] *[abolihre]* **abschaffen;** Bild: Das *Abo* für *Lire* hat man bei der Einführung des Euro **abgeschafft**.

accudire [akkuˈdiːre] *[akkudihre]* **versorgen, pflegen;** Bild: In meinem *Akku* sind *Tiere*, die ich **pflegen** muss.

acqua *f* [ˈakkua] *[aqua]* **Wasser;** Bild: Steht man am **Wasser**, hört man ein (*a*) *Qua*ken (Frösche).

acquata *f* [akˈkuaːta] *[aquahta]* **(Regen-)Schauer;** Bild: Der **Regenschauer** füllt einen (*a*) *Quader* (Behälter).

aculeo *m* [aˈkuːleo] *[akuhleo]* **Stachel, Dorn;** Bild: Nachdem man den **Stachel** der Biene aus dem Akku herausgezogen hat, wurde sofort der *Akku lee*r.

adempiere [aˈdempiere] *[adempiere]* **erfüllen, halten, einlösen;** Bild: Ich *löse* mein Versprechen *ein*: »Mein *Atem* riecht nicht mehr nach fünf *Biere*.«

aderente [adeˈrɛnte] *[aderänte]* **klebend, haftend, eng anliegend;** Bild: Die *Ader*n sind auf der *Ente* **eng anliegend**.

adire [aˈdiːre] *[adihre]* **antreten;** Bild: Ich *addiere* meine Monatsgehälter und entschließe mich, dass ich die Stelle nicht **antreten** werde. Bild: Den Dienst **antreten,** um Zahlen zu *addiere*n.

adornare [ador'naːre] *[adornahre]* **schmücken, verzieren;** Bild: mit einem (*a*) *Dorn* die *Haare* **schmücken**.

aere *m* ['aːere] *[ahere]* **Luft;** Bild: Eine (*a*) *Ähre* ragt in die **Luft**.

affare *m* [afˈfaːre] *[affahre]* **Angelegenheit, Sache;** Bild: Er darf von der *Angelegenheit (Affäre)* absolut nichts *erfahren*!

affeto, -a [afˈfɛto, -a] *[affeto]* **betroffen;** Bild: Als der *Affe to*t war, waren alle **betroffen**.

affettato *m* [affetˈtaːto] *[affetahto]* **Aufschnitt;** Bild: Ein *Affe* tätowiert auf den Wurst-**Aufschnitt** ein *Tattoo* (natürlich seine eigene Affenvisage).

affetto *m* [afˈfɛtto] *[affeto]* **Zuneigung;** Bild: Der Tierpfleger zeigt **Zuneigung**, weil der *Affe to*t ist (*neigt* sich dem Affen *zu*).

affiancare [affiaŋˈkaːre] *[affiangkahre]* **zur Seite stellen;** Bild: einen *Affe*(n) *an*karren und mir **zur Seite stellen**.

affittasi [affiˈtaːsi] *[affiitassi]* **zu vermieten;** Bild: Die *Affe*(n) *Tasse* ist **zu vermieten**.

agata *f* ['aːgata] *[ahgata]* **Achat;** Bild: *Agatha* Christie (Krimiautorin) bekommt einen **Achat** (blauer Stein).

aggio *m* ['addʒo] *[addscho]* **Provision, Aufgeld;** Bild: Er h*at scho*n die **Provision** bekommen.

aggredire [aggreˈdiːre] *[aggredihre]* **angreifen, anfallen;** Bild: Die *aggres*siven *Tiere* **fallen** die Menschen **an**.

aire *m* [aˈiːre] *[aihre]* **Anstoß, Antrieb;** Bild: Ein (*a*) *Ire* (mit einem Glas Whiskey) gab den **Anstoß** (beim Fußball).

aitante [aiˈtante] *[eitante]* **mannhaft, stattlich, tapfer;** Bild: Die *Tante*, die die *Ei*er auf dem Markt verkauft (*Ei-Tante*), ist sehr **stattlich** und **mannhaft**.

alba *f* ['alba] *[alba]* **Morgengrauen, Morgendämmerung;** Bild: Ein *Alba*tros fliegt durch die **Morgendämmerung**.

alberghi *m* [alˈbergi] *[albergi]* **Hotellerie;** Bild: In den *Alp*en*bergen* befindet sich die gesamte **Hotellerie**.

albero *m* ['albero] *[albero]* **Baum;** Bild: *Albert* (Einstein) pflückt vom **Baum** die *Os*.

album *m* ['album] *[album]* **Album;** hört sich im Deutschen genauso an.

alé [aˈle] *[alle]* **vorwärts, los;** Bild: Der Animateur schreit: *Alle* **vorwärts**!

alfiere *m* [alˈfiɛːre] *[alfiehre]* **Fahnenträger, Bannerträger;** Bild: Nachdem der **Fahnenträger** drei Stunden die Fahne getragen hatte, konnte er nur noch auf *allen Vieren* gehen.

alibi *m* [ˈaːlibi] *[ahlibi]* **Alibi;** hört sich im Deutschen genauso an.

allegare [alleˈgaːre] *[allegahre]* **beifügen, beiliegen, anhängen;** Bild: *Alle garen* Steaks müssen zum Kartoffelsalat *beigefügt* werden.

allegato *m* [alleˈgaːto] *[allegahto]* **Anlage;** Bild: Als **Anlage** habe ich das Foto mit dem *Alligator*.

allestimento *m* [allestiˈmento] *[allestimento]* **Ausrüstung, Ausstattung, Dekorierung;** Bild: *Alles stimmt da,* bei der **Dekorierung**.

allevare [alleˈvaːre] *[allewahre]* **züchten, aufziehen;** Bild: *Alle Waren* kann man in einem Treibhaus *züchten/aufziehen* (daran ziehen).

alluce *m* [ˈallutʃe] *[allutsche]* **großer Zeh;** Bild: Der **große Zeh**: ein (a) *Lutscher*!

alone *m* [aˈloːne] *[alohne]* **Lichthof, Nimbus, Heiligenschein;** Bild: Nur sie *alone* (engl. für alleine) hat einen **Heiligenschein**.

alpe *f* [ˈalpe] *[alpe]* **Alm, Hochweide;** Bild: In den *Alpen* gibt es viele *Alm*en.

alpino *m* [alˈpiːno] *[alpihno]* **Gebirgsjäger;** Bild: Der **Gebirgsjäger** jagt einen *Albino*.

alt *m* [alt] *[alt]* **anhalten, Unterbrechung;** Bild: Wenn man *alt* ist, wird das **Anhalten** beim Gehen immer häufiger.

altamente [altaˈmente] *[altamente]* **äußerst, erheblich, hochgradig;** Bild: Du bist **äußerst** *alt am Ende* deines Lebens.

alterare [alteˈraːre] *[alterahre]* **verändern, ändern, entstellen, fälschen;** Bild: Du hast dich ganz schön **verändert**. Dein *Alter* kann man an den *Haar*en ablesen.

altercare [alterˈkaːre] *[alterkahre]* **streiten;** Bild: Sie **streiten** um einen *alten Karre*n.

altopiano *m* [altoˈpiaːno] *[altopiahno]* **Hochebene;** Bild: Auf einer **Hochebene** steht ein *altes Piano*.

altro [ˈaltro] *[altro]* **(etwas) anderes;** Bild: Die *Altro*cker: *Ed wa*r der Boss und *Andre*as der Nix.

alzo *m* [ˈaltso] *[alzo]* **Visier;** Bild: *Also*, sprach der Jäger und beobachtete durchs **Visier** das Reh.

amaca *f* [aˈmaːka] *[amahka]* **Hängematte;** Bild: Ein (a) *Macker* hängt den ganzen Tag in der **Hängematte** ab.

ambo, -a [ˈambo, -a] *[ambo, -a]* **beide;** Bild: **Beide** stehen am *Ambo*ss und schlagen abwechselnd drauf.

amico, -a mf [aˈmiːko] *[amihko]* **Freund(in);** Bild: Der *am Mikro* da vorne ist mein **Freund**.

ammalare [ammaˈlaːre] *[ammalahre]* **erkranken;** Bild: *am Malaria*-Fieber **erkranken**.

ammaniere [ammanˈniːre] *[ammanihre]* **vorbereitet;** Bild: Ein (*a*) *Mann* wird auf seine *Niere*ntransplantation **vorbereitet**.

ammansire [ammanˈsiːre] *[ammansihre]* **beschwichtigen, besänftigen;** Bild: Ein (*a*) *Mann* steht neben einer *Sire*ne und **besänftigt** die Bevölkerung.

ammenda f [amˈmɛnda] *[ammenda]* **Endschädigung, Geldstrafe;** Bild: *am End'* (*a*) eine **Geldstrafe** für den ganzen Aufwand.

ammesso, -a [amˈmesso, -a] *[ammesso, -a]* **zulässig, erlaubt;** Bild: Ein (*a*) *Messer* ist im Unterricht nicht **erlaubt**. Bild: D*as Messer* muss auf *Laub* abgelegt werden.

ammiccare [ammikˈkaːre] *[ammikahre]* **zwinkern, blinzeln;** Bild: Die *Ami Karre* (Ami-Schlitten) *zwinkert* mir zu.

ammorbare [ammorˈbaːre] *[ammorbahre]* **verpesten;** Bild: Obwohl er *am Ohr Bare*s mit sich trug, **verpestete** er die Luft.

amore m [aˈmoːre] *[amohre]* **Liebe;** Bild: *Am Ohre* zu knabbern ist ein Zeichen der **Liebe**.

amorosa f [amoˈroːsa] *[amorosa]* **Geliebte;** Bild: Die **Geliebte** ist *am Ohr rosa* (aber nicht mehr grün hinter den Ohren).

ampolla f [amˈpolla] *[ampolla]* **Fläschchen;** Bild: *Am Boller*wagen hängt ein **Fläschchen**.

amputare [ampuˈtaːre] *[amputahre]* **amputieren;** siehe Merktipps zu »Areieren«, Seite 235.

ananas m [anaˈnas] *[ananas]* **Ananas;** hört sich im Deutschen genauso an.

anatema m [anaˈtɛːma] *[anatähma]* **Fluch;** Bild: *Anna*s (jeder kennt eine) *Thema* auf der Party war immer nur: »**Fluch** der Karibik«.

anca f [ˈaŋka] *[angka]* **Hüfte;** Bild: Paul *Anka* (Sänger: Sein Lied *Diana* zählt zu den erfolgreichsten Singles aller Zeiten) hat eine breite **Hüfte** bekommen.

anche [aŋˈke] *[angke]* **auch, ebenfalls, sogar;** Bild: **Auch** die *Anke* (z. B. Engelke) war da.

ancora f [aŋˈkoːra] *[ankohra]* **Anker, noch einmal, weiterhin;** Bild: Die *Angora*-Katze wurde mit einem **Anker** ertränkt, aber sie lebte **noch einmal**. Sie hat ja neun Leben.

andante [anˈdante] *[andante]* **gängig, laufend;** Bild: Der Brief *an Tante* (…) war lediglich ein **gängig**er Standardbrief.

androne m [anˈdroːne] *[androhne]* **Hausflur, Eingangshalle;** Bild: *An* der *Drohne* (männliche Biene) im **Hausflur** kann man sich nicht stechen.

animale m [aniˈmaːle] *[animahle]* **Lebewesen, Tier, Vieh;** Bild: *Anni* (z. B.: Lennox), *male* mir ein Bild mit verschiedenen **Tier**en!

animare [aniˈmaːre] *[animahre]* **beleben, bewegen, animieren;** siehe Merktipps zu »Are-ieren«, Seite 235.

annaspare [annasˈpaːre] *[annaspahre]* **zappeln, herumfuchteln, herumgestikulieren;** Bild: »*Anna, spare* dein Geld und gib es nicht nur für Süßigkeiten aus!«, schrie die Mutter und **gestikulierte** dabei wild.

annata m [anˈnaːta] *[anahta]* **Jahr, Jahrgang;** Bild: Im ganzen **Jahr** ist nur einmal die *Anna da*.

annebbiamento m [annebbiaˈmento] *[annebbiamento]* **Nebelbildung;** Bild: Wenn man in *Anne*s *Bier Mento*s-Pfefferminzdrops (Marke) reinwirft, bringt man eine starke **Nebelbildung** in Gang.

annettere [anˈnettere] *[annettäre]* **anbauen, anfügen, annektieren;** Bild: *Anette* hatte speziell für ihr *Reh* einen Stall **anbauen** lassen.

anno m [ˈanno] *[anno]* **Jahr;** Bild: Der Fußballverein H*anno*ver 96 wurde im **Jahr** 1896 gegründet.

annoiare [annoˈiaːre] *[annojahre]* **langweilen;** Bild: H*anno* (z. B. Schauspieler Hanno Friedrich) kommt in die *Jahre* und **langweilt** mich.

annotare [annoˈtaːre] *[annotahre]* **mit einer Anmerkung versehen, etwas aufschreiben;** Bild: *a Notare* einen Brief verschicken und **mit einer Anmerkung versehen**.

annusare [annuˈsaːre] *[annusahre]* **schnuppern, beschnuppern;** Bild: Die Haare riechen nach Nuss (*Nuss-Haare*). Wenn man daran **schnuppert** und eine (*a*) *Nuss-Haare*-Allergie hat, bekommt man einen Ausschlag.

ansa f [ˈansa] *[ansa]* **Henkel, Griff, Flussschleife;** Bild: Alle Lufth*ansa*flugzeuge haben einen **Griff** zum Wegschmeißen.

anteporre [anteˈporre] *[anteporre]* **vorangestellt, vorgesetzt;** Bild: *An Tee Porree* zu tun ist etwas seltsam. Aber wenn man das **vorgesetzt** bekommt, trinkt man es doch.

antidatare [anti'da:tare] *[antidatahre]* **vordatieren;** Bild: Um einen Brief *an die Tatar*en – Dschingis Khan war deren Anführer – zu schreiben, muss man ihn **vordatieren**. Tipps aus ferner Zukunft.

antistante [antis'tante] *[antistante]* **gegenüberliegen;** Bild: *Andis Tante* bewohnt das **gegenüberliegende** Haus.

antro *m* ['antro] *[antro]* **Höhle, Loch;** Bild: Die Wäsche in der **Höhle** antrocknen.

anzi ['antsi] *[antsi]* **im Gegenteil, vielmehr, besser noch;** Bild: Sie behauptet immer, sie hätte keine *Anzi*ehsachen, **vielmehr** hat sie davon mehr, als sie jemals brauchen wird.

ape *f* [a:pe] *[ahpe]* **Biene;** Bild: H*ape* Kerkeling (Entertainer) wird von einer **Biene** gestochen.

appaltare [appal'ta:re] *[appaltahre]* **Auftrag vergeben/annehmen;** Bild: **Den Auftrag vergeben**, die *alt*en *Haa*re *ab*zuschneiden.

apposta [ap'pɔsta] *[apposta]* **absichtlich, extra;** Bild: »*A Post* ist *da!*«, ruft der Briefträger **absichtlich**.

appresso [ap'presso] *[apprässo]* **nahe bei, danebeben;** Bild: Ich stand **nahe bei** dem *Erpresser*.

apprestare [appres'ta:re] *[apprestahre]* **vorbereiten, bereitstellen;** Bild: Ich muss ihn schonend darauf **vorbereiten**, dass der *Rest* der *Haare ab* muss.

aprile *m* [a'pri:le] *[aprihle]* **April;** Bild: Im ***April*** braucht man eine (*a*) *Brille*.

aprire [a'pri:re] *[aprihre]* **öffnen, aufmachen;** Bild: Weil man die Türe nicht **aufmachen** konnte, organisierte man gleich eine *Abriss*bi*rne*.

apriscatole *m* [apris'ka:tole] *[apriskahtole]* **Dosenöffner;** Bild: Zum *Abriss* (eines Doms) brauchen die *Katho*liken keine Abrissbirne, sondern einen Abriss-**Dosenöffner**.

aquila *f* ['a:kuila] *[ahquilla]* **Adler;** Bild: Der **Adler** ist ein (*a*) *Killer*.

arca *f* ['arka] *[arka]* **Truhe, Arche;** Bild: Im *Arka*dengang steht eine **Truhe**.

ardere ['ardere] *[ardere]* **brennen, glühen, austrocknen;** Bild: Die *Arterie* ist **ausgetrocknet**. Es kommt kein Blut mehr.

arena *f* [a're:na] *[arehna]* **Sand;** Bild: Die komplette *Arena* ist mit **Sand** gefüllt.

aringa *f* [a'riŋga] *[aringa]* **Hering;** Bild: Ein (*a*) *Ringer* (Sportler) wird mit einem **Hering** gefüttert.

armare [arˈmaːre] *[armahre]* **armieren, stützen, befestigen;** Bild: Mit dem Arm auf dem Haare (*Arm-Haare*) stütze ich eine **Mauer**.

arme *f* [ˈarme] *[arme]* **Wappen;** Bild: Auf meine *Arme* habe ich **Wappen** tätowieren lassen.

arnica *f* [ˈarnika] *[arnika]* **Arnika;** hört sich im Deutschen genauso an.

arrestare [arresˈtaːre] *[arrestahre]* **verhaften, festnehmen;** Bild: Weil man bei ihm einen (*a*) *Rest Haare* des Opfers fand, wurde er **verhaftet**.

arrotare [arroˈtaːre] *[arrotahre]* **schleifen, wetzen, jemanden anfahren;** Bild: Eine (*a*) *Rothaar*ige ist **angefahren** worden.

ascolto *m* [asˈkolto] *[askolto]* **Zuhörer, Gehör;** Bild: Der **Zuhörer** (sitzt am Radio) und schießt (*eiskalt*) in das *Ass* mit dem *Colt* ein Loch.

asfaltare [asfalˈtaːre] *[asfaltahre]* **asphaltieren;** siehe Merktipps zu »Areieren«, Seite 235.

asilo *m* [aˈziːlo] *[asihlo]* **Asyl, Zuflucht;** Bild: in einem (*a*) *Silo* **Asyl** suchen.

aspirante [aspiˈrante] *[aspirante]* **saugend, Saug-, Anwärter(in);** Bild: Zur Tarnung schütte ich ein F*ass Bier* an den *Tee*. An einem Strohhalm **saugend**, sitze ich davor.

asse *f* [ˈasse] *[asse]* **Brett;** Bild: Auf einem **Brett** liegen 4 *Asse*.

Assia *f* [ˈassia] *[assia]* **Hessen;** Bild: In **Hessen** gab es den ersten *Asia*-Shop Deutschlands.

asta *f* [ˈasta] *[asta]* **Stab, Stange, Speer, Lanze, Bügel;** Bild: Ich breche einen *Ast a*b und mach mir einen Hirten(**stab**) draus.

astante *mf* [asˈtante] *[astante]* **Anwesende(r);** Bild: Von den **Anwesende**n kennt niemand die *Ass-Tante* (Tante mit Herz-Ass im Mund).

astergere [asterˈdʒere] *[asterdschere]* **abwischen;** Bild: Nachdem ich die Astern mit der Schere geschnitten habe, musste ich die *Aster*n-*Schere* wieder **abwischen**.

astore *m* [asˈtoːre] *[astohre]* **Habicht;** Bild: Der **Habicht** tarnt sich und sieht aus wie ein *Ast* mit zwei *Ohren*.

astro *m* [ˈastro] *[astro]* **Stern, Gestirn;** Bild: mit einem (a) *Stroh*halm den **Stern** beobachten.

attento, -a [atˈtɛnto, -a] *[attänto, -a]* **aufmerksam, gewissenhaft, sorgfältig;** Bild: Die Polizei hatte sehr **sorgfältig** (Sorgenfalten) gearbeitet bei der Aufklärung des *Attenta*ts.

atterrire [atterˈriːre] *[atterrihre]* **erschrecken;** Bild: mit einer B*atterie* ein *Reh* **erschrecken** (Stromschlag).

atto *mf* [ˈatto] *[atto]* **Handlung, Tat, Geste;** Bild: Den *Ato*maussteig zu beschließen war Merkels größte **Tat**.

atto, -a [ˈatto, -a] *[atto, -a]* **fähig, geeignet;** Bild: *Ata*- Scheuerpulver (Marke) ist **geeignet**, um hartnäckigen Schmutz zu beseitigen.

attorno [atˈtorno] *[attorno]* **(rund)herum;** Bild: Im Wachsfigurenkabinett kann man den deutschen Philosophen Theodor *Adorno* **rundherum** betrachten.

auge *f* [ˈauːge] *[auge]* **Gipfel, Höhepunkt;** Bild: Das ist doch wirklich der **Gipfel**. Er hat mich mit dem Finger ins *Auge* gepiekst auf dem **Gipfel** des Berges.

aurora *f* [auˈrɔːra] *[aurohra]* **Morgenröte;** Bild: *Aurora* mit dem Sonnenstern (Werbeslogan). Auf dem Logo sieht man die **Morgenröte**.

austerità *f* [austeriˈta] *[austerita]* **Strenge, Härte;** Bild: *Aus der Rita* Süssmuth (oder irgendeiner anderen) strömt pure **Härte**. Bild: *Aus der Ritter*rüstung strömt pure **Härte**.

austro *m* [ˈaːustro] *[ahustro]* **Süden;** Bild: Im **Süden** ist es so heiß, dass man dort nur *austro*cknen kann.

autogru *m* [autoˈgru] *[autogru]* **Abschleppwagen;** Bild: Der **Abschleppwagen** bringt die Autos in die *Auto*gru ft.

automa *m* [auˈtɔːma] *[autohma]* **Roboter;** Bild: Der **Roboter** holt sich Zigaretten aus dem Zigaretten*automat*.

autopompa *f* [autoˈpompa] *[autopompa]* **Feuerwehrauto;** Bild: Als die *Autobombe* entschärft wurde, sicherten **Feuerwehrauto**s die nähere Umgebung.

avere [aˈveːre] *[awehre]* **haben;** Bild: Jeder möchte mindestens eine Liebes-*Affäre* **haben**.

avvenente [avve'nɛnte] *[avenänte] anmutig, gefällig, attraktiv, anziehend;* Bild: Die *Affen* finden die *Ente anziehend* (ziehen sie an – und nicht aus).

avvenire *f* [avve'ni:re] *[avenihre] Zukunft, künftig, geschehen, passieren;* Bild: In *Zukunft* kann man *Affen-Nieren* transplantieren.

avventura *f* [avventu:ra] *[aventuhra] Abenteuer;* Bild: Die *Affen-Tour* mit dem *Ra*d war ein *Abenteuer*.

avvezzare [avvet'tsa:re] *[awettsahre] gewöhnen;* Bild: An den *Affenzah*n (Zahn eines Affen im eigenen Mund) muss man sich erst *gewöhnen*. Bild: Die *Affen* des *Zare*n mussten sich erst an den Thron *gewöhnen*.

avvocato *m* [avvo'ka:to] *[avokahto] Rechtsanwalt;* Bild: Ein *Rechtsanwalt* mit Robe hält eine *Avocado* in der Hand.

azzeccare [attsek'ka:re] *[azekahre] erraten;* Bild: *Atze* Schröders *Karre* soll in einer TV-Show *erraten* werden.

B

babele *f* [ba'bɛ:le] *[babähle] Durcheinander, Chaos;* Bild: *Durcheinander babbel*n (hessisch für reden).

bacca *f* ['bakka] *[baka] Beere;* Bild: Ein *Bagger* pflückt eine *Beere*. (Das könnte doch eine Wette bei »Wetten, dass …« sein.)

baciare [ba'tʃa:re] *[batschahre] küssen;* Bild: Vom *Küssen* bekommt man manchmal *patsch* nasse *Haare*.

baco *mf* ['ba:ko] *[bahko] Raupe, Wurm;* Bild: Der *Wurm* hat einen *Barco*de auf seiner Haut.

badante *mf* [ba'dante] *[badante] Betreuer(in);* Bild: Die *Bad-Tante* ist meine *Betreuerin* und hilft mir beim Baden.

badare [ba'da:re] *[badahre] aufpassen, achtgeben, beachten;* Bild: Du musst *aufpassen*! Im *Bad* liegen *Haare* auf dem Boden. Nicht ausrutschen! Bild: Beim Stutzen der *Barthaare* sollte man *aufpassen*, dass man sich nicht schneidet.

badile *m* [ba'di:le] *[badiele] Schaufel;* Bild: In *Bad* und *Diele* steht jeweils eine *Schaufel*.

baghero *m* [ba'ge:ro] *[bagehro] Bagger;* siehe Merktipps zu »O-Nixen«, Seite 239.

bagno *m* [baɲ'ɲo] *[banjo] Bad, Badezimmer;* Bild: Im *Badezimmer* spielt jemand *Banjo*.

baia *f* [ˈbaiːa] *[bahia]* **Bucht;** Bild: Ein *Bayer* (mit Lederhose) liegt in einer **Bucht**.

bailamme *m* [baiˈlamme] *[bailamme]* **Lärm, Getümmel;** Bild: Bei *Lammer*t (Norbert Lammert ist Präsident des Deutschen Bundestages) gibt es keinen **Lärm** im Bundestag. (Er lässt eine Stecknadel fallen.)

balbettare [balbetˈtaːre] *[balbettahre]* **stottern, stammeln, plappern;** Bild: Der *Ball* im *Bett* mit *Haare*n **stottert**.

balla *f* [ˈballa] *[balla]* **Stuss, (Lügen-)Märchen;** Bild: Bei dem **Stuss**, den du mir erzählst, werde ich total *ballaballa*.

ballare [balˈlaːre] *[ballahre]* **tanzen;** Bild: mit einem *Ball,* der *Haare* hat, **tanzen**. Bild: Heute gehe ich zum **Tanzen**. Daher habe ich für den *Ball* meine *Haare* besonders hübsch gemacht.

balocco *m* [baˈlɔkko] *[balocko]* **Spielzeug;** Bild: Ein *paar* von seinen *Lock*en tauschte er gegen **Spielzeug** ein.

balza *f* [ˈbaltsa] *[baltsa]* **Steilhang, Sockel;** Bild: den **Sockel** mit *Balsa*m einreiben. Bild: die *Balz* a*m* **Steilhang**.

bambino, -a mf [bamˈbiːno, -a] *[bambihno, -a]* **Kind, Junge, Mädchen;** Bild: Die **Mädchen** stehen dem *Bambi* besonders *nah* (Walt Disney Figur).

banana *f* [baˈnaːna] *[banahna]* **Banane;** siehe Merktipps zu »A-E's«, Seite 241.

banchina *f* [banˈkiːna] *[bankihna]* **Kai, Mole;** Bild: Auf dem **Kai** ist eine rote *Bank* aus *China*.

banco *m* [ˈbaŋko] *[bangko]* **Bank (Sitzbank);** Bild: Im Sonderzug nach *Pankow* (Stadtteil von Berlin) gibt es nur eine unbesetzte **Bank**.

bancone *m* [baŋˈkoːne] *[bankohne]* **Schalter, Theke, Tresen;** Bild: eine *Bank* ohne (Bank-)*schalter*.

banda *f* [ˈbanda] *[banda]* **Musikkapelle, Band;** Bild: Es spielen nur *Panda*bären in der **Band**.

bandire [banˈdiːre] *[bandihre]* **ausschreiben, verbannen, verstoßen;** Bild: Die *Bahn-Tiere* sind nur noch selten zu sehen, weil sie von den Bahnmitarbeitern vor langer Zeit **verstoßen** wurden.

bandito *m* [banˈdiːto] *[bandito]* **Kriminelle(r);** Bild: Sind alle Mitglieder der *Bandidos* (Rockerklub) **Kriminelle**?

banner *m* [ˈbanner] *[banner]* **Banner;** hört sich im Deutschen genauso an.

bar *m* [bar] *[bar]* **Bar;** hört sich im Deutschen genauso an.

bara *f* [baˈra] *[bahra]* **Bahre, Sarg;** Bild: Eine *Para*bel liegt im **Sarg**.

baracca *f* [baˈrakka] *[baracka]* **Baracke;** siehe Merktipps zu »A-E's«, Seite 241.

barba *f* [ˈbarba] *[barba]* **Bart;** Bild: Die *Barba*ren hatten immer einen **Bart**.

barbone *m* [barˈboːne] *[barbohne]* **Vollbart, langer Bart;** Bild: Ein Mann mit **Vollbart** sitzt an der *Bar* und isst eine *Bohne*.

barca *f* [ˈbarka] *[barka]* **Boot;** Bild: Ich habe meinen *Parka* im **Boot** liegen lassen. Bild: Ich *parke* mein **Boot** auf dem Parkplatz.

barcone *m* [barˈkoːne] *[barkohne]* **großer Kahn, Schleppkahn, Lastkahn;** Bild: Der **Schleppkahn** *park*t *ohne* Parkscheibe.

bardare [barˈdaːre] *[bardahre]* **anschirren, aufzäumen, sich herausputzen;** Bild: Beim **Anschirren** passt das Pferdegeschirr nicht über die *Barthaare* (Pferd mit Bart).

barista *mf* [baˈrista] *[barista]* **Barkeeper, Barfrau;** Bild: Der **Barkeeper** schreit aus dem Fenster zu den Passanten: »Hallo, die *Bar ist da*!«

barocco, -a [baˈrɔːkko, -a] *[barokka]* **barock, Barock-;** Bild: ein **Barock-Barhocker**.

barra *f* [ˈbarra] *[barra]* **Stab, Stange, Riegel, Barren;** Bild: beim *Barra*s auf Befehl vom Schoko*riegel* abbeißen. Bild: beim *Barra*s mit **Stange** antreten.

basare [baˈzaːre] *[basahre]* **basieren, auf etwas begründen;** siehe Merktipps zu »Are-ieren«. Seite 235.

base *f* [ˈbaːze] *[bahse]* **Fundament, Basis;** Bild: Meine *Base* (Cousine) sitzt auf einem **Fundament**.

basta [ˈbasta] *[basta]* **Schluss;** Bild: **Schluss** mit der Zahn*pasta*!

bastare [basˈtaːre] *[bastahre]* **genügen, ausreichen, langen;** Bild: Die *Bast-Haare reichen* vollkommen für die Faschingsfeier *aus*.

battere [ˈbattere] *[battere]* **klopfen, ausklopfen, schlagen, dreschen;** Bild: Im *Parterre* wird der Teppich *ausgeklopft*.

batteria *m* [batteˈriːa] *[batteriha]* **Batterie, Schlagzeug;** Bild: Jemand hat ein **Schlagzeug**, in dem man eine **Batterie** *AA* einbauen muss.

bello *m* [ˈbɛllo] *[bello]* **Schöne(s), Schönheit;** Bild: Mein Hund *Bello* ist eine **Schönheit**.

bene [ˈbɛːne] *[behne]* **gut, wohl;** Bild: Meine Beine (*Bene*) fühlen sich nun wieder *wohl*.

benedetto, -a [bene'detto] *[benedetto]* **geweiht, gesegnet;** Bild: *Benedetto* XVI. (Papst Benedikt XVI.) ist mit Weihwasser **geweiht** (hat ein **Geweih** auf).

bere ['be:re] *[behre]* **trinken, saufen;** Bild: einen *Beere*nsaft **trinken**.

berlina f [ber'li:na] *[berlihna]* **Pranger;** Bild: Ein *Berliner* (z. B. Wowereit) steht am **Pranger**.

bestia f ['bestia] *[bestia]* **Tier;** Bild: Selbst das *best*e **Tier** wird manchmal zur **Bestie**.

betulla f [bet'ulla] *[betulla]* **Birke;** Bild: Im *Bett* liegt *Ulla* (z. B. Weigerstorfer, Schmidt) mit einer **Birke**.

bianco, -a ['biaŋko, -a] *[bianko, -a]* **weiß;** Bild: *Bianca* ist komplett in **Weiß** gekleidet (Hochzeitskleid).

bibita f ['bi:bita] *[bihbita]* **Getränk;** Bild: *Wie bitter* ist das **Getränk** (Bitter Lemon)?

bicchiere m [bik'kiɛ:re] *[bikiähre]* **Glas (Trinkglas);** Bild: Sie schaute etwas *pikiert*, als man ihr den *Biki*ni ins **Glas** stopfte.

bici f ['bi:tʃi] *[bitschi]* **Fahrrad;** Bild: Die *Bee Gee*s (Boygroup) sitzen alle auf einem **Fahrrad**.

bile f ['bi:le] *[bihle]* **Galle, Wut, Ärger;** Bild: In *Biele*feld (Stadt in NRW) haben alle einen **Wut**ausbruch.

birba f ['birba] *[birba]* **Schelm, Spitzbube;** Bild: Der **Schelm** klaut sich die *Birba*nk.

birra f ['birra] *[birra]* **Bier;** Bild: Alle *Pira*ten trinken **Bier** (wenn der Rum ausgegangen ist).

bis f [bis] *[bis]* **Zugabe;** Bild: Nach dem *Biss* Draculas verlangte das Opfer eine **Zugabe**.

bisboccia f [biz'bɔttʃa] *[bissbotscha]* **Fete, Mordsfete;** Bild: Auf der **Fete** waren alle so betrunken, dass sie selbst in die *Boccia*-Kugeln *biss*en.

bisca f ['biska] *[biska]* **Spielkasino, Spielhölle;** Bild: Er ging ins **Spielkasino**, *bis ke*in Geld mehr da war.

bisecare [bise'ka:re] *[bisekahre]* **halbieren;** Bild: Da ist *Pisse* an der *Karre*. Jetzt müssen wir sie **halbieren**.

bisognare [bizoɲ'ɲa:re] *[bisonjahre]* **brauchen, benötigen;** Bild: Ein *Bison*, der in die *Jahre* gekommen ist, **benötigt** viel mehr Faltencreme als ein junger.

bisonte m [bi'zonte] *[bissonte]* **Bison;** Bild: Der **Bison** trinkt *Bison*-Tee.

bitter ['bitter] *[bittä]* **bitter;** hört sich im Deutschen genauso an.

bizza *f* ['biddza] *[biddsa]* **Eigensinn, Koller;** Bild: Es bedarf schon einer gehörigen Portion **Eigensinn**, um *Pizza* mit einem B zu schreiben. Bild: Wer *Eigensinn* besitzt, ist auch sehr *bizarr*.

blindare [blin'da:re] *[blindahre]* **panzern, absichern;** Bild: Ich bin *blind*, weil mir meine *Haare* ins Gesicht hängen. Ich bin aber auch **gepanzert**. So kann mir nichts passieren.

bloccare [blok'ka:re] *[blokahre]* **absperren, verriegeln, blockieren;** siehe Merktipps zu »Are-ieren«, Seite 235.

blu [blu] *[blu]* **blau;** Bild: eine **blau**e *Blu*se.

blusa *f* ['blu:za] *[bluhsa]* **Bluse;** siehe Merktipps zu »A-E's«, Seite 241.

boa *mf* ['bɔ:a] *[boha]* **Boa, Boje;** Bild: Die *Boa* (Schlange) rettet sich auf eine **Boje**.

boccale *m* [bok'ka:le] *[bokahle]* **Mund-, Krug;** Bild: So viele *Poka*le hatte er schon als Bier**krug** benutzt. Bild: Dem *Bock* kamen *Aale* aus dem **Mund**.

boccata *f* [bok'ka:ta] *[bockahta]* **Mundvoll, Zug, Schluck;** Bild: Der Ziegen*bock* und der *Kater* machen einen kräftigen **Zug** von einer Zigarette.

boccola *f* ['bokkola] *[bokkola]* **Büchse, Ring, Ohrring;** Bild: Weil er *Bock* auf eine *Cola* hatte, tauschte er seinen **Ohrring** gegen eine Dose ein.

bolla *f* ['bolla] *[bolla]* **Blase, Luftblase;** Bild: ein *Boller*wagen mit einer riesigen Seifen**blase**.

bollente [bol'lɛnte] *[bollente]* **kochend, siedend, heiß, hitzig, feurig;** Bild: Die *Polente* (Polizei) ist mit **kochend** heißem Wasser bewaffnet.

bolo *m* ['bɔ:lo] *[bohlo]* **große Pille;** Bild: Beim *Polo*spiel benutzt man *große Pillen*.

bomba *f* ['bomba] *[bomba]* **Bombe;** Bild: Die **Bombe** detonierte mit einer *bomba*stischen Explosion.

bombetta *f* [bombe'tta] *[bombetta]* **Melone (Hut), Zylinder (Hut);** Bild: Mit der **Melone** auf dem Kopf bist du eine *Bombe* im *Bett*.

borgata *f* [bor'ga:ta] *[borgahta]* **Ortschaft;** Bild: In dieser **Ortschaft** *borg*t sich jeder von mir *Ata*-Scheuerpulver (Marke).

borghese [borˈgeːse] *[borgehse]* **bürgerlich, Bürger-;** Bild: Mein **Bürger**recht: Ich *borge* mir *Käse* für meinen Cheese*burger*.

bosco *m* [ˈbɔsko] *[bosko]* **Wald;** Bild: Die *Bosko*p-Äpfel wachsen in einem tiefen, dunklen **Wald**.

boss *m* [ˈbɔs] *[bos]* **Boss;** hört sich im Deutschen genauso an.

botte *f* [ˈbotte] *[botte]* **Fass;** Bild: Auf einem *Bodde*n (Küstengewässer an der Ostsee) schwimmt ein **Fass**. Der Post*bote* schleppt ein **Fass**.

boucle *m* [bukl] *[bukl]* **Reifen, Ring;** Bild: Wenn man selbst die **Reifen** wechselt, bekommt man einen *Buckel*.

boxare [bokˈsaːre] *[boksahre]* **boxen;** Bild: *Box-Haare* sind Haare, die beim **Boxen** nicht getroffen werden dürfen.

braca *f* [ˈbraːka] *[brahka]* **Hose, Unterhose;** Bild: Ein *Prager* lässt seine **Hose** herunter. Bild: Im *Brack*wasser liegt eine **Unterhose**.

bracciale *m* [bratˈtʃaːle] *[bratschahle]* **Armband, Armbinde;** Bild: In einer *Bratschale* (einer Schale, mit der man auch braten kann) wird ein **Armband** gebraten.

braccio *m* [ˈbrattʃo] *[brattscho]* **Arm;** Bild: »Ich *brat scho*' mal den **Arm** an!«, sprach der Kannibale.

brache *f* [ˈbraːtʃe] *[brahtsche]* **Glut, Feuer;** Bild: die *Bratsche* (Musikinstrument) in das **Feuer** schmeißen.

brachiale [braˈkiaːle] *[brakiahle]* **Oberarm-;** Bild: Mit *brachiale*r Gewalt schlug er ihn auf seinen **Oberarm**.

braille *m* [braj] *[brei]* **Blindenschrift;** Bild: Ein Blinder nimmt den Gries*brei* in die Hand und versucht, die Grieskörner zu lesen, um seine **Blindenschrift**kenntnisse zu optimieren.

branca *f* [ˈbraŋka] *[branka]* **Kralle, Klaue, Pranke, Fachgebiet, Teilgebiet;** Bild: Mit meiner *Pranke/Klaue* klammere ich mich an mein **Fachgebiet**.

breccia *m* [ˈbrettʃa] *[brettscha]* **Schotter, Splitt;** Bild: Das *Scha*ch-*Brett* ist mit **Schotter** bedeckt.

breve [ˈbrɛːve] *[bräve]* **kurz;** Bild: Die *Briefe* von ihm sind immer sehr **kurz**.

brezza *f* [ˈbreddza] *[bredza]* **Wind, Brise;** Bild: Der **Wind** bläst *Brett* und *Sa*ck um.

briga *f* ['bri:ga] *[brihga]* **Mühe, Unannehmlichkeit;** Bild: Die *Briga*de macht sich **Mühe**.

brillantante *m* [brillan'tante] *[brillantante]* **Klarspüler, Klarspülmittel;** Bild: Bevor ich die *Brille an* die *Tante* zurückschicke, mache ich sie mit **Klarspüler** sauber.

brillare [bril'la:re] *[brillahre]* **glänzen, leuchten, strahlen;** Bild: die *Brill*e in den *Haare*n. Dann beginnen die Zähne zu **strahlen**.

brillo, -a ['brillo, -a] *[brillo, -a]* **beschwipst;** Bild: Durch den Schluckauf – den man hat, wenn man **beschwipst** ist – verrutschte die *Brille*.

brina *f* ['bri:na] *[brihna]* **Raureif;** Bild: Sa*brina* (z. B. Setlur) liegt im **Raureif**.

brocca *f* ['brɔkka] *[brocka]* **Kanne, Krug;** Bild: Mit einem *Brockha*us-Band decke ich den Bier*krug* ab.

broderie *f* [brɔ'dri] *[brodri]* **Stickerei, Stickarbeit;** Bild: Die *Brotri*nde ist mit **Stickerei**en versehen.

brullo, -a ['brullo, -a] *[brullo, -a]* **kahl, öde;** Bild: Die **kahle** Landschaft ist nicht gerade der *Brüller*.

bruno ['bru:no] *[bruhno]* **braun;** Bild: *Bruno* (z. B. Mars) ist **braun**.

bruschino *m* [brus'ki:no] *[bruskihno]* **Striegel, Bürste;** Bild: *Bruce* Lee (Schauspieler) sitzt im *Kino* und striegelt mit der **Bürste** seine Sitznachbarin.

brusco *m* ['brusko] *[brusko]* **Säure, Herbheit;** Bild: Die **Säure** fraß sich durch seinen *Brustkor*b, bis die Lungen in Mitleidenschaft gezogen wurden.

brutta *f* ['brutta] *[brutta]* **hässlicher Mensch;** Bild: Mit einem **hässlichen Menschen** geht man *bruta*ler um.

brutto *m* [brutto] *[brutto]* **das Hässliche, das Schlechte, das Schlimme;** Bild: **Das Schlimme** am *Brutto*gehalt ist, dass noch so viel abgezogen wird.

buca *f* ['bu:ka] *[buhka]* **Loch, Grube;** Bild: Auf der *BUGA* (Bundesgartenschau) fiel ich in ein **Loch**.

bucare [bu'ka:re] *[bukahre]* **durchlöchern;** Bild: Der *Puk* hatte *Haare* und **durchlöcherte** den Eishockeytorwart mehrmals.

budello, -a *mf* [bu'dɛllo] *[budälo]* **Darm, Gedärm, Schlauch;** Bild: Der überfahrene Pudel: Aus dem *Pudel-O*hr hing das **Gedärm** heraus.

bue *m* ['bu:e] *[buhe]* **Ochse;** Bild: einen **Ochse**n aus*buhe*n.

bufala *f* [bu:fala] *[buhfala]* **Büffelkuh;** Bild: Ronald *Pofalla* (CDU-Politiker) streichelt eine **Büffelkuh** am Euter.

bulletta *f* [bul'letta] *[bulletta]* **Reißzwecke;** Bild: In die *Bulette* sind **Reißzwecken** reingedrückt.

burbanza *f* [bur'bantsa] *[burbanza]* **Arroganz, Hochmut, Hochnäsigkeit;** Bild: Nicht ohne **Arroganz** (Nase hoch) behauptete er: »Mir kann doch nichts passieren. Auf meiner *Bur*g steht ein *Panzer*.«

burro *m* ['burro] *[burro]* **Butter;** Bild: Ich schmiere Tom *Buhrow* (Journalist) **Butter** auf seinen Kopf.

bus *m* [bʌs] *[bus]* **Bus;** hört sich im Deutschen genauso an.

buscare [bus'ka:re] *[buskahre]* **(ab)bekommen, kriegen;** Bild: Jeder, der in den *Bus* steigt, **kriegt** eine Schub*karre*.

bussare [bus'sa:re] *[busahre]* **klopfen, pochen;** Bild: Die *Bussar*de **klopfen** an ihre Nester, bevor sie eintreten.

busse *f* ['busse] *[busse]* **Prügel;** Bild: Wenn man in die *Busse* einsteigt, bekommt man immer einen **Prügel** mit.

busta *f* ['busta] *[busta]* **Briefumschlag, Kuvert;** Bild: Ich male eine *Puste*blume auf einen **Briefumschlag**.

bustina *f* [bus'ti:na] *[bustihna]* **Tütchen, Päckchen, Beutel;** Bild: Im *Bus* sitzt *Tina* (z. B. Turner) und hält sich einen Kotz*beutel* vors Gesicht.

busto *m* ['busto] *[busto]* **Oberkörper, Büste, Korsett, Mieder;** Bild: Der Bus fuhr über seinen **Oberkörper**. Er war sofort tot. Er starb den sogenannten *Busto*t.

buttare [but'ta:re] *[buttahre]* **werfen, schmeißen;** Bild: Das *Butari*s- (Marke) Butterschmalz weg**schmeißen**.

C

cabina *f* [ka'bi:na] *[kabihna]* **Kabine, Kajüte, Raum;** siehe Merktipps zu »A-E's«, Seite 241.

cacare [ka'ka:re] *[kakahre]* **kacken;** Bild: in die *Kack*-(Schub-)*Karre* **kacken**.

cacca *f* ['kakka] *[kaka]* **Kacke;** siehe Merktipps zu »A-E's«, Seite 241.

caccia *f* ['kattʃa] *[katscha]* **Jagd;** Bild: Ein *Catcher* geht auf **Jagd**.

caccola *m* [ˈkakkola] *[kakkola]* **Popel;** Bild: »Mir ist ein **Popel** ins *Kack-Cola* gefallen.«

cactus *m* [ˈkaktus] *[kaktus]* **Kaktus;** hört sich im Deutschen genauso an.

cadente [kaˈdɛnte] *[kadänte]* **baufällig, gebrechlich;** Bild: Nachdem der *Kat* in die *Ente* (Citroen CV2) eingebaut worden war, war sie total **baufällig**.

cadere [kaˈdeːre] *[kadehre]* **umfallen, hinunterfallen, hinfallen, abstürzen;** Bild: Obwohl er ständig **umgefallen** ist, gehört der Spieler heute zum *Kader* der Nationalmannschaft.

caffeina *f* [kaffeˈiːna] *[kaffeihna]* **Koffein;** Bild: Den *Kaffee* mag *Ina* (z. B. Müller) nur mit **Koffein**.

cagna *f* [ˈkaɲɲa] *[kannja]* **Hündin, Flittchen;** Bild: Das **Flittchen** *kann ja* öfter mal kommen.

cala *f* [ˈkaːla] *[kahla]* **Bucht;** Bild: *Karl La*gerfeld liegt in einer **Bucht**.

calamaio *m* [kalaˈmaːio] *[kalamahjo]* **Tintenfass;** Bild: *Carla* Bruni (Frau von Sarkozy) hat *Mayo* im **Tintenfass**.

calare [kaˈlaːre] *[kalahre]* **fallen, herablassen, senken, sinken;** Bild: Nachdem der Kopf *kahl* war wurden die *Haare* ins Grab **herabgelassen**.

calcare [kalˈkaːre] *[kalkahre]* **treten, stampfen, drücken;** Bild: Der *Kalk* aus den *Haare*n fällt ab, wenn ich mit den Füßen auf den Boden **stampfe**.

caldamente [kaldaˈmente] *[kaldamente]* **wärmstens, herzlich;** Bild: *Kalt am Ende* ist das, was am Anfang **wärmstens** empfohlen wurde.

caldo, -a [ˈkaldo, -a] *[kaldo, -a]* **warm, heiß;** Bild: In Italien ist es anders herum: *Kalt* bedeutet **warm**!

calle *f* [ˈkalle] *[kalle]* **Gasse, Straße;** Bild: *Kalle* (z. B. Wirsch) steht auf der **Straße**.

callista *mf* [kalˈlista] *[kallista]* **Fußpfleger(in);** Bild: Die **Fußpflegerin** ruft dem **Fußpfleger** zu: »Der *Karl* (z. B. Dall) *ist da*!«

callo *m* [ˈkallo] *[kallo]* **Hornhaut, Hühnerauge, Schwiele;** Bild: Wer zu viel *Kalo*rien zu sich nimmt, bekommt **Hornhaut** (mit einem Horn hauen).

calmare [kalˈmaːre] *[kallmahre]* **beruhigen, besänftigen** Bild: Die *Kalmare* (Kopffüßer) müssen **beruhigt** und **besänftigt** werden, damit sie mit ihren Fangarmen kein Unheil anrichten.

calore *m* [kaˈloːre] *[kallohre]* **Wärme, Hitze;** Bild: Wenn *Kalo*rien verbrannt werden, entsteht **Wärme**. Das merkt man auch beim Sport.

cambio *m* [ˈkambio] *[kambio]* **Tausch, Wechsel;** Bild: Schlechter **Tausch**: *Kamm bio* gegen Kamm aus Plastik.

camera [ˈkaːmera] *[kahmera]* **Zimmer, Raum;** Bild: Im **Zimmer** ist gar nichts außer einer *Kamera*.

camino *m* [kaˈmiːno] *[kamihno]* **Kamin;** siehe Merktipps zu »O-Nixen«, Seite 239.

camminare [kammiˈnaːre] *[kamminahre]* **laufen, gehen, fahren, fortschreiten;** Bild: Bevor er zum **Laufen geht**, setzt er sich immer erst seine *Haare* (Toupet) auf. Diese liegen auf dem *Kamin*sims (*Kamin-Haare*).

campagna *f* [kamˈpaɲɲa] *[kampanija]* **Land, Ackerland;** Bild: Auf dem **Ackerland** stehen *Champagner*-Flaschen herum.

campare [kamˈpaːre] *[kammpahre]* **leben, durchbringen, sich durchschlagen;** Bild: Man kann auch nur mit *Campari* (Marke) **leben**. Bild: Mit *Campari* (Marke) kann ich meine ganze Familie **durchbringen**.

campo *m* [ˈkampo] *[ˈkampo]* **Feld, Acker;** Bild: Jemand steht auf dem **Acker** und hat einen *Kamm* im *Po*.

cancello *m* [kanˈtʃello] *[kantschello]* **Tor, Gittertür;** Bild: Oliver *Kahn* (Fußballer) steht mit seinem *Cello* vor einer **Gittertür**.

cane *m* [ˈkaːne] *[kahne]* **Hund;** Bild: Der **Hund** bringt die Gieß*kanne*.

cannare [kanˈnaːre] *[kannahre]* **verpatzen, vermasseln, durchfallen;** Bild: Jeder *Kanare* (Bewohner der Kanarischen Inseln) **verpatzte** die Prüfung.

cannata *f* [kanˈnaːta] *[kanahta]* **Stockschlag, Stockhieb;** Bild: ein **Stockschlag** auf die *Kanada*-Flagge.

canone *m* [kaˈnoːne] *[kanohne]* **Regel, Maßstab;** Bild: Ich *kann ohne Regel*n leben. Mit einer *Kanone* auf die Spiel**regel**n schießen.

cantante *mf* [kanˈtante] *[kantante]* **Sänger(in);** Bild: Die **Sängerin** *kann* die *Tante* nicht leiden.

cantare [kanˈtaːre] *[kantahre]* **singen;** Bild: Wenn man gut **singen** will, muss man sich selbst an die *Kandare* nehmen (Gebissstück im Pferdemaul beim Pferdesport).

cantiere *f* [kanˈtiɛːre] *[kantiehre]* **Baustelle, Werft;** Bild: Ich *kann Tiere* auf der **Baustelle** nicht gebrauchen.

cantina *f* [kanˈtiːna] *[kantihna]* **Keller, Weinkeller, Weinschenke;** Bild: Im **Weinkeller** *kann Tina* (z. B. Turner) den Wein probieren.

cantore *m* [kanˈtoːre] *[kantohre] **Kantor, Sänger, Dichter;** Bild: Der **Dichter** **kann** die **Tore** nicht halten. (Von wegen, er macht das Tor dicht.)

canzone *f* [kanˈtsoːne] *[kantsohne]* **Lied;** Bild: Sie *kann's ohne* Noten singen, das *Lied*.

capa *m* [ˈkaːpa] *[kahpa]* **Kopf;** Bild: den *Kaba* (Marke) auf den *Kopf* schütten.

capello *m* [kaˈpello] *[kapello]* **Haar;** Bild: Man könnte die *Haar*e auch in der *Kapelle* schneiden lassen.

capire [kaˈpiːre] *[kapihre]* **verstehen, begreifen;** Bild: Ich *kapiere* und *verstehe* nichts.

capo *m* [ˈkaːpo] *[kahpo]* **Kopf, Oberhaupt, Chef;** Bild: Ständig hau ich mir den *Kopf* am *Carpo*rt an.

capote *f* [kaˈpɔte] *[kapote]* **Verdeck;** Bild: das *kaputte* **Verdeck** vom Cabrio.

cappa *f* [ˈkappa] *[kappa]* **Mantel, Umhang;** Bild: Die *Kappe* liegt auf dem **Mantel**.

cappella *f* [kapˈpɛlla] *[kapälla]* **Kapelle;** siehe Merktipps zu »A-E's«, Seite 241.

cappello *m* [kapˈpɛllo] *[kappällo]* **Hut;** Bild: In die *Kapelle* darf man nicht mit **Hut** gehen.

capra *f* [ˈkaːpra] *[kahpra]* **Ziege;** Bild: »Abra*c*a*d*a*bra*«, und plötzlich stand eine **Ziege** da.

caramba *m* [kaˈramba] *[karamba]* **Bulle (Polizist), Donnerwetter!;** Bild: Der **Bulle** (Polizist mit Hörnern) sprüht mit *Caramba*-Rostlöser (Marke) um sich.

caramella *m* [kara'mɛlla] *[karamälla]* **Bonbon;** Bild: Die **Bonbon**s sind alle aus *Karamell*.

carattere *m* [ka'rattere] *[karattere]* **Charakter;** Bild: Das *Karate-Reh* zeigt **Charakter**.

carbone *m* [kar'bo:ne] *[karbohne]* **Kohle;** Bild: *Kar*toffeln mit *Bohne*n werden über glühenden **Kohle**n gebraten.

cardare [kar'da:re] *[kardahre]* **kämmen;** Bild: Mit *Kart*en die *Haare* **kämmen**.

cardine *m* ['kardine] *[kardine]* **Angel (Tür-/Fenster-), Angelpunkt;** Bild: Beim Einhängen der Tür in die **Türangel** wurde die *Gardine* mit eingezwickt.

carello *m* [kar'ɛllo] *[karello]* **Wagen, Einkaufswagen, Schlitten;** Bild: Rudi *Carrell* (Showmaster) schiebt einen **Einkaufswagen**.

carente [ka'rente] *[karente]* **unzureichend, mangelhaft;** Bild: Es ist absolut **unzureichend**, wenn man keine *(ka) Rente* mehr bekommt.

carica *f* ['kari:ka] *[karihka]* **Amt, Angriff, Attacke;** Bild: Im **Amt** (z. B. Finanzamt) sind *Karika*turen ausgestellt.

carne *f* ['karne] *[karne]* **Fleisch, Fruchtfleisch;** Bild: Nachdem *Karne*val vorbei war, gab es kein **Fleisch** mehr. Dann wurde gefastet.

caro, -a ['ka:ro] *[kahro]* **lieb, liebenswert;** Bild: Der *Caro*-Kaffee-Ersatz (Marke) ist **liebenswert** und bekommt ein Küsschen von mir.

carola *f* [kar'ɔ:la] *[karohla]* **Reigen;** Bild: Die *Karola* (eine kennt jeder) tanzt einen **Reigen**.

carota *f* [ka'rɔta] *[karohta]* **Karotte;** siehe Merktipps zu »A-E's«, Seite 241.

carpa *f* ['karpa] *[karpa]* **Karpfen;** Bild: In einer *Kar*re transportiert mein *Pa*pa die vielen **Karpfen**.

carpo *m* ['karpo] *[karpo]* **Handwurzel;** Bild: Beim Aufbau des *Carpo*rts verletzte sie sich ihre linke **Handwurzel**.

carro *m* ['karro] *[karro]* **Wagen, Waggon;** Bild: ein ganzer **Waggon** voller *Caro*-Kaffee-Ersatz-(Marke)Dosen.

carrozza *f* [kar'ɔttsa] *[karottsa]* **Kutsche, Eisenbahnwagen;** Bild: Es ist kein *(ka) Rotz a*n der Scheibe der **Kutsche** mehr zu sehen.

carta *f* ['karta] *[karta]* **Papier;** Bild: eine Ansichts*karte* aus **Papier**.

cartella *f* [kar'tɛlla] *[kartälla]* **Aktenmappe, Aktentasche, Schulranzen;** Bild: Die *Karte* auf dem *Teller* steckst du bitte in den **Schulranzen**.

cartina f [kar'ti:na] *[kartihna]* **Karte, Landkarte, Stadtplan, Zigarettenpapier;** Bild: Hinter der *Gardine* hängt der **Stadtplan.**

cartone m [kar'to:ne] *[kartohne]* **Karton, Pappe;** siehe Merktipps zu »E-Nixen«, Seite 240.

casa f ['ka:sa] *[kahsa]* **Haus;** Bild: Vor dem **Haus** steht eine *Kassa* (österreichisch für Kasse).

cascante [kas'kante] *[kaskante]* **schwach, schlaff, kraftlos;** Bild: Wenn du immer nur die Leber*kas-Kante* isst, dann bleibst du **kraftlos.**

cascare [kas'ka:re] *[kaskahre]* **fallen;** Bild: Die Leber*kas-Karre* **fällt** um (Falle).

casco m ['kasko] *[kasko]* **Helm;** Bild: Wer nicht Voll*kasko* versichert ist, muss den ganzen Tag mit **Helm** herumlaufen.

casetta f [ka'setta] *[kasätta]* **Hauszelt;** Bild: Im **Hauszelt** sind die alten Musik*kassette*n gelagert.

casino m [ka'si:no] *[kasihno]* **Drunter und Drüber, Durcheinander, Bordell, Kasino;** Bild: Im Spiel*kasino* herrscht ein **Durcheinander.**

casotto m [ka'sɔtto] *[kasotto]* **Puff, Drunter und Drüber, Häuschen, Bude;** Bild: Gib *Gas, Otto* (z. B. Waalkes), dann kommst du noch rechtzeitig in deine **Bude.**

cassetta f [kas'setta] *[kassetta]* **Kästchen, Kasten, Kiste, Audiokassette;** Bild: Die Musik*kassette*n liegen in einer **Kiste** auf dem Dachboden.

cast m [ka:st] *[kahst]* **Besetzung;** Bild: Der *Gast* konnte die **Besetzung** für den kompletten Film zusammenstellen.

casta f ['kasta] *[kasta]* **Kaste;** siehe Merktipps zu »A-E's«, Seite 241.

castrare [kas'tra:re] *[kastrahre]* **kastrieren;** siehe Merktipps zu »Are-ieren«, Seite 235.

cavalla f [ka'valla] *[kavalla]* **Stute;** Bild: Eine **Stute** ist kein *(ka) Walla*ch.

cavallo m [ka'vallo] *[kavallo]* **Pferd;** Bild: Das **Pferd** macht mit den Hufen *o*rdentlich *Krawall*.

caverna f [ka'verna] *[kavärna]* **Höhle;** Bild: *Kaffee* mit *Erna* (jeder kennt eine) trinken in einer **Höhle.**

cavia f ['ka:via] *[kahvia]* **Meerschweinchen;** Bild: Das **Meerschweinchen** wird mit *Kaviar* gefüttert.

cazzata f [kat'tsa:ta] *[kattsahta]* **Scheiß, Mist;** Bild: Die Katze war auch da (*Katz ah da*) und hat ihren **Scheiß** hinterlassen.

cazzone *m* [kat'tso:ne] *[katsohne]* **Blödmann, lange Latte;** Bild: die *Katz' ohne* **Blödmann**.

cella *f* ['tʃɛlla] *[tschälla]* **Zelle (Gefängnis);** Bild: In der *Zelle* wird momentan *Gela*ntine gelagert.

cello *m* ['tʃɛllo] *[tschello]* **Cello;** hört sich im Deutschen genauso an.

cenone *m* [tʃe'no:ne] *[tschenohne]* **großes Abendessen;** Bild: Mit einer *schönen Nonne* bin ich zum **großen Abendessen** verabredet.

cera *f* ['tʃe:ra] *[tschera]* **Wachs, Wichse;** Bild: d'*Scher*e ein*wachs*en.

cercamine *m* [tʃerka'mi:ne] *[tscherkamihne]* **Minensuchgerät;** Bild: Mit *Cher* (Sängerin und Schauspielerin) suche ich mit dem **Minensuchgerät** alle *Kamine* im Haus ab.

cercare [tʃer'ka:re] *[tscherkahre]* **suchen, nachschlagen, wünschen, streben nach;** Bild: Mit *Cher* (Sängerin und Schauspielerin) **suche** ich ihre geparkte *Karre* (Auto).

cereale [tʃere'a:le] *[tschereahle]* **Getreide-;** Bild: mit der *Schere* die *Aale* zerschneiden und ins **Getreide**feld schmeißen.

chi [ki] *[ki]* **wer, wem, wen, welche(r, s), derjenige;** Bild: **Wer** schreit *Ki* keri *ki*?

chicca *f* ['kikka] *[kikka]* **Süßigkeit, Süßes, Bonbon;** Bild: Im *Kiga* (Kindergarten) gibt es niemals **Süßigkeit**en. Bild: Wir spielen *Kicker* nicht mit einem Ball, sondern mit **Süßigkeiten**.

china *f* ['ki:na] *[kihna]* **Tusche;** Bild: Die Schriftzeichen in *China* schreibt man auch heute noch mit **Tusche**.

chino, -a ['ki:no, -a] *[kihno, -a]* **gebeugt, gebückt, gesenkt;** Bild: Nach dem Film verlassen alle das *Kino* **gebückt**. Bild: In *China* gehen alle **gebückt**, weil sie so viel arbeiten.

ciabatta *f* [tʃa'batta] *[tschabatta]* **Pantoffel, Hausschuh;** Bild: Das *Ciabatta* vom Bäcker sieht wirklich so aus wie ein **Hausschuh**.

cibo *m* ['tʃi:bo] *[tschihbo]* **Nahrung, Speise, Futter;** Bild: Bei *Tchibo* (Marke) kann man außer Kaffee jetzt auch Tier**futter** kaufen.

ciclo *m* ['tʃi:klo] *[tschihklo]* **Zyklus, Kreislauf, Verlauf;** Bild: Nach dem **Kreislauf** (Langlauf im Kreis) setzte sich der Skilangläufer aufs Klo (*Skiklo*).

ciliare [tʃiˈliaːre] *[tschiliahre]* **Wimpern-;** Bild: Wer scharfe Sachen sehen will, muss seine **Wimpern** mit Chili würzen. Dann hat man *Chili-Haare*.

cine *m* [ˈtʃiːne] *[tschihne]* **Kino;** Bild: ein *Kino* auf **Schien**en.

cingere [ˈtʃindʒere] *[tschindschere]* **umschließen, umarmen, einfassen;** Bild: Mit einer *Gin-Schere* bekomme ich die Flasche Gin auf. Vor Freude **umarme** ich die Flasche.

cinque [ˈtʃiŋkue] *[tschinkwe]* **fünf;** Bild: In meiner Hand (Symbol für die 5) habe ich einen/**fünf** *Schinken* (an jedem Finger einen).

ciocco *m* [ˈtʃɔkko] *[tschokko]* **Baumstumpf, (Brenn-)Klotz, Dummkopf;** Bild: Auf einem **Baumstumpf** liegt eine Tafel *Schoko*lade.

ciré *m* [siˈre] *[sire]* **Wachstuch;** Bild: Über die *Sire*ne legte man ein **Wachstuch**, damit sie nicht mehr so laut dröhnte.

città *f* [tʃitˈta] *[tschitta]* **Stadt;** Bild: Tarzan und *Chita* (Schimpanse) leben jetzt in der **Stadt**.

clamore *m* [klaˈmoːre] *[klamohre]* **Aufsehen, Wirbel, Lärm;** Bild: Wer sich *glamourö*s kleidet, erregt meist großes **Aufsehen**.

classe *f* [ˈklasse] *[klasse]* **Klasse;** hört sich im Deutschen genauso an.

clava *f* [ˈklaːva] *[klahwa]* **Keule;** Bild: mit einer **Keule** die *Klavia*tur vom Klavier zerschlagen.

clavicola *f* [klaˈviːkola] *[klavihkola]* **Schlüsselbein;** Bild: Ein **Schlüsselbein** ist ein Bein, an dem ein Schlüssel zum Aufziehen ist. Ist doch *klar wie Kola*, oder?

clemente [kleˈmɛnte] *[klemänte]* **mild, gütig, gnädig, nachsichtig;** Bild: Der Nikolaus schenkt jedem eine *Clementi*ne, weil er so **gnädig** ist.

clima *m* [ˈkliːma] *[klihma]* **Klima;** hört sich im Deutschen genauso an.

cobra *f* [ˈkɔːbra] *[kobra]* **Kobra;** hört sich im Deutschen genauso an.

cocco, -a *mf* [kɔkko, -a] *[kokko, -a]* **Liebling, Schätzchen, Muttersöhnchen;** Bild: Joe *Cock*er (Sänger) war ein **Muttersöhnchen**.

coccola *f* [koˈkkola] *[kokola]* **Liebkosung, Liebling;** Bild: Die **Liebkosung** einer *Coc*a-*Cola*-Flasche.

coda *m* [ˈkoːda] *[kohda]* **Schwanz;** Bild: Unterm **Schwanz** lässt man *Kot* a*b*. An der *Côte d'A*zur laufen alle mit einem **Schwanz** herum.

coffa *f* [ˈkɔffa] *[koffa]* **Mastkorb, Ausguck, Mars;** Bild: Die *Mars*männchen tragen alle einen *Koffer*.

colà [koˈla] *[kola]* **dort, dorthin;** Bild: **Dort** steht eine *Cola*.

colare [koˈlaːre] *[kolahre]* **abgießen, filtern, durchseihen;** Bild: Weil in der *Cola Haare* waren, mussten wir die Cola *filtern*.

colazione *f* [kolatˈtsioːne] *[kolazione]* **Frühstück;** Bild: Beim **Frühstück**sbüffet gibt es eine extra *Cola*-Zone. Dort gibt es alle Cola-Produkte: Cola-Lutscher, Cola-Gummibärchen, Cola-Brause.

colf *f* [kɔlf] *[kolf]* **Haushaltshilfe, Bedienung;** Bild: Die **Haushaltshilfe** spielt *Golf*, anstatt im Haushalt zu helfen.

colibrì *m* [koliˈbri] *[kolibri]* **Kolibri;** hört sich im Deutschen genauso an.

colla *f* [ˈkɔlla] *[kolla]* **Leim, Klebstoff;** Bild: In einer *Cola*-Flasche ist **Leim,** sie wird zum Basteln benutzt.

collage *m* [koˈlaːʒ] *[kolahsch]* **Collage;** Bild: Der Blumen*kohl* am *Arsch* als Foto*collage*.

collasso *m* [kolˈlasso] *[kolasso]* **Kollaps;** Bild: Weil er ständig versuchte, den Blumen*kohl* mit dem *Lasso* zu ernten, bekam er einen Kreislauf**kollaps**.

colle *m* [ˈkɔlle] *[kolle]* **Hügel, Pass;** Bild: Auf einem **Hügel** steht Oswalt *Kolle* (Sexualaufklärer der 60er-Jahre).

collera *f* [ˈkɔllera] *[kollera]* **Wut;** Bild: Der Lehrer von Helmut Kohl (*Kohl*-*Lehrer*) hatte öfter mal einen **Wut**anfall seinetwegen.

collo *m* [kɔllo] *[kollo]* **Hals;** Bild: René *Kollo* (Tenor) hat man den **Hals** durchgeschnitten.

colmare [kolˈmaːre] *[kolmahre]* **füllen, zuschütten, auffüllen;** Bild: In *Colmar* (Stadt im Elsass) werden die Weingläser bis zum Rand **aufgefüllt**.

colpire [kolˈpiːre] *[kolpihre]* **schaden, treffen, verletzen;** Bild: Wenn du jemandem **schaden** willst, musst du ihm nur einen *Kohl* und zwei *Biere* anbieten (hochexplosiv).

colpo *m* [ˈkolpo] *[kolpo]* **Schlag, Stoß;** Bild: Weil ich einen **Schlag** ins Gesicht bekam, wuchs mir ein Blumen*kohl* aus dem *Po*.

coltella *f* [kolˈtɛlla] *[koltälla]* **Fleischermesser;** Bild: Der Rosen*kohl* auf dem *Teller* wird mit einem **Fleischermesser** halbiert.

combattente *mf* [kombatˈtɛnte] *[kombatänte]* **Kämpfer(in);** Bild: Der (z. B. Judo-)**Kämpfer** in der Badewanne schreit herausfordernd: »*Komm* ins *Bad*, du *Ente*.«

combattere [komˈbattere] *[kombattere]* **kämpfen;** Bild: *Komm* ins *Parterre* (vom ersten Stock nach unten), dann können wir auf Augenhöhe **kämpfen**.

combriccola *f* [komˈbrikkola] *[kombrikkola]* **Clique, Bande;** Bild: »*Komm*, bring *Cola* mit!«, befiehlt der **Bande**nchef.

combutta *f* [komˈbutta] *[kombutta]* **Bande;** Bild: *Komm*, *Buddha*, wir gründen eine **Bande**. Bild: Die **Bande** hat sich darauf spezialisiert, *Computer* zu stehlen.

come [ˈkoːme] *[kohme]* **wie?;** Bild: **Wie komme** ich nach Hause?

commensale *mf* [kommenˈsaːle] *[kommensahle]* **Tischgenosse, Tischgenossin;** Bild: Platzanweiser: »*Komm* in den *Saale* und setz dich zu deinen **Tischgenossen** hin.«

commessa *f* [komˈmessa] *[kommessa]* **Verkäuferin, Bestellung;** Bild: Die **Verkäuferin** *komm*t mit einem *Messer*, um ein Stück von der Wurst abzuschneiden.

compare *m* [komˈpaːre] *[kompahre]* **Kumpel, Kumpan, Helfershelfer, (Tauf-)Pate;** Bild: *Komm*, *paare* dich mit dem **Kumpel**.

comparsa *f* [komˈparsa] *[komparsa]* **Statistin, Komparsin;** Bild: *Komm*, die *paar Sa*chen (Kleidung usw.) kann die **Statistin** behalten.

compasso *m* [komˈpasso] *[kompasso]* **Zirkel, Kompass;** Bild: Um navigieren zu können, braucht man *Kompass* und *Zirkel*.

compattare [kompatˈtaːre] *[kompatahre]* **pressen, verdichten, komprimieren;** Bild: Wenn man **presst**, *komm*en die *Barthaare*. Der Bartwuchs **verdichtet** sich dann.

competere [komˈpɛːtere] *[kompätere]* **konkurrieren, zustehen, zukommen;** Bild: *Komm, Peter* (z. B. Maffay, Lustig etc.), lass uns **konkurrieren** (Gitarrenduell).

condom *m* [ˈkɔndom] *[kondom]* **Kondom;** hört sich im Deutschen genauso an.

coniuge *mf* [ˈkɔniudʒe] *[koniudsche]* **Ehemann, -frau, Gatte, Gattin;** Bild: *Conny* kn*utsch*te mit meinem **Ehemann**.

connettere [konˈnettere] *[konettere]* **verbinden, in Zusammenhang bringen;** Bild: Euch beide muss man einfach **verbinden** (Seil etc.), weil du k*o* (bayerisch für »keine«) *Nettere* net (nicht: bayerische Doppelverneinung) findest.

conoscere [koˈnoʃʃere] *[konotschere]* **kennen, kennenlernen;** Bild: Feuerwehrmann beim Autowrack: »Wir werden dich leider nicht **kennenlernen**, weil wir k*o* (keine) *Not-Schere* dabeihaben.«

conservare [konserˈvaːre] *[konserwahre]* **konservieren, haltbar machen;** siehe Merktipps zu »Are-ieren«, Seite 235.

constare [konsˈtaːre] *[konstahre]* **bestehen, sich ergeben;** Bild: *Konst*liche *Haare* **bestehen** aus *Konst*stoff.

consumare [konsuˈmaːre] *[konsumahre]* **konsumieren, verbrauchen, verzehren;** siehe Merktipps zu »Are-ieren«, Seite 235.

contante *m* [konˈtante] *[kontante]* **Bargeld, Bar-, bar;** Bild: *Kann Tante ... bar* bezahlen?

conte *m* [ˈkonte] *[konnte]* **Graf;** Bild: Der *Graf* (von Unheilig) *konnte* schon immer (machen, was er wollte).

contesto *m* [konˈtesto] *[kontesto]* **Zusammenhang, Kontext;** Bild: *Konntest du* den **Zusammenhang** erkennen?

conto *m* [ˈkonto] *[konnto]* **Rechnung;** Bild: »Herr Ober, die **Rechnung** oder die *Konto*nummer, bitte!«

contorcere [konˈtɔrtʃere] *[kontortschere]* **verdrehen;** Bild: Der *Kondor* hat mit einer *Schere* sich den **verdreht**en Flügel abgeschnitten.

controllo *m* [konˈtrɔllo] *[kontrollo]* **Kontrolle;** siehe Merktipps zu »O-E's«, Seite 240.

convenire [konveˈniːre] *[konvenihre]* **sich versammeln, zusammenkommen, besser sein, sich empfehlen;** Bild: Alle **versammeln sich** und werfen *Konfe*tti auf eine *Niere*.

convertire [konverˈtiːre] *[konvertihre]* **umwandeln, konvertieren;** Bild: Die *Konfer*enz der *Tiere* ergab, dass sich alle **umwandeln** lassen.

coppa *m* [ˈkoppa] *[koppa]* **Becher, Kelch;** Bild: Nachdem der *Kopp* (Kopf) *a*b war, legte man ihn in einen (Eis-) **Becher**.

copra *f* [ˈkɔːpra] *[kopra]* **Kopra;** hört sich im Deutschen genauso an.

corale *f* [koˈraːle] *[korahle]* **Chor, Choral, gemeinschaftlich;** Bild: Eine *Koralle* singt jetzt auch in unserem *Chor* mit.

corda *f* [ˈkɔrda] *[korda]* **Seil, Schnur;** Bild: Costa *Corda*lis (Schlagersänger) tanzt auf einem *Seil*.

cornice *f* [korˈniːtʃe] *[kornihtsche]* **Bilderrahmen, Rahmen, Zarge;** Bild: Im *Chor* singt *Nietzsche* (Philosoph mit Schnauzer) und hält einen *Bilderrahmen* hoch.

cornista *mf* [korˈnista] *[kornista]* **Hornist(in);** Bild: Der *Hornist* freut sich und ruft: »Ja, mein *Korn* (Schnaps) *ist da*!«

corolla *f* [koˈrɔlla] *[korolla]* **Blumenkrone;** Bild: Der Fahrer eines Toyota *Corolla* (Marke) hat eine *Blumenkrone* auf.

corporale [korpoˈraːle] *[korporahle]* **körperlich;** Bild: Weil er den *Korb oral* tragen musste, ging es ihm *körperlich* nicht besonders gut.

corrente [korˈrɛnte] *[korente]* **fließend;** Bild: Die *Chor-Ente* (eine Ente, die in einem Chor mitsingt) holt sich zur Erfrischung *fließend*es Wasser.

correo, -a *mf* [korˈrɛːo, -a] *[koreho, -a]* **Mitschuldige(r);** Bild: Ein *Mitschuldiger* erfindet für den Gerichtssaal eine neue *Choreo*grafie. Bild: Chick *Corea* (Pianist) ist ein *Mitschuldiger*.

corsa *f* [ˈkorsa] *[korsa]* **Lauf, Fahrt;** Bild: Der Opel *Corsa* (Marke) macht eine *Fahrt* ins Blaue.

corte *f* [ˈkorte] *[korte]* **Hof, Hofhaltung, Gerichtshof;** Bild: Im Schul*hof* trinken alle Mitglieder des *Chor*s Tee.

coscia *m* [ˈkɔʃʃa] *[koscha]* **Schenkel, Keule;** Bild: Die Hähnchen*keule* ist *koscher*, wenn das Huhn nach jüdischem Brauch geschlachtet wurde.

coso *m* [ˈkɔːso] *[kohso]* **Dingsda, Dingsbums;** Bild: Im *Koso*vo hab ich mein *Dingsbums* vergessen.

costa *f* [ˈkɔsta] *[kosta]* **Küste, Rippe;** Bild: *Costa* Cordalis (Schlagersänger) hat sich eine *Rippe* beim Singen gebrochen. Bild: *Costa* Cordalis steht an der *Küste* und singt.

cotone *m* [koˈtoːne] *[kotohne]* **Baumwollstoff, Baumwolle;** Bild: *Kot ohne Baumwolle*.

cotta *f* [kɔtta] *[kotta]* **Verliebtheit, Vernarrtheit;** Bild: Seine *Vernarrtheit* (Hofnarr) war groß: Er verpasste keine Folge von »*Kott*an ermittelt« (österreichische Krimiserie).

cova f [ˈkoːva] *[kohwa]* **Brut, Brutzeit;** Bild: die **Brut** im *Koffer*.

coyote m [koˈjote] *[kojote]* **Kojote;** hört sich im Deutschen genauso an.

cozza f [ˈkɔttsa] *[kottsa]* **Miesmuschel;** Bild: Bestellt man beim Italiener *Kotze*, bekommt man Gott sei Dank **Miesmuscheln**.

cranico, -a [ˈkraːniko, -a] *[krahnico, -a]* **Schädel-;** Bild: Stürzt der *Kranich o*b (ab), dann hat er einen **Schädel**bruch.

crauti m [ˈkraːuti] *[krahuti]* **Sauerkraut;** Bild: »*Kraut*, iih!«, das **Sauerkraut** mag ich nicht.

creare [kreˈaːre] *[kreahre]* **(er)schaffen, gründen, kreieren;** siehe Merktipps zu »Are-ieren«, Seite 235.

credente mf [kreˈdɛnte] *[kredänte]* **Gläubige(r), gläubig;** Bild: Ich bin **gläubig** und glaube, es *kräht* die *Ente* sieben Mal und nicht der Hahn.

credere [ˈkreːdere] *[kredehre]* **glauben, halten für;** Bild: Weil der Hahn **glaubt**, *kräht* er zu *Ehre*n Gottes.

crema f [ˈkrɛːma] *[krehma]* **Sahne;** Bild: Man kann sich die (Schlag-)**Sahne** auch als *Creme* ins Gesicht schmieren.

cremare [kreˈmaːre] *[kremahre]* **einäschern;** Bild: Bevor man **eingeäschert** wird, schmiert man dem Leichnam noch eine brennbare *Creme* in die *Haare*.

crepa f [ˈkrɛːpa] *[krähpa]* **Riss, Sprung, Fuge;** Bild: Die *Gräber* haben alle einen **Sprung**. Mit *Kreppba*nd kann man den **Riss** zukleben.

cresta f [ˈkresta] *[kresta]* **(Hahnen-)Kamm;** Bild: *Christa* (z. B. Wolf) hat einen **Hahnenkamm**.

creta f [ˈkrɛːta] *[krehta]* **Ton, Kreide, Tongefäß;** Bild: Ich schreibe mit **Kreide** »*Kreta*« an die Tafel.

cric m [krik] *[krik]* **Wagenheber;** Bild: In Zeiten des *Krieg*es braucht man öfter einen **Wagenheber**.

crisi f [ˈkriːzi] *[krihsi]* **Krise;** Bild: *Chrisi* (Christine) hat 'ne **Krise**.

cristo m [ˈkristo] *[kristo]* **Christus;** Bild: *Christo* (Verpackungskünstler) verpackt die **Christus**statue von Rio.

critica f [ˈkriːtika] *[krihtika]* **Kritik;** Bild: Der *Kritiker* verteilt **Kritik**.

croce *f* [kro:tʃe] *[krohtsche]* **Kreuz;** Bild: Es ist *grod schön*, wenn man das Bundesverdienst*kreuz* umgehängt bekommt.

croco *m* [ˈkrɔ:ko] *[krohko]* **Krokodil;** Bild: Ein **Krokodil** frisst *Kroku*sse.

cross *m* [krɔs] *[kros]* **Motocross;** Bild: Michael *Groß* (Sportler) fährt jetzt ***Motocross***.

cubo *m* [ˈku:bo] *[kuhbo]* **Würfel;** Bild: Der **Würfel** steckt im *Kuh-Po*.

cuccare [kukˈka:re] *[kukahre]* **reinlegen, anschmieren;** Bild: Die *Kuh* wird in die (Schub)*karre* **reingelegt**.

cuccia *f* [ˈkuttʃa] *[kutscha]* **Hundehütte;** Bild: Der *Kutscher* hat eine **Hundehütte** auf seinem Schoß.

cuccuma *f* [ˈkukkuma] *[kukuma]* **Kanne;** Bild: Die *Kucku*ck-*Ma*ma landet auf einer **Kanne**. Bild: das *Kurkuma*-Gewürz in eine **Kanne** füllen.

cucina *f* [kuˈtʃi:na] *[kutschihna]* **Küche;** Bild: Eine (rote) *Kuh* aus *China* steht in der **Küche** und kocht.

cucire [kuˈtʃi:re] *[kutschihre]* **nähen;** Bild: mit der ***Näh***maschine durch die Gegend *kutschiere*n.

cuffia *f* [ˈkuffia] *[kuffia]* **Haube;** Bild: *Kofi A*nnan (Politiker) hat eine (Trocken-)***Haube*** auf.

culla *f* [ˈkulla] *[kulla]* **Wiege;** Bild: In einer **Wiege** liegt ein Baby, bei dem die Tränen *kullern*.

culo *m* [ˈku:lo] *[kuhlo]* **Arsch;** Bild: Der **Arsch** hat eine *Kuhle* (Vertiefung).

cuore *m* [ˈkuɔ:re] *[kuohre]* **Herz;** Bild: Von der *Kuh* kann man *Ohre*n und **Herz** nicht essen.

cura *f* [ˈku:ra] *[kuhra]* **Pflege, Sorge, Aufmerksamkeit;** Bild: Die **Pflege** während des *Kur*aufenthaltes war besonders intensiv.

curare [kuˈra:re] *[kurahre]* **behandeln;** Bild: Wenn man mit dem Pfeilgift *Curare* **behandelt** wird, ist man so gut wie tot.

curia *f* [ˈku:ria] *[ˈkuhria]* **Kurie;** siehe Merktipps zu »A-E's«, Seite 241.

curva *f* [ˈkurva] *[kurva]* **Kurve;** siehe Merktipps zu »A-E's«, Seite 241.

custode *mf* [kusˈtɔ:de] *[kustohde]* **Aufseher(in), Wächter(in), Wärter(in);** Bild: Bei der Gefängnis***wärterin*** führte der *Kuss* zum *Tode*.

D

dabbasso [daˈbasso] *[dabasso]* **unten;** Bild: Das *Tabas*co-Fläschchen (Marke) ist immer **unten** im Schrank.

dacché [dak'ke] *[dacke]* **seitdem, seit, weil;** Bild: **Seitdem** ich einen *Dackel* habe, kann ich Italienisch.

dado *m* [da:do] *[dahdo]* **Würfel, Schraubenmutter;** Bild: Am *Tato*rt fand man eine **Schraubenmutter**. Beim Täter ist jetzt 'ne Schraube locker.

daffare *m* [daf'fa:re] *[daffahre]* **Arbeit;** Bild: *Da fahre* ich mit dem Fahrrad zur **Arbeit**.

dalia *f* [da:lia] *[dahlia]* **Dahlie;** Bild: *Daliah* Lavi (Schlagersängerin) riecht an einer **Dahlie**.

dama *f* ['da:ma] *[dama]* **Dame;** Bild: *Dama*ls sagte man zu einer Frau noch **Dame**.

danno *m* ['danno] *[danno]* **Schaden;** Bild: Nachdem er einen großen **Scha****den** angerichtet hatte, zog er von *dannen*.

deb *mf* [deb] *[deb]* **Debütant(in);** Bild: Johnny *Depp* (Schauspieler) ist noch ein **Debütant**.

debole *f* ['de:bole] *[dehbole]* **Schwäche, schwach, kraftlos;** Bild: Nachdem ich die *Tee-Bowle* (Bowle mit Teebeutel) getrunken hatte, war ich absolut **kraftlos** (und habe Kraft-Ketchup gebraucht, um wieder fit zu werden).

decano *m* [de'ka:no] *[dekahno]* **Älteste(r), Dekan;** Bild: *Der kann no*ch: der **Älteste**!

dedicare [dedi'ka:re] *[dedikahre]* **widmen, weihen;** Bild: Der *Teddy* in der Schub*karre* ist dem Tode **geweiht** (Geweih auf dem Kopf).

dedurre [de'durre] *[dedurre]* **folgern;** Bild: Ich **folgere** daraus: *Die Dürre* ist essgestört.

defraudare [defrau'da:re] *[defraudahre]* **betrügen, vorenthalten, unterschlagen;** Bild: *Die Frau* hat *Haare*. Das hat sie mir immer **unterschlagen**.

degnare [deɲ'ɲa:re] *[dennjahre]* **würdigen, für würdig halten;** Bild: Erst nach all *den Jahre*n **hielt** man sein Werk *für* **würdig**.

delega *f* ['dɛ:lega] *[dählega]* **Vollmacht, Ermächtigung;** Bild: *Der Lega*stheniker kann die **Vollmacht** nicht unterschreiben.

delirante [deli'rante] *[delirante]* **irrsinnig, absurd, im Delirium;** Bild: In *Neu-Delhi rannte* ich wie **irrsinnig** durch die Straßen.

dental [den'ta:le] *[dentahle]* **dental, Zahn-;** Bild: *Den Tale*r kann man mit dem **Zahn**test auf Echtheit überprüfen (indem man auf den Taler beißt).

dente *m* [dɛnte] *[dänte]* **Zahn;** Bild: Als ich mich *dehnte*, fiel mir ein **Zahn** heraus. Bild: *Den Tee* trink ich nicht. Da tut mir mein **Zahn** weh.

deporre [deˈporre] *[deporre]* **ablegen, absetzen, legen, abstellen;** Bild: *den Porre* (Lauch) auf den Küchentisch **ablegen**.

derrick *m* [ˈderik] *[derik]* **Montagekran;** Bild: Kommissar *Derrick* hat sich in der letzten Folge an einem **Montagekran** erhängt.

desolante [dezoˈlante] *[desolante]* **trostlos, desolat;** Bild: *Der so lande*t, führt ein **trostlos**es Leben.

destare [desˈtaːre] *[destahre]* **aufwecken, wecken, erwecken, wach rütteln;** Bild: Nach dem **Aufwecken** werden die *Test-Haare* genau untersucht.

desto, -a [ˈdesto, -a] *[desto, -a]* **wach, wachsam;** Bild: Je mehr Schlaf du hast, *desto* **wachsam**er bist du am nächsten Tag.

destro, -a [ˈdɛstro, -a] *[destro, -a]* **rechte(r, s);** Bild: *Des tra*g ich mit der **rechten** Hand.

diamante *m* [diaˈmante] *[diamante]* **Diamant;** siehe Merktipps zu »E-Nixen«, Seite 240.

diana *f* [ˈdiaːna] *[diahna]* **(das) Wecken;** Bild: *Diana* Spencer hatte beim Militär öfter mal das **Wecken** der Soldaten übernommen.

difetto *m* [diˈfɛtto] *[difetto]* **Mangel;** Bild: *Die Fette* leidet bestimmt keinen **Mangel**.

diga *f* [ˈdiːga] *[dihga]* **Damm, Deich;** Bild: Ein *dicker* Mann läuft auf dem **Damm**. Bild: Ein *Tiger* läuft auf dem **Deich**.

digerente [didʒeˈrɛnte] *[didscherente]* **Verdauungs-;** Bild: *Dittsche* (Figur von Olli Dittrich) bekommt schon seit Jahren die *Rente*, weil er **Verdauungs**probleme hat.

digerribile [didʒeˈriːbile] *[didscherihbile]* **verdaulich;** Bild: *Didgeri*doos (australische Musikinstrumente) sind schwer **verdaulich**, daher braucht man spezielle *Pille*n (*Didgeri-Pille*n).

diguido *m* [dizˈguiːdo] *[disguihdo]* **Missverständnis, Versehen, Irrläufer;** Bild: *Dies*er *Guido* (z. B. Westerwelle) ist ein **Irrläufer** (läuft in den Irrgarten).

dimettere [diˈmettere] *[dimettere]* **entlassen;** Bild: *Die Mieter*in wird **entlassen**. Bild: Alle Mitarbeiter bei *Demeter* (Öko-Marke) werden **entlassen**.

dinoccolato, -a [dinokko'la:to, -a] *[dinokolahto, -a]* **gelenkig;** Bild: Der *Dino* macht die *Colado*se mit seinen **gelenki**g*en Krallen auf (Gelenk an der Kralle).

dipendente *mf* [dipen'dɛnte] *[dipendänte]* **Beschäftigte, Beschäftigter, abhängig;** Bild: Die einzige **Beschäftigte** war eine *tippen*de *Ente*.

diploma *m* [di'plɔ:ma] *[diplohma]* **Diplom;** Bild: Die *Tippel-Oma* hält ihr **Diplom** ganz stolz in die Höhe.

dire [di:re] *[dihre]* **sagen, erzählen, sprechen, reden;** Bild: Alle *Tiere* können **sprechen**.

diretta *f* [di'rɛtta] *[diretta]* **live, Direktübertragung;** Bild: *Die Retter* werden **live** gesendet.

dirigere [di'ri:dʒere] *[dirihdschere]* **leiten, führen, lenken, dirigieren;** Bild: Der Dirigent *dirigiert* mit einer *Schere*.

diritto [di'ritto] *[diritto]* **geradeaus, direkt, schnurstracks;** Bild: Die Erste ritt nach links, die Zweite nach rechts und die Dritte, *die ritt* **geradeaus**.

disco *m* [disko] *[disko]* **Scheibe, Disco;** Bild: In einer *Disco* legt man **Scheibe**n (LPs und CDs) auf.

discostante [diskos'tante] *[diskostante]* **unsympathisch, abstoßend;** Bild: All die Tanten in den Discos (*Disco-Tanten*) find ich absolut **abstoßend** (stoß ich immer weg).

discostare [diskos'ta:re] *[diskostahre]* **entfernen, wegrücken;** Bild: Die alten *Disco-Star*s (Papp-Jackson usw.) werden einfach in eine Ecke der Disco **weggerückt**.

discretamente [diskreta'mente] *[diskretamente]* **diskret, taktvoll;** Bild: *Dies*es *G'red* (bayerisch für Gerede) *am Ende* war nicht besonders **taktvoll** (Taktstock).

disengnare [disen'ɲa:re] *[disenjahre]* **zeichnen, beschreiben, skizzieren, planen;** Bild: In *diesen Jahre*n von 2000 bis heute habe ich alles **skizziert**.

diserbare [dizer'ba:re] *[diserbahre]* **Unkraut jähten/entfernen;** Bild: Auf *dieser Bahre* (z. B. Totenbahre) kann man **Unkraut jähten**.

disilludere [dizil'lu:dere] *[disilluhdere]* **ernüchtern, enttäuschen;** Bild: *Diese Luder* **enttäuschen** mich immer wieder.

disinfettante *m* [dizinfet'tante] *[disinfettante]* **Desinfektionsmittel, desinfizierend;** Bild: *Die ist in Fett* gefallen, die *Tante*. Jetzt muss sie mit **Desinfektionsmittel** wieder gereinigt werden.

disinnestare [dizinnes'ta:re] *[disinnestahre]* **auskuppeln, entkuppeln, abschalten, herausziehen;** Bild: Nachdem ich einen elektrischen Schlag bekommen habe, bekam ich *die Sinnesstarre*. Jemand anderes musste den Stecker **herausziehen**. Bild: *Die Cinestar*-Kinos müssen erst von der Anhängerkupplung **ausgekuppelt** werden.

disonorare [dizonoˈraːre] *[disonorahre]* **entehren;** Bild: *Dies*e H*onorare* **entehren** mich.

dispetto *m* [disˈpetto] *[dispetto]* **Bosheit;** Bild: *Dies' Bett do* bekam ich aus **Bosheit** von meinem Mann geschenkt.

disporre [disˈporre] *[disporre]* **aufstellen, anordnen, beschließen;** Bild: *Dies*es *Porree* kann man **aufstellen**.

disseccare [disseˈkaːre] *[dissekahre]* **austrocknen, trocknen;** Bild: *Diese* Schub*karre* hängt zum **Trocknen** an einer Wäscheleine.

dissestare [dissesˈtaːre] *[dissestahre]* **aus den Fugen geraten, in Unordnung bringen;** Bild: *Diese Starre* überkommt mich immer, wenn etwas **aus den Fugen gerät** (aus den Fugen kommt etwas).

distante [disˈtante] *[distante]* **fern, weit, weit entfernt;** Bild: *Dies*e *Tante* wohnt **weit entfernt** von uns.

dolore *m* [doˈloːre] *[dolohre]* **Schmerz, Weh;** Bild: verursachen **Schmerz**: »Das machen nur die Beine von *Dolore*s« (Schlager)

domenica *m* [doˈmeːnika] *[domehnika]* **Sonntag;** Bild: Immer am **Sonntag** besuchte ich *Domenica* (Königin der Reeperbahn).

donna *f* [ˈdɔnna] *[donna]* **Frau;** Bild: *Donner*wetter – ist das eine gut aussehende **Frau**.

dorso *m* [ˈdɔrso] *[dorso]* **Rücken;** Bild: Vom *Torso* sieht man nur den **Rücken**.

dose *f* [ˈdoːze] *[dohse]* **Menge, Ration, Quantum;** Bild: In der *Dose* ist die gesamte Tages*ration* an Essen.

dotale [doˈtaːle] *[dotahle]* **Mitgift, Aussteuer;** Bild: Die **Mitgift** ist die *totale* Ausbeutung der Eltern.

dotto, -a [dɔtto, -a] *[dotto, -a]* **gebildet, gelehrt, Gelehrter, Wissenschaftler;** Bild: Der **Wissenschaftler** beschäftigt sich mit einem Ei*dotter*.

dove [ˈdoːve] *[dohve]* **wohin;** Bild: **Wohin** geht der *Doofe* (Stan Laurel)?

dovere *m* [doˈveːre] *[dovehre]* **Pflicht;** Bild: *Da wäre* noch die **Pflicht**, die man zu erfüllen hat.

dovuto *m* [doˈvuːto] *[dovuːto]* **Schuld, Verpflichtung;** Bild: Der *doof*e *Udo* (z. B. Lindenberg) hat **Schuld**.

duca *m* [ˈduːka] *[duhka]* **Herzog;** Bild: Der **Herzog** hält sich einen *Tuka*n.

duce *m* [ˈduːtʃe] *[duhtsche]* **Führer;** Bild: Der **Führer** tut *schö*n, ist aber sehr fies.

due [ˈduːe] *[duhe] zwei, ein paar;* Bild: **Zwei** *tu*n es.

dunque [ˈduŋkue] *[dunkwe] folglich, also, nun also;* Bild: *Also* tunke ich das Brot in die *Tunke*. Bild: Es wird *dunk*el, **folglich** wird es Nacht.

durante [duˈrante] *[durante] während;* Bild: *Du ranntest* fort, **während** ich dir etwas Wichtiges sagen wollte.

duro, -a [ˈduːro] *[duhro] hart, steif;* Bild: Die *Dura*cell-Batterie (Marke) ist ganz schön **hart**, wenn man draufbeißt.

E

ebbene [ebˈbɛːne] *[ebähne] nun gut, also;* Bild: *Na gut*, dann gehen wir eben über die **Ebene**.

ecco [ˈɛkko] *[ekko] da, hier, da kommt;* Bild: **Hier** wohnte Umberto *Eco* (Schriftsteller).

elefante *m* [eleˈfante] *[elefante] Elefant;* siehe Merktipps zu »E-Nixen«, Seite 240.

eleggere [eˈlɛddʒere] *[eläddschere] wählen;* Bild: Mit der *Elle* den Wahlzettel festhalten und dann mit einer *Schere* ein Kreuzchen machen, nennt man **wählen**.

elidere [eˈliːdere] *[elihdere] aufheben, streichen, tilgen;* Bild: Alles *Elitäre* (Nase nach oben) sollte man **streichen** (durchstreichen).

eliminare [elimiˈnaːre] *[eliminahre] beseitigen, entfernen, eliminieren;* siehe Merktipps zu »Are-ieren«, Seite 235.

ellisse *f* [elˈlisse] *[elisse] Ellipse;* Bild: In einem *ellipse*nförmigen Kräuterbeet wächst M*ellisse*.

eloquente [eloˈkuɛnte] *[eloquänte] redegewandt;* Bild: Auf einer *E-Lok* fährt eine *Ente* mit, die sehr **redegewandt** ist (Gewand in Reet, fährt gegen die Wand aus Reet).

emittende *f* [emitˈtɛnte] *[emitänte] Sender, Radiosender;* Bild: Als Logo hat der TV-**Sender** ein »*E« mit Ente*.

emozionare [emottsioˈnaːre] *[emotzionahre] bewegen, aufregen;* Bild: Ihre *Haare* (Punkkfrisur) haben *Emotion*en hervorgerufen (*Emotionshaare*). Alle haben sich **aufgeregt**.

emozione f [emot'tsio:ne] *[emotzione]* **Gefühl, Aufregung, Erregung;** Bild: In der *Emo-Zone* (Gehege, in dem Emus gehalten werden) herrscht große *Aufregung*, wenn der Emu-Hahn kommt.

empire [em'pi:re] *[empihre]* **füllen, anfüllen;** Bild: Zur *EM* werden verschiedene *Biere* in Pappbechern *gefüllt* (und mit einem Füller umgerührt). Bild: das *Empire* State Building in Manhattan wird mit Nuss-Nugat-Creme *gefüllt*.

ente m ['ɛnte] *[ente]* **Anstalt, Behörde, Institut, Wesen;** Bild: Eine *Ente* läuft aus dem (Goethe-)*Institut*.

entrante [en'trante] *[entrante]* **Nächste(r, s);** Bild: Die *Ente rannte* ins Behandlungszimmer, als der Arzt aufforderte: »Der *Nächste* bitte!«

equanime [e'kua:nime] *[equanihme]* **sachlich, gerecht, unvoreingenommen;** Bild: »Urlaub am *Äqua*tor: *Nie me*hr!« – Da bin ich ganz *sachlich*.

equatore m [ekua'to:re] *[equatohre]* **Äquator;** siehe Merktipps zu »E-Nixen«, Seite 240.

erba f ['ɛrba] *[erba]* **Gras, Kraut;** Bild: Etwas ist *erba*ut aus *Gras*.

erboso, -a [er'bo:so] *[erbohso]* **Gras-, grasbewachsen;** Bild: Er war *erbo*st darüber, dass seine Terrasse *grasbewachsen* war.

erede mf [e'rɛ:de] *[erähde]* **Erbe, Erbin;** Bild: Der *Erbe red*et oft zu viel über sein *Erbe* (Erbsenzähler).

ergere ['ɛrdʒere] *[ärdschere]* **erheben, emporrichten;** Bild: die *Schere* von der *Erde* (*Erd-Schere*) auf zum Himmel *emporrichten*.

erpete m ['ɛrpete] *[erpete]* **Herpes;** Bild: *Herpes* ist nicht *erbe*ten. Bild: *Er bet*et, dass er kein *Herpes* mehr kriegt.

erta f ['ɛrta] *[erta]* **Steigung, Anhöhe;** Bild: *Er ta*ppt die *Anhöhe* hoch.

eruttare [erut'ta:re] *[erutahre]* **ausstoßen, ausspeien;** Bild: Er tut *rot*e Haare *ausspeien*.

esanime [e'za:nime] *[esahnime]* **tot, leblos;** Bild: *Er sah nie* mehr ihr schönes Gesicht: Sie war *tot*.

esauriente [ezau'riɛnte] *[esauriänte]* **erschöpfend, befriedigend;** Bild: Eine *Saurier-Ente* (Ente so groß wie ein Saurier) hat im Zeugnis nur Dreier: alles *befriedigend*.

esca f ['eska] *[eska]* **Köder;** Bild: Der eine Fisch zum anderen: »*Ess ka*(keinen) *Köder!*«

esentasse [ezen'tasse] *[essentasse]* **steuerfrei;** Bild: Wenn du dein *Essen* aus der *Tasse* isst, bist du *steuerfrei* (hast deine Hände nicht mehr am Steuer).

esente [e'zɛnte] *[essänte]* **befreit, frei;** Bild: *Ess* (knusprige) *Ente*! – Das *befreit*.

esistente [ezis'tɛnte] *[esistänte]* **vorhanden, existent;** Bild: *Es ist* zu *Ende*, was einst *vorhanden* war.

esistere [e'zistere] *[esistere]* **existieren, bestehen;** Bild: *Es ist* eine *Ehre* zu *existieren*.

eskimo *mf* ['ɛskimo] *[eskimo]* **Parka;** Bild: Ein *Eskimo* ist mit einem *Parka* bekleidet.

espellere [es'pɛllere] *[espällere]* **ausweisen, verweisen, ausstoßen, ausscheiden;** Bild: *Ess* die *Pelle* (Haut) vom *Reh*. Die kann man dann komplett wieder *ausscheiden*.

esporre [es'porre] *[esporre]* **ausbreiten, auslegen, aussetzen;** Bild: Der Gemüseladen *legt* Infomaterial *aus* mit der Aufforderung: »*Ess Porre*e! – Dann wirst du gesund.« Bild: *Ess Porre*, aber dann müssen wir dich wegen des Mundgeruchs *aussetzen*.

espresso, -a *m* [es'prɛsso] *[esprässo]* **Schnellzug, Espresso, ausdrücklich;** Bild: Steigt man in den *Schnellzug* ein, dann bekommt man immer eine Tasse *Espresso*.

essere *m* ['ɛssere] *[ässere]* **Sein, Dasein, Mensch, Lebewesen, sein;** Bild: *Esse Reh*! – Dann ist dein *Dasein* gesichert.

essiccare [essik'ka:re] *[essikahre]* **austrocknen, trockenlegen;** Bild: Wenn man ein paar Schubkarren voll mit Essig (*Essig-Karre*n) auf das Moor kippt, kann man es damit komplett *trockenlegen*.

esso ['esso] *[esso]* **er, sie, es;** Bild: *Er, sie, es* tankt bei der *Esso*-Tankstelle (Marke).

est *m* [ɛst] *[est]* **Osten;** Bild: Wenn ihr im *Osten esst*, dann seid ihr im Westen noch satt.

estate *f* [es'ta:te] *[estahte]* **Sommer;** Bild: *Es tat* sehr weh, als der *Sommer* zu Ende ging.

F

fabbrica *f* ['fabbrika] *[fabbrika]* **Fabrik;** siehe Merktipps zu »A-Nixen«, Seite 239.

fagotto *m* [fa'gɔtto] *[fagotto]* **Fagott;** siehe Merktipps zu »O-Nixen«, Seite 239.

falce *f* [ˈfaltʃe] *[faltsche]* **Sichel, Sense;** Bild: Die *falsche* **Sichel** funktioniert nicht richtig.

falco *m* [ˈfalko] *[falko]* **Falke;** siehe Merktipps »zu O-E's«, Seite 240.

falda *f* [ˈfalda] *[falda]* **Schicht, Hang, Schneeflocke;** Bild: Die **Schneeflocke** *fallt a*b vom Himmel.

fallo *m* [ˈfallo] *[fallo]* **Fehler, Irrtum;** Bild: Es ist ein **Fehler**, das *Fallo*bst zu essen. Das hat nämlich giftige Würmer.

falto, -a [ˈfalto, -a] *[falto, -a]* **dicht;** Bild: Der *Falter* fliegt **dicht** an mir vorbei.

fama *f* [ˈfaːma] *[fahma]* **Ruf, guter Ruf;** Bild: Die *Pharma*industrie hat keinen **guten Ruf**.

fard *m* [fard] *[fard]* **Rouge;** Bild: Bei der *Fahrt* im Cabrio hat's mir das **Rouge** aus dem Gesicht geblasen.

fare [ˈfaːre] *[fahre]* **tun, machen, mitmachen;** Bild: Ich *tue* alles und *fahre* mit.

farfalla *f* [farˈfalla] *[farfalla]* **Schmetterling, Fliege (die am Hals);** Bild: Ich *fahr* in die *Falle*, weil mich der **Schmetterling** ablenkt. Bild: *Farfalle*-Nudeln sehen aus wie **Schmetterlinge.**

fata *f* [ˈfaːta] *[fahta]* **Fee;** Bild: Ich sehe in einer *Fata* Morgana eine **Fee** mit Zauberstab.

fatica *f* [faˈtiːka] *[fatihka]* **Mühe, Anstrengung;** Bild: *Vati ka*nn – aber nur noch mit viel **Mühe**.

feci *f* [ˈfɛːtʃi] *[fehtschi]* **Fäkalien;** Bild: Er *fährt Ski* auf **Fäkalien**.

fede *f* [ˈfeːde] *[fehde]* **Glauben, Vertrauen, Treue;** Bild: Ich habe meiner Frau **Treue** geschworen. Daher darf ich jeden Tag auf eine andere *Fete*.

fedele *mf* [feˈdeːle] *[fedehle]* **treu, Anhänger;** Bild: Obwohl er immer bums*fidel* war, war er dennoch **treu**.

fedine *f* [feˈdiːne] *[fedihne]* **Koteletten, Backenbart;** Bild: Wie viel ich *verdiene*, kannst du an meinen **Koteletten** ablesen (je länger, umso mehr).

felce *f* [ˈfɛltʃe] *[feltsche]* **Farn;** Bild: Ich *fälsche* den **Farn** (Plastikfarn auch im Winter).

felpa *f* [ˈfelpa] *[felpa]* **Plüsch, Sweatshirt;** Bild: Die *Welpe*n haben **Sweatshirt**s an.

ferie *f* [ˈfɛːrie] *[fährie]* **Ferien, Urlaub;** Bild: Die Italiener haben nur wenig *Ferie*n, die Deutschen haben mehr **Ferien**.

ferma *f* [ˈferma] *[ferma]* **Wehrdienstzeit, Militärzeit;** Bild: Bei der *Wehrma*cht war die **Wehrdienstzeit** sehr lange.

ferrare [ferˈraːre] *[ferrahre]* **beschlagen;** Bild: Der *Ferrari* (Automarke) wird an den Reifen mit Hufeisen **beschlagen** (soll 'nen guten Sound geben).

ferrato, -a [ferˈraːto] *[ferrahto]* **beschlagen;** Bild: *Verrat O*ma nicht, dass sie die Hufe **beschlagen** hat.

ferreo, -a [ˈferreo, -a] *[ferreo, -a]* **eisern;** Bild: Die *Ferre*ro-Küsschen sind **eisern** (eisenhaltig).

festa *f* [ˈfesta] *[festa]* **Feiertag, Fest, Feier;** Bild: Fast jeder **Feiertag** ist auch ein *Festta*g.

festone *m* [fesˈtoːne] *[festohne]* **Girlande;** Bild: Ein (Garten-)*Fest ohne Girlande*n ist ganz schön langweilig.

fetore *m* [feˈtoːre] *[fetohre]* **Gestank;** Bild: Der **Gestank** der *Fett-Ohre*n ist sehr übel riechend.

fetta *f* [ˈfetta] *[fetta]* **Scheibe;** Bild: vom *Feta*-Käse eine **Scheibe** abschneiden.

fiacca *f* [ˈfiakka] *[fiakka]* **Müdigkeit, Trägheit;** Bild: Der *Fiaker* (Kutscher in Österreich) muss mit der **Müdigkeit** kämpfen.

fiasco *m* [ˈfiasko] *[fiasko]* **(strohumflochtene) Flasche, Fiasko;** Bild: Ein *Fiasko*: Die letzte **(strohumflochtene) Flasche** mit Chianti ist jetzt auch noch leer.

fiatare [fiaˈtaːre] *[fiatahre]* **atmen, den Mund aufmachen, sprechen;** Bild: Immer wenn ich in meinem *Fiat* sitze, steigen mir die *Haare* zu Berge, wenn ich **den Mund aufmache**.

fico *m* [ˈfiːko] *[fihko]* **Feige;** Bild: *Vicco* von Bülow (alias Loriot, Komiker) beißt in eine **Feige**.

fifa *f* [ˈfiːfa] *[fihfa]* **Bammel, Schiss;** Bild: Beim Fußballweltverband *Fifa* haben alle **Schiss**, weil sie alle Dreck am Stecken haben.

fifone, -a *mf* [fi'fo:ne, -a] *[fifohne, -a]* **Angsthase;** Bild: *Wie wohne*n wohl die **Angsthase**n? Sie verrammeln und verriegeln ihre Wohnung.

figura *f* [fi'gu:ra] *[figuhra]* **Figur;** siehe Merktipps zu »A-Nixen«, Seite 239.

fila *f* ['fi:la] *[fihla]* **Reihe, Serie, Folge;** Bild: In jeder **Folge** sieht man Sportartikel der Marke *Fila*.

filare [fi'la:re] *[filahre]* **spinnen, Fäden ziehen, sich verdrücken;** Bild: Die Spinne hat *viel Haare*. Daraus **spinnt** sie ihre Fäden.

film *m* [film] *[film]* **Film;** hört sich im Deutschen genauso an.

filosofo, -a *mf* [filɔ:zofo, -a] *[filohsofo, -a]* **Philosoph(in);** Bild: Die **Philosophin** sitzt *viel auf* ihrem *Sofa*.

finanza *f* [fi'nantsa] *[finanza]* **Finanz-, Geldwesen, Gelder, Finanzen;** Bild: Das *Finanza*mt kümmert sich um meine **Finanzen**.

finché [fiŋ'ke] *[finke]* **solange, bis;** Bild: **Solange** die *Finke*n singen, ist alles noch in Ordnung.

fine *f* ['fi:ne] *[fihne]* **Ende, Ausgang, Zweck, Schluss, fein (elegant), dünn, rein, gut;** Bild: Die Del*fine* schwimmen zum **Ausgang** ihres Beckens. Bild: Del*fine* sind **fein**e Tiere.

fingere ['findʒere] *[findschere]* **vortäuschen, sich vorstellen;** Bild: Wo ich die Schere find (*Find-Schere*), das kann ich mir **vorstellen**.

firma *f* ['firma] *[firma]* **Unterschrift;** Bild: Mit einer **Unterschrift** war die ganze *Firma* verkauft.

fisima *f* ['fi:zima] *[fihsima]* **fixe Idee, Einbildung;** Bild: Es war nur **Einbildung**, dass deine *Fisima*tenten keinen Einfluss haben.

fitta *f* ['fitta] *[fitta]* **stechender Schmerz;** Bild: Ich wurde zwar immer *fitter*, aber dafür der **stechende Schmerz** immer schlimmer.

flettere ['flettere] *[flettere]* **beugen, biegen;** Bild: Der Leichen*fledderer* **beugte** sich über sein wehrloses Opfer.

flotta *f* ['flɔtta] *[flotta]* **Flotte;** siehe Merktipps zu »A-E's«, Seite 241.

flusso *m* ['flusso] *[flusso]* **Fluss, Strom;** Bild: Ist die Oder ein *Fluss* oder ein **Strom**?

folia *f* [fol'li:a] *[folliha]* **Wahnsinn, Torheit;** Bild: Der *volle* **Wahnsinn**: Er hat sie in *Folie* eingewickelt.

folle ['fɔlle] *[folle]* **närrisch, verrückt;** Bild: Immer alles *volle* Pulle zu machen ist ganz schön **verrückt**.

folto, -a *m* ['folto, -a] *[folto, -a]* **dicht, Dickicht;** Bild: Die *Folter* geschah im *Dickicht*.

fonda *f* ['fonda] *[fonda]* **Ankerplatz;** Bild: Jane oder Henry *Fonda* (Schauspieler) blasen Luft in den Anker, bis der *Anker platzt*.

fondo *m* ['fondo] *[fondo]* **Boden, Grund;** Bild: Das *Fondue* habe ich fallen lassen. Jetzt liegt alles auf dem *Boden*.

fondo, -a [fondo, -a] *[fondo, -a]* **tief;** Bild: Jane oder Henry *Fonda* (Schauspieler) tauchen *tief*.

forca *f* ['forka] *[forka]* **Heugabel, Galgen;** Bild: Eine *Forke* hängt an einem *Galgen*.

formale [for'ma:le] *[formahle]* **formal;** siehe Merktipps zu »E-Nixen«, Seite 240.

formula *f* ['formula] *[formula]* **Formel, Wendung;** Bild: Auf einem *Formular* steht eine mathematische *Formel*.

fornire [for'ni:re] *[fornihre]* **ausstatten, ausrüsten (mit);** Bild: *Vorn Nieren* noch zusätzlich zu haben ist sinnvoll. Deshalb habe ich ihn damit auch *ausgerüstet*.

foro *m* ['fo:ro] *[fohro]* **Loch, Lochung;** Bild: mit dem *Fohro*dl (bayerisch für Fahrrad) über ein *Loch* fahren.

forte ['fɔrte] *[forte]* **laut, stark, kräftig;** Bild: Der Typ an der P*forte* ist etwas *lautstark*.

fortuna *f* [for'tu:na] *[fortuhna]* **Glück, Schicksal;** Bild: Es ist ein *Glück*, dass ich *fort* von *Unna* (Stadt) gezogen bin.

forza *f* ['fɔrtsa] *[fortsa]* **Kraft, Stärke;** Bild: Wer *Stärke* zum Ausdruck bringen will, muss besonders laute *Furzer* ablassen. Bild: In P*forzhei*m sind alle mit *Stärke* gesegnet.

fragola *f* ['fra:gola] *[frahgola]* **Erdbeere;** Bild: *Frag Ola*f Schubert (Comedian), ob er *Erdbeere*n mag.

fragrante [fra'grante] *[fragrante]* **wohlriechend, duftend;** Bild: Mit einem *Frack rannte* er ihr hinterher, weil sie so *wohlriechend* war.

francamente [fraŋka'mente] *[frankamente]* **ehrlich, offen (heraus);** Bild: Als *Frank* (Sinatra) *am Ende* war, wurde er doch noch *ehrlich*.

freschista *mf* [fres'kista] *[freskista]* **Freskenmaler(in);** Bild: Die *Freskenmaler* hatten immer auch eine *Fresskiste* dabei, weil sie vom Gerüst nicht mehr herunterkamen.

fresco *m* ['fresco] *[fresko]* **Frische, frisch;** Bild: *Fresst Ko*hl! Aber *frisch* soll er sein.

frusta *f* [ˈfrusta] *[frusta]* **Peitsche, Schneebesen;** Bild: Wenn du *Frust* hast, dann nimm doch einfach die **Peitsche**. Bild: Bei Boden*frost-A*nkündigung leg ich immer den **Schneebesen** ins Auto.

fuga *f* [ˈfuːga] *[fuhga]* **Flucht;** Bild: Die *Fugger* (die reichsten Menschen im Mittelalter) waren immer auf der **Flucht** vor Dieben.

fungere [ˈfundʒere] *[fundschere]* **fungieren als, amtieren als;** Bild: Die *Fund-Schere* im Fundbüro **fungierte** lange Zeit **als** Flaschenöffner.

furente [fuˈrɛnte] *[furente]* **wütend;** Bild: Weil ich **wütend** war, *fuhr* ich über die *Ente*.

fuso *m* [ˈfuːzo] *[fuhso]* **Spindel;** Bild: Die *Fuß*operation war notwendig, nachdem mir eine **Spindel** auf den Fuß gefallen ist.

G

gabbana *f* [gabˈbaːna] *[gabahna]* **Mantel;** Bild: ein **Mantel** von Dolce & *Gabbana* (Marke).

gabella *f* [gaˈbɛlla] *[gabella]* **Steuer, Zoll;** Bild: Die *Gabel A* muss durch den **Zoll** (Grenzübergang).

gaffe *f* [gaˈfe] *[gafe]* **Fettnäpfchen, Fauxpas;** Bild: In den **Fettnäpfchen**, in die man immer tritt, ist ja *Kaffee* drin.

galera *f* [gaˈlɛːra] *[galähra]* **Galeere;** siehe Merktipps zu »A-E's«, Seite 241.

galla *f* [ˈgalla] *[galla]* **Blase;** Bild: In der *Gala* (Zeitschrift) wird über eine **Blase**noperation eines Promis berichtet (Kaugummiblase).

gallo *m* [ˈgallo] *[gallo]* **Hahn;** Bild: Der **Hahn** *galo*ppiert über den Bauernhof.

galoppare [galopˈpaːre] *[galoppahre]* **galoppieren, hasten, sich abhetzen;** Bild: Die *Galopp-Paare* **galoppieren** zum Traualtar.

gamba *f* [ˈgamba] *[gamba]* **Bein, Unterschenkel;** Bild: Er zerbrach die *Gambe* (Musikinstrument) über seinem **Bein**.

gara *f* [ˈgaːra] *[gahra]* **Wettkampf, Wettstreit;** Bild: Der **Wettkampf** findet in der *Gara*ge statt.

garbo *m* [ˈgarbo] *[garbo]* **Charme, Anmut;** Bild: Greta *Garbo* (Schauspielerin) hatte sehr viel **Charme**.

gassista *mf* [gasˈsista] *[gassista]* **Gasarbeiter(in);** Bild: Der **Gasarbeiter** ruft: »*Gas ist da!*«

gatta, -o *f/m* ['gatta, 'gatto] *[gatta, gatto]* **Katze, Kater;** Bild: Hinter einem *Gatter* lebt eine **Katze**. Bild: Die **Katze** gehört innerhalb der Familie der Katzen zur *Gattu*ng Felis. Bild: Der **Kater** lebt in einem *Karton*.

gerente *mf* [dʒeˈrɛnte] *[dscheränte]* **Geschäftsführer(in);** Bild: Die **Geschäftsführerin** bekommt eine *schöne Rente*.

gessare [dʒesˈsaːre] *[dschessahre]* **(ein-)gipsen;** Bild: *Jazz-Haare* eingipsen.

gesso *m* ['dʒɛsso] *[dschässo]* **Kreide, Gips, Gipsverband;** Bild: Im *Jazz-Or*chester hat jeder einen **Gipsverband**.

gesta *f* ['dʒɛsta] *[dschästa]* **Heldentaten;** Bild: Alle, die *Jazz-T*anz tanzen, vollbringen **Heldentaten** (alle haben Supermananzüge an).

gestante *f* [dʒesˈtante] *[tschestante]* **Schwangere, werdende Mutter;** Bild: Die *Jazz-Tante* ist jetzt auch eine **werdende Mutter**.

gestire [dʒesˈtiːre] *[tschestihre]* **betreiben, führen, verwalten, gestikulieren;** Bild: Die *Jazz-Tiere* (Jazzband mit Tieren) **verwalten** ihren eigenen Bauernhof.

gestore *m* [dʒesˈtoːre] *[tschestohre]* **Geschäftsführer;** Bild: Der **Geschäftsführer** *schießt Tore*.

getto *m* ['dʒɛtto] *[dschetto]* **Spross, Trieb;** Bild: Im *Getto* gedeihen jeder **Spross** und jeder **Trieb**.

ghiotto, -a ['gjotto] *[giotto]* **naschhaft;** Bild: *Giotto* von Ferrero (Marke) ist etwas Süßes für die **naschhaften** Kunden.

ghisa *f* [giːza] *[gihsa]* **Gusseisen;** Bild: Mein Blumen*gießer* ist aus **Gusseisen**.

giacca *f* ['dʒakka] *[dschakka]* **Jacke, Jackett, Sakko;** Bild: »*Tschakka*, tschakka!!« (Motivationsschlachtruf) Und alle schmeißen ihre **Jacken** hoch.

giardino *m* [dʒarˈdiːno] *[dschardihno]* **Garten;** Bild: Im **Garten** lebt eine *Schar Dino*s.

gibbo *m* ['dʒibbo] *[dschibbo]* **Buckel, Höcker;** Bild: Alle, die bei *Tchibo* (Marke) bedienen, haben einen **Buckel**.

gioco *m* [dʒɔːko] *[dschohko]* **Spiel, Spielzeug;** Bild: Das komplette **Spielzeug** ist aus *Schoko*.

girata *f* [dʒiˈraːta] *[dschirahta]* **Rundgang, Runde;** Bild: Noch eine Frage, bevor ich den **Rundgang** mache: »Bist du mit *Ski*ern oder mit dem *Rad da*?«

giro *m* ['dʒiːro] *[tschihro]* **Umweg, Spaziergang, Rundreise;** Bild: Um Geld von meinem *Giro*-Konto abzuheben, mache ich immer einen kleinen **Spaziergang** zum Bankomaten.

gita *f* [ˈdʒi:ta] *[dschihta]* **Ausflug, einen Ausflug machen;** Bild: Tarzan macht mit *Cheeta* (Name seines Schimpansens in 12 Tarzanfilmen) einen ***Ausflug***.

gitante *mf* [dʒiˈtante] *[tschitante]* ***Ausflügler(in);*** Bild: Die ***Ausflüglerin*** ist eine *Ski-Tante* (eine Tante mit Ski).

giù [dʒu] *[dschu]* **unten, herunter;** Bild: Ein *Schuh* fällt **herunter**.

giubba *f* [ˈdʒubba] *[dschubba]* **Jacke;** Bild: Eine **Jacke** liegt im *Schuber*.

giusta [ˈdʒusta] *[tschusta]* **gemäß, laut, nach;** Bild: Der *Schuster* ist **laut** Gesetz kein Beruf mehr.

glabro, -a [ˈgla:bro, -a] *[glahbro, -a]* **rasiert, bartlos;** Bild: Jemand hat sich gerade auf einem *Klappra*d **rasiert**.

glacé [glaˈse] *[glase]* **kandiert, glaciert;** Bild: Im *Glas seh* ich kandierte **Früchte**. Bild: Die ganze *Klasse* isst **kandiert**e Früchte.

gleba *f* [ˈglɛ:ba] *[glähba]* **Scholle, Erdscholle;** Bild: Die **Erdscholle**n werden mit *Kleber* wieder zusammengeklebt.

gloria *f* [ˈglɔ:ria] *[glohria]* **Ruhm, Herrlichkeit, Stolz;** Bild: *Gloria* von Thurn und Taxis hat sich nicht gerade mit **Ruhm** (Rum) bekleckert.

glossa *f* [ˈglɔssa] *[glossa]* **Glosse;** siehe Merktipps zu »A-E's«, Seite 241.

gobba *f* [ˈgɔbba] *[gobba]* **Buckel, Höcker;** Bild: Der Henker hat einen **Buckel** und schlägt mit einem Beil den Bösen immer den *Kopp a*b.

goccia *f* [ˈgottʃa] *[gottscha]* **Tropfen;** Bild: Thomas *Gottscha*lk zählt seine Blut**tropfen**.

godere [goˈde:re] *[godehre]* **sich erfreuen, genießen;** Bild: Jedes Mal, wenn man **sich** an der Natur **erfreut**, sollte man *Gott ehre*n.

gogò *(a)* [goˈgɔ] *[gogo]* **haufenweise, zuhauf;** Bild: Die *Gogo*-Tänzerin freut sich, wenn sie **haufenweise** die Geldscheine zugesteckt bekommt.

gola *f* ['go:la] *[gohla]* **Kehle, Hals;** Bild: Ich spüre, wie die kühle *Cola* durch meine **Kehle** fließt.

gomma *f* ['gomma] *[gomma]* **Gummi;** Bild: Das *Komma* mach ich mit dem Radier**gummi** weg.

gonna *f* ['gonna] *[gonna]* **(Damen)Rock;** Bild: Der *Gönner* kaufte ihr u. a. auch einen **Rock**.

gora *f* ['gɔ:ra] *[gohra]* **Mühlbach;** Bild: Nachdem ich im **Mühlbach** geschwommen bin, muss ich immer An*gora*unterwäsche tragen.

gorilla *m* [go'rilla] *[gorilla]* **Gorilla;** hört sich im Deutschen genauso an.

gotta *f* ['gotta] *[gotta]* **Gicht;** Bild: *Gott ha*t **Gicht**!

gradevole [grade:vole] *[gradehvole]* **angenehm, gefällig;** Bild: *Gerade Wolle* ist **angenehm** zu verarbeiten. Bild: Aufs *Geratewohl* sein Leben zu gestalten ist nicht immer nur **angenehm**.

gradire [gra'di:re] *[gradihre]* **(gern) mögen;** Bild: Der Fleischesser zum Vegetarier: »*Grad Tiere mag* ich besonders **gern**.«

grado *m* ['gra:do] *[grahdo]* **Grad;** siehe Merktipps zu »O-Nixen«, Seite 239.

grammo *m* ['grammo] *[grammo]* **Gramm;** siehe Merktipps zu »O-Nixen«, Seite 239.

grande ['grande] *[grande]* **groß, breit, weit;** Bild: Alle **groß**en Menschen sind *grandi*g (übel gelaunt).

granulato *m* [granu'la:to] *[granulahto]* **Granulat;** siehe Merktipps zu »O-Nixen«, Seite 239.

grasso *m* ['grasso] *[grasso]* **Fett, Schmalz;** Bild: Das **Fett** trieft beim Grillen ins *Gras, o*h!

grasso, -a ['grasso, -a] *[grasso, -a]* **dick(leibig), fett;** Bild: *Krasser* geht's echt nicht! – Der ist total **fett**!

grata *f* ['gra:ta] *[grahta]* **Gitter;** Bild: Über dem *Krater* liegt ein riesiges **Gitter**.

graticola *f* [gra'ti:kola] *[gratihkola]* **Rost, Grill;** Bild: Es gibt heute lecker Fleisch vom **Grill** und *grati*s Cola.

gratis ['gra:tis] *[grahtis]* **gratis, kostenlos;** hört sich im Deutschen genauso an.

grattare [grat'ta:re] *[grattahre]* *kratzen, reiben, verkratzen;* Bild: Der Punker hat mit seinen *gerad*en *Haare*n den Lack am Auto *verkratzt*.

grave ['gra:ve] *[grave]* *schwerwiegend, schwer, ernst;* Bild: Der *Graf* (Musiker) schaut sehr *ernst*.

gregge *m* ['greddʒe] *[gredsche]* **Herde, Masse;** Bild: Die Indianer schießen mit Pfeil und Bogen in die Büffel*herde*. Ein Büffel, der getroffen wurde, macht die *Grätsche*.

griffe *f* [grif'fe] *[griffe]* **Marke, Markenzeichen;** Bild: Auch Tür*griffe* haben ihr *Markenzeichen*.

griglia *f* ['griʎʎa] *[grija]* **Grill, (Brat-)rost;** Bild: Auf dem Brat*rost* steht eine Flasche San*gria*.

grillo *m* ['grillo] *[grillo]* **Grille;** siehe Merktipps zu »O-E's«, Seite 240.

grinza *f* ['grintsa] *[grintsa]* **Falte, Runzel;** Bild: Vom *Grinse*n bekommt man nicht nur eine *Falte*.

grip *m* [grip] *[grip]* **Griff;** Bild: Der Apfel*grips* hat einen *Griff* zum Wegschmeißen.

grisou *m* [gri'zu] *[grisuh]* **Grubengas;** Bild: Der »kleine Drache *Grisu*« (Zeichentrickfigur) sollte in der Grube lieber nicht Feuer speien, sonst explodiert das *Grubengas*.

gru *f* [gru] *[gru]* **Kranich, Kran;** Bild: Immer wieder baut der *Kranich* sein Nest in die *Gru*ft.

gruppo *m* ['gruppo] *[gruppo]* **Gruppe;** siehe Merktipps zu »O-E's«, Seite 240.

guai ['gua:i] *[gwai]* **wehe;** Bild: *Wehe*, du greifst mich an! – Dann setz ich aber mein *G'wai* (bayerisch für Geweih) auf.

guerra *f* ['guɛrra] *[guärra]* **Krieg;** Bild: Wenn alle das *G'wehr a*nsetzen, dann ist *Krieg*.

gufo *m* ['gu:fo] *[guhfo]* **Eule;** Bild: *Goo*fy (Zeichentrickfigur) landet im *Ufo* auf einem fremden Planeten und wird von einer *Eule* empfangen.

guisa *f* ['gui:za] *[guwihsa]* **Art und Weise;** Bild: Ex*quisa*- (Marke) Frischkäse kann man auf unterschiedliche *Art und Weise* essen.

guru *m* ['gu:ru] *[gu:ru]* **Guru;** hört sich im Deutschen genauso an.

I

iella *f* ['iɛlla] *[jälla]* **Pech, Unglück;** Bild: Dracula sagt: »*Je heller*, desto größer mein *Unglück*!«

iere ['iɛ:ri] *[jähri]* **gestern;** Bild: *Gestern* hatte sie ihren ein*jähri*gen Geburtstag.

illegale [ille'ga:le] *[illegahle]* **illegal;** siehe Merktipps zu »E-Nixen«, Seite 240.

illustre [il'lustre] *[illustre]* **berühmt, bekannt, vornehm;** Bild: In einer *Illustr*ierten sind nur **berühmte** (Heinz Rühmann), **bekannte** (Immanuel Kant) und **vornehme** Menschen.

imbandire [imban'di:re] *[imbandihre]* **auftischen, festlich herrichten;** Bild: *Im Bahn*hof arbeiten *Tiere*, die den Gästen die Tische **festlich herrichten**.

imbastire [imbas'ti:re] *[imbastihre]* **heften, zusammenheften;** Bild: *Im Bass* (Kontrabass) sind *Tiere*, die **zusammengeheftet** werden.

imbelle [im'bɛlle] *[imbälle]* **feige, mutlos, unkriegerisch;** Bild: *Im Bälle*bad spielen alle Kinder. Nur eines ist **feige** (und isst eine Feige).

imboscare [imbos'ka:re] *[imboskahre]* **im Wald verstecken;** Bild: *im Boss*anzug die (Schub)*karre im Wald verstecken*.

imbottiere [imbot'ti:re] *[imbottihre]* **wattieren, polstern;** Bild: Ich impo*rtie*re Waren, die **gepolstert** sind. Bild: *Im Pott* (Teepott) sind **wattiert**e *Tiere*.

imitare [imi'ta:re] *[imitahre]* **imitieren;** siehe Merktipps zu »Are-ieren«, Seite 235.

immagine *f* [im'ma:dʒine] *[immahdschine]* **Bild, Abbild, Gestalt, Figur;** Bild: *Im Maschine*nraum des Schiffes hängt ein **Bild** vom Kapitän.

immane [im'ma:ne] *[immahne]* **riesig, ungeheuer;** Bild: *Im Manne* steckt ein **riesig**es **Ungeheuer** (eigentlich: In jedem Manne steckt ein Kind).

immantinente [immanti'nɛnte] *[immantinänte]* **sofort;** Bild: *Im Mann die Ente* sieht man **sofort**, wenn er den Mund aufmacht.

immergere [im'mɛrdʒere] *[immerdschehre]* **eintauchen, versenken;** Bild: *Immer* werden *Scher*en im See **versenkt**.

impacco *m* [im'pakko] *[impacko]* **Umschlag, Kompresse, Wickel;** Bild: *Im Backo*fen wird der Waden**wickel** angewärmt, bevor er angelegt wird.

impari ['impari] *[impari]* **ungerade, ungleich;** Bild: *I*(n)*m Pari*s (am Eiffelturm) gibt es **ungerade** Hausnummern (krumme).

impastare [impas'ta:re] *[impastahre]* **kneten, mischen;** Bild: Beim **Kneten** des Teiges hat sich *in m*einen *Bast-Haa*ren Teig verklebt. Bild: *Ein Bastar*d ist ein **Misch**ling.

impaziente [impat'tsiente] *[impaziänte]* **ungeduldig, aufgeregt, begierig;** Bild: *Im* aufgeschnittenen *Patient*en (bei der

Operation) schlägt *aufgeregt* das Herz (es regnet rein).

impetrare [impeˈtraːre] *[impeˈtraːre]* **erbitten, erflehen;** Bild: *Im Bett* machst du dich immer *rare*r (seltener)! Muss ich denn alles (kniend) **erbitten**?

imponente [impoˈnɛnte] *[imponente]* **imposant, großartig;** Bild: Im *Po* 'ne *Ente* zu haben ist echt **großartig**.

importante [imporˈtante] *[imporˈtante]* **bedeutend, wichtig;** Bild: Die *Import-Tante* ist das **wichtig**ste Familienmitglied. Bild: *Im Port*monnaie hat die *Tante* das **Wichtig**ste (kleine Wichtel).

importare [imporˈtaːre] *[importahre]* **importieren, einführen;** Bild: Das Einzige, was noch **importiert** werden darf, sind *Import-Haare*. (Alle haben Haarausfall.)

impossibile [imposˈsiːbile] *[impossihbile]* **unmöglich, unglaublich, unerträglich;** Bild: Es ist **unmöglich**, im *Boss*anzug (Marke) *Sybille* zu erkennen.

imposta *f* [imˈposta] *[imposta]* **Steuer, Abgabe;** Bild: *Im Post*amt gebe ich meine **Steuer**bescheinigung ab.

impostare [imposˈtaːre] *[impostahre]* **einwerfen, einführen, anlegen;** Bild: *Im Post*kasten sind *Haare*. Wer hat die **eingeworfen**?

impotente [impoˈtɛnte] *[impotänte]* **machtlos, unfähig;** Bild: Wenn *im Pott* eine *Ente* steckt, ist sie **machtlos** und **unfähig**, sich selbst zu befreien.

impubere [imˈpuːbere] *[impuhbere]* **nicht geschlechtsreif;** Bild: Als ich noch **nicht geschlechtsreif** war, hatte ich *im* Bauch der *Puppe* nach einem *Reh* gesucht (aber nur einen Pups gefunden).

incamminare [iŋkammiˈnaːre] *[ingkamminahre]* **in die Wege leiten, sich auf den Weg machen;** Bild: Sie hat *ih(n)m* den *Kamm in* die *Haare* gesteckt, und damit hat er sich dann **auf den Weg gemacht**.

incapace [iŋkaˈpaːtʃe] *[ingkapahtsche]* **unfähig, untüchtig;** Bild: Mit einer Fliegen*patsche* der *Inka*s ist man **unfähig**, eine Fliege zu erlegen.

incassare [iŋkasˈsaːre] *[inkassahre]* **in Kisten verpacken, kassieren;** Bild: Die *Inkas* hatten ihre abgeschnittenen *Haare* (*Inkas-Haare*) immer **in Kisten verpackt**.

incavare [iŋkaˈvaːre] *[ingkawahre]* **aushöhlen;** Bild: Die *Inka*s war*en* nur mit dem **Aushöhlen** von Kürbissen beschäftigt.

incetta *f* [inˈtʃetta] *[intschetta]* **Vorratskauf, Hamsterkauf;** Bild: *In* den VW *Jetta* (Marke) passt der komplette **Vorratskauf** für einen Monat.

incostante [iŋkosˈtante] *[ingkostante]* **unbeständig, wankelmütig;** Bild: *Ingos* (aus Dittsche) *Tante* ist **wankelmütig** (und kommt wackelnd in die Imbissbude).

indice *m* [ˈinditʃe] *[inditsche]* **Zeigefinger, Zeiger, Anzeiger;** Bild: den **Zeigefinger** *in* die *Sche*re gezwickt.

indossare [indosˈsaːre] *[indossahre]* **tragen, anhaben, anziehen;** Bild: *In* der *Dos*e befinden sich *Haare* meines verstorbenen Mannes. Die Dose **trage** ich immer als Schmuck bei mir.

inebetire [inebeˈtiːre] *[inebetihre]* **verblöden;** Bild: *In* der *Eb*ene leben *Tiere*, die total **verblödet** sind.

inerte [iˈnɛrte] *[inärte]* **träge, untätig;** Bild: Die **träge**n Sargträger bringen die Leiche *in* die *Erde*.

infettare [infetˈtaːre] *[infettahre]* **anstecken, infizieren;** Bild: Du hast *in Fett* deine *Haare* getaucht und dich somit **angesteckt** (Stecker).

influente [influˈente] *[influänte]* **einflussreich;** Bild: *Im Flur* 'ne *Ente* und *ein Fluss* fließt *reich*lich, damit die Ente schwimmen kann.

infuso *m* [inˈfuːzo] *[infuhso]* **Aufguss, (Kräutertee);** Bild: Der erste **Aufguss** wird getrunken. Der zweite **Aufguss** wird als *Infus*ion verwendet.

ingabbiare [iŋgabˈbiaːre] *[ingabbiahre]* **in einen Käfig sperren;** Bild: *In Gabi*s *Haare* war ein Tier, das man **in einen Käfig sperren** musste.

inglese *mf* [iŋˈgleːse] *[inglehse]* **Engländer(in), englisch, britisch;** Bild: Alle **Engländer** schauen *in Gläse*r.

ingozzare [iŋgotˈtsaːre] *[ingotsahre]* **fressen, verschlingen;** Bild: *Ingo* (z. B. Appelt) **verschlingt** einen *Zaren*.

ingrasso *m* [iŋˈgrasso] *[ingrasso]* **Dünger, Mast, Düngung;** Bild: *In* allen *Grass*orten (Samen) ist der **Dünger** schon mit dabei.

inibire [iniˈbiːre] *[inibihre]* **untersagen, verbieten;** Bild: Man muss es **verbieten**, *in* d*ie Biere* zu spucken.

inoperante [inopeˈrante] *[inoperante]* **wirkungslos;** Bild: Die Kopfschmerztablette war **wirkungslos**, nachdem sie *in* die *Oper* rannte.

insaccare [insakˈkaːre] *[insakahre]* **einsacken, in Säcke füllen;** Bild: die *Sack**karre*n **in Säcke füllen**.

insaccati *f* [insakˈkaːti] *[insackahti]* **Wurst, Wurstwaren;** Bild: *I(n)m Sack* hat die **Wurst** keinen Platz mehr.

insecchire [insekˈkiːre] *[insekihre]* **austrocknen, abmagern;** Bild: Wenn *i(n)m Sek*t *Tiere* sind, sollte man ihn **austrock** *nen*, dann können sie sich wieder frei bewegen.

insellare [insel'la:re] *[inselahre]* **satteln;** Bild: Beim **Satteln** des Pferdes entdeckte man P*inselhaare*. Bild: Mit den *Haar*en, die auf der *Insel* gefunden wurden, konnte man die Pferde **satteln**.

insomma [in'somma] *[insomma]* **also, somit;** Bild: **Also**, *im Sommer* geht's mir wirklich gut.

insonne [in'sɔnne] *[insonne]* **schlaflos;** Bild: Ich liege **schlaflos** *in* der *Sonne*.

installare [instal'la:re] *[installahre]* **einbauen, einrichten, installieren;** Bild: *I(n)m Stall* sind überall (Pferde)*haare*, daher muss ich einen Pferdehaarabsauger **einbauen**.

insù [in'su] *[insu]* **nach oben, hinauf;** Bild: Wenn der Blutzuckerspiegel **nach oben** geht, braucht der Körper *Insu*lin.

insuperbire [insuper'bi:re] *[insuperbihre]* **stolz machen;** Bild: Du kannst mich **stolz machen**, indem du *in* die *Suppe* ein paar *Biere* schüttest.

intatto, -a [in'tatto, -a] *[intatto, -a]* **unversehrt, unberührt;** Bild: *In* den *Tattoo*-Laden ging ich **unversehrt** rein und ging tätowiert wieder raus.

integrale [inte'gra:le] *[integrahle]* **vollständig;** Bild: Sie hat mich **vollständig** *in* d*en Krall*en.

intemperante [intempe'rante] *[intemperante]* **unmäßig, maßlos;** Bild: Als er *in* den *Tempel rannte*, trank er **maßlos** viel aus einem Kelch (lässt den *Maß*krug *los*).

intento m [in'tento] *[intänto]* **Absicht, Zweck;** Bild: Welchen *Zweck* ein N*intendo* (Marke) haben soll, ist mir wirklich schleierhaft. Drum drück ich lieber eine Reiß*zweck*e rein.

interamente [intera'mente] *[interamente]* **vollständig, ganz;** Bild: Nachdem ich mich jahrelang in Indien aufgehalten hatte, war ich ein **vollständig**er *Inder am Ende*.

interblocco m [inter'blɔkko] *[interblocko]* **Notschalter;** Bild: Ein *Inder* haut einen *Block* auf den **Notschalter**.

interclasse f [inter'klasse] *[interklasse]* **Jahrgangsstufe;** Bild: Jede **Jahrgangsstufe** (alle sitzen auf einer Treppenstufe) hat einen *Inder* in der *Klasse*.

intercorrente [inter'korrente] *[interkorrente]* **zwischenzeitlich;** Bild: **Zwischenzeitlich** (zwischen zwei Uhren) singt sogar ein *Inder* im *Chor* mit einer *Ente*.

interdire [inter'di:re] *[interdihre]* **untersagen, verbieten, entmündigen;** Bild: Ein *Inder* **entmündigt** alle *Tiere*.

interdizione *f* [interdit'tsio:ne] *[interdizione]* **Verbot, Entmündigung;** Bild: Es besteht das **Verbot,** h*inter die Sonne* zu gehen.

interesse *m* [inte'resse] *[interässe]* **Zins, Zinssatz, Interesse;** Bild: Das *Interesse* an den *Zins*en ist sehr groß.

interlinea *f* [inter'li:nea] *[interlihnea]* **Zeilenabstand;** Bild: Ein Inder misst mit einem Lineal – dem *Inderlineal* – den **Zeilenabstand** eines Textes.

internamente [interna'mente] *[internamente]* **innen, im Inneren;** Bild: Der H*intern am Ende* von Vierbeinern führt nach **innen** in den Körper.

internato *m* [inter'na:to] *[internahto]* **Internat;** siehe Merktipps zu »O-Nixen«, Seite 239.

Internet *f* [inter'net] *[internet]* **Internet;** Bild: Laut Umfrage im **Internet** finden alle meinen H*intern nett*.

internista *mf* [inter'nista] *[internista]* **Internist(in);** Bild: Mein H*intern ist da*, wo mein **Internist** mich mal am …

interno *m* [in'tɛrno] *[intärno]* **Internes, Wohnungsnummer, Durchwahlnummer;** Bild: *In der No*t hab ich ihm meine **Durchwahlnummer** gegeben.

interporre [inter'porre] *[interporre]* **dazwischenlegen;** Bild: Ein *Inder* **legt** *Porree* **zwischen** die Seiten eines Buches, um die Pflanze pressen.

interprete *mf* [int'ɛrprete] *[intärprete]* **Dolmetscher(in);** Bild: Die **Dolmetscher** von Politikern verstecken sich immer h*inter Brette*rn, damit man sie nicht sieht.

invaso *m* [in'va:zo] *[invahso]* **Eintopfen;** Bild: Das **Eintopfen** *in Vase*n gelingt am besten.

inverno *m* [in'vɛrno] *[inferno]* **Winter;** Bild: Der letzte **Winter** war ein reines *Inferno*. Bild: Der **Winter** *entfern*t das *O*bst.

inzuppare [intsup'pa:re] *[intsuppahre]* **durchnässen, eintauchen, einweichen;** Bild: *in* der *Supp'* die *Haare* **einweichen**.

irretire [irreˈtiːre] *[irretihre]* **im Netz fangen, einwickeln;** Bild: Man kann Tiere *mit* einem **Netz fangen**, doch dann hat man nur noch *irre Tiere*.

issare [isˈsaːre] *[isˈsaːre]* **stemmen, hochheben, hissen;** Bild: *Iss Haare*, dann kannst du Gewichte **stemmen**.

istante *m* [isˈtante] *[istante]* **Augenblick, Moment;** Bild: »*Iss Tante!*« – »Danke, aber im **Augenblick** habe ich keinen Hunger.«

K

krapfen *m* [ˈkrapfən] *[krapfen]* **Krapfen;** hört sich im Deutschen genauso an.

L

lacca *m* [ˈlakka] *[lacka]* **Lack, Nagellack;** Bild: Vom (Finger-)**Nagellack** ist der *Lack a*b.

lacrima *f* [laːkrima] *[lahkrima]* **Träne;** Bild: Weil er keine *Lakri*tz *ma*g, kullerte eine **Träne** über sein Gesicht. Bild: Weil er mit dem *Lackriem*en geschlagen wurde, liefen ihm **Träne**n übers Gesicht.

lago *m* [laːgo] *[lahgo]* **See;** Bild: Ich *lag o*ben auf dem **See** (du unten).

lama[1] *f* [ˈlaːma] *[lahma]* **Messerklinge, Schwert, Degen;** Bild: Das *Lama* tritt im Zirkus auf und macht einen auf **Schwert**schlucker.

lama[2] *f* [ˈlaːma] *[lahma]* **Lama;** hört sich im Deutschen genauso an.

lambire [lamˈbiːre] *[lambihre]* **lecken, belecken, ablecken;** Bild: Das *Lamm* **leckt** am *Biere*.

lametta *f* [laˈmetta] *[lametta]* **Rasierklinge, Klinge;** Bild: Das *Lametta* ist so scharf wie **Rasierklinge**n. Man muss aufpassen, dass man sich beim Behängen des Christbaums nicht schneidet.

lampada *f* [ˈlampada] *[lampada]* **Lampe, Leuchte;** Bild: *Lambada* tanzen mit einer **Lampe** in der Hand ist nicht unbedingt einfach.

lampo *m* [ˈlampo] *[lampo]* **Blitz;** Bild: Der **Blitz** schlug in den Po vom Lamm ein (*Lamm-Po*).

lancia *f* ['lantʃa] *[lantscha]* **Lanze;** Bild: eine ganze *Landscha*ft mit *Lanze*n.

landa *f* ['landa] *[landa]* **Heide, Heideland;** Bild: Auf der **Heide** steht ein *Landha*us.

lapidare [lapi'da:re] *[lapidahre]* **steinigen;** Bild: Es ist keine *lapidare* Angelegenheit, jemanden zu **steinigen**.

larva *f* ['larva] *[larwa]* **Larve;** siehe Merktipps zu »A-E's«, Seite 241.

lasso di tempo *m* ['lasso di tempo] *[lasso di tempo]* **Zeitspanne, Zeitabschnitt;** Bild: Es wird mit der Stoppuhr die **Zeitspanne** gemessen, die man braucht, um mit dem *Lasso die Tempo*-Taschentücher (Marke) einzufangen.

latente [la'tɛnte] *[latänte]* **versteckt, verborgen;** Bild: Hinter den *Latt*en **versteckt** sich eine *Ente*.

lato, -a ['la:to, -a] *[lato, -a]* **ausgedehnt, weit;** Bild: Nachdem ich dem *Lada* (Automarke) meinen Pullover ausgezogen hatte, war er total **ausgedehnt**.

latte *m* ['latte] *[latte]* **Milch;** Bild: mit einer Zaun*latte* die **Milch** umrühren.

lauda *f* ['la:uda] *[lauda]* **Lobgesang;** Bild: Nicki *Lauda* singt einen **Lobgesang:** »Lobet den Herrn.«

lauto, -a ['la:uto, -a] *[lauto, -a]* **auserlesen, üppig;** Bild: *Lauter* **auserlesen**e Sachen gibt es hier.

lavabo *m* [la'va:bo] *[lavahbo]* **Waschbecken, Waschraum;** Bild: Es kommt *Lava* aus dem *Po* und ich muss ihn am **Waschbecken** kühlen.

lavatesta *f* [lava'tɛsta] *[lawatesta]* **Nackenstütze für die Haarwäsche (Friseur);** Bild: Ich bin der *Lava-Tester* beim Friseur, wenn ich meinen Kopf auf die **Nackenstütze** lege.

lavello *m* [la'vɛllo] *[lavello]* **Spülbecken, Waschbecken;** Bild: Das **Spülbecken** creme ich mit meiner *Labello*-Lippenpflege ein.

lazzo *m* ['lattso] *[lattso]* **Schwank, Witz;** Bild: Über meine *Latzho*se hat schon jeder einen **Witz** gemacht.

leader *mf* ['li:də] *[lihdä]* **Führer;** Bild: Der **Führer** (Stadtführer) singt *Lieder*.

lecca lecca *m* [lekkaˈlekka] *[lekka-lekka]* **Lutscher;** Bild: Der **Lutscher** schmeckt wirklich *lecker lecker*.

ledere [ˈlɛːdere] *[lehdere]* **beschädigen, schädigen;** Bild: Mein *Ledere*tui ist sehr stark **beschädigt**.

legge *f* [ˈleddʒe] *[leddsche]* **Gesetz, Regel;** Bild: Das **Gesetz** ist ganz schön *lätsche*rt (fränkisch für dehnbar).

leggere [ˈlɛddʒere] *[ledschere]* **lesen;** Bild: Die *Schere* mit eingebauter LED-Lampe (*LED-Schere*) kann man idealerweise auch zum **Lesen** in der Nacht benutzen.

legno *m* [ˈleɲɲo] *[lenjo]* **Holz, Holzscheit;** Bild: Annie *Lenno*x (Musikerin) oder John *Lenno*n (Beatles) schleppen **Holzscheit**e.

lembo *m* [ˈembo] *[lembo]* **Rand, Saum, Streifen;** Bild: Mit dem **Saum** des Vorhanges putze ich mir den *Lehm* vom *Po* ab.

lemme lemme [ˈlɛmme ˈlɛmme] *[lemme lemme]* **gemächlich, in aller Gemütsruhe;** Bild: Der Hirte spricht zu seinen *Lämme*rn immer **gemächlich** und **in aller Gemütsruhe**.

lena *f* [ˈleːna] *[lehna]* **Kraft, Eifer, Willensstärke;** Bild: *Lena* Meyer-Landrut (Sängerin) zeigt ihre Muskeln: Sie hat **Willensstärke** und **Kraft**.

lente *f* [ˈlɛnte] *[lente]* **Linse, Augenlinse;** Bild: Heute steht auf dem Speiseplan Schweine*lende* auf roten **Linse**n.

lenza *f* [ˈlɛntsa] *[lenza]* **Angelschnur;** Bild: Die **Angelschnur** des Anglers ist gerissen und trotzdem singt er: »Veronika, der *Lenz* is d*a*!«

lepre *f* [ˈlɛːpre] *[lähpre]* **Hase;** Bild: Der **Hase** sieht von hinten aus wie ein Erpel. (Erpel rückwärts heißt *lepre*.)

leso, -a [ˈleːzo] *[lehso]* **verletzt, beschädigt, gekränkt;** Bild: Bei der *Lesu*ng hatte sich der Autor schwer **verletzt**.

letamaio *m* [letaˈmaːio] *[letamahio]* **Misthaufen, Mistgrube;** Bild: Die *Lätta*-Margarine (Marke) und die *Mayo*(nnaise) kann man auf den **Misthaufen** schmeißen.

letta *f* [ˈlɛtta] *[letta]* **Überfliegen, rasches Durchlesen;** Bild: die Ernährungsnavigation auf der Verpackung der *Lätta*-Margarine (Marke) **rasch durchlesen**.

liana *f* [liˈaːna] *[liahna]* **Liane;** siehe Merktipps zu »A-E's«, Seite 241.

liberamente [liberaˈmente] *[liberamente]* **freimütig, frei, offen;** Bild: Ich bin *lieber am Ende* **frei**.

libertà *f* [liber'ta] *[liberta]* **Freiheit;** Bild: Ich bin *lieber da,* wo die **Freiheit** ist.

libro *m* ['li:bro] *[lihbro]* **Buch;** Bild: Der *Libero* (Stürmer beim Fußballspiel) liest ein **Buch**.

ligio, -a ['li:dʒo, -a] *[lihdscho, -a]* **treu, ergeben;** Bild: Bei dem *Lidscha*tten bleibt keiner mehr **treu**.

lima *f* ['li:ma] *[lihma]* **Feile;** Bild: In *Lima* (Hauptstadt von Peru) wurde meine **Feile** hergestellt.

limite *m* ['li:mite] *[lihmite]* **Grenze;** Bild: Bruce *Lee* (Schauspieler) steht in der *Mitte* der **Grenze** (auf dem Todesstreifen).

limo *m* ['li:mo] *[lihmo]* **Schlamm, Schlick;** Bild: Kinder füllen in eine *Limo*-Flasche **Schlamm**.

lindo, -a ['lindo, -a] *[lindo, -a]* **reinlich, sauber, ordentlich, fesch;** Bild: *Linda* (z. B. McCartney) war immer sehr **fesch** (Dirndl mit Fisch auf der Schürze).

linea *f* ['li:nea] *[lihnea]* **Linie, Strich, Zeile;** Bild: Mit dem *Lineal* kann man gerade **Linie**n zeichnen.

lino *n* ['li:no] *[lihno]* **Flachs, Lein, Leinen;** Bild: *Lino* Ventura (Schauspieler der 60er) trägt ein **Leinen**hemd.

liso, -a [li:zo, -a] *[lihso, -a]* **abgenutzt, abgetragen;** Bild: Die »Mona *Lisa*« von Leonardo da Vinci ist ganz schön **abgenutzt**.

lista *f* ['lista] *[lista]* **Liste;** siehe Merktipps zu »A-E's«, Seite 241.

locale [lo'ka:le] *[lo'kahle]* **örtlich, einheimisch, ortsansässig;** Bild: Die *Lock-Aale* (gelockte Aale) sollen die **ortsansässig**en Angler anlocken (sie führen »Das Örtliche«-Telefonbuch immer mit sich).

lodare [lo'da:re] *[lodahre]* **loben, anerkennen;** Bild: Man muss schon alle *Lothare* (z. B. Matthäus) **loben**.

logorante [logo'rante] *[logorante]* **aufreibend, zermürbend;** Bild: Das *Logo rannte* und hat sich an einem Reibeisen das Knie aufgerieben – sehr **aufreibend**.

lordare [lor'da:re] *[lordare]* **beschmutzen, besudeln, verunreinigen;** Bild: Die Haare des kleinen Lords (*Lord-Haare*) sind sehr **verunreinigt**.

lotta *f* ['lɔtta] *[lotta]* **Kampf;** Bild: Um ein *Lotter*leben führen zu können, muss man Konventionen den **Kampf** ansagen. Bild: *Lodda* (Lothar) Matthäus führt einen harten **Kampf** gegen sein schlechtes Image.

luccicare [luttʃi'ka:re] *[lutschikahre]* **leuchten, funkeln;** Bild: *Lutsch die Karre!* – Dann **funkelt** sie wieder.

luce *f* [lu:tʃe] *[luhtsche]* **Licht;** Bild: am **Licht** (der Glühbirne) *lutsch*en.

lucidante *m* [lutʃi'dante] *[lutschidante]* **Poliermittel;** Bild: Wenn sie mit **Poliermittel** nicht auf Hochglanz gebracht werden kann, dann *lutsch die Tante* doch einfach sauber.

lume *m* ['lu:me] *[luhme]* **Lampe, Leuchte;** Bild: eine **Lampe** in Form einer B*lume*.

luna *f* ['lu:na] *[luhna]* **Mond;** Bild: Vor dem Voll*mond* trinkt jemand eine Flasche B*luna*-Limo (Marke). Slogan: »Sind wir nicht alle ein bisschen b*luna*?!«

lupa *f* ['lu:pa] *[luhpa]* **Wölfin;** Bild: Die **Wölfin** säugt ihre Nachkommen mit Mi*lupa*-Babynahrung (Marke).

lupo *m* ['lu:po] *[luhpo]* **Wolf;** Bild: Den VW *Lupo* (Marke) fährt ein **Wolf**. Bild: Der VW *Lupo* wurde bis Mitte 2001 in **Wolf**sburg gebaut.

lustro *m* ['lustro] *[lustro]* **Ruhm, Ehre, Glanz;** Bild: Mit dem *Lustro*man hatte er sich nicht gerade mit **Ruhm** und **Ehre** bekleckert.

lutto *m* ['lutto] *[lutto]* **Trauer, Trauerkleidung;** Bild: Martin *Luther* in **Trau**er*bekleidung bei einer **Trauer**feier.

M

macché [mak'ke] *[macke]* **ach was! (verneinend), Pustekuchen;** Bild: *Ach was!* Du hast doch voll die *Macke*!

macchiato, -a [mak'kia:to] *[mackiahto]* **mit Flecken, gefleckt;** Bild: Meinen Latte *macchiato* (Kaffee) trinke ich immer aus einer **gefleckt**en Tasse.

maciste *m* [ma'tʃiste] *[matschiste]* **Herkules;** Bild: **Herkules:** *Matsch isst e*r. (Guten Appetit!)

maga *f* ['ma:ga] *[mahga]* **Zauberin;** Bild: Auf einem Mode*maga*zin ist eine **Zauberin** abgebildet.

maggio *m* ['maddʒo] *[madscho]* **Mai;** Bild: Im **Mai** werden alle Männer zu *Macho*s.

maggiore [mad'dʒo:re] *[madschohre]* **größer, älter, höher;** Bild: Wenn man *Matsch* an den *Ohr*en hat, werden sie **größer**.

maglio *m* ['maʎʎo] *[maijo]* **schwerer Hammer, Schläger;** Bild: Einen **schweren Hammer** in die *Mayo*nnaise hauen.

magma *f* [ˈmagma] *[magma]* **Magma;** hört sich im Deutschen genauso an. Bild: Ich *mag ma*l in **Magma** reinspringen.

magone *m* [maˈgo:ne] *[magohne]* **Sorge, Kummer, Hühnermagen;** Bild: Ich *mag ohne* **Sorge**n und **Kummer** leben.

magro [ma:gro] *[mahgro]* **mager, magerer Teil;** Bild: Das **Magere** *mag* ich roh!

mai [ˈma:i] *[mahi]* **nie, niemals;** Bild: Ich hab noch **nie** ein Lied von Reinhard *Mey* (Sänger) gehört.

mala *f* [ˈma:la] *[mahla]* **Unterwelt;** Bild: Ein *Mala* (fränkisch für Mädchen) steigt (Treppe) in die **Unterwelt**. Bild: Ein *Maler* steigt (Treppe) in die **Unterwelt**.

malamente [malaˈmente] *[malamente]* **schlecht, in übler Weise;** Bild: Ich *male am Ende* des Malkurses echt **schlecht** (ich könnte aufs Bild kotzen).

male *m* [ˈma:le] *[mahle]* **Schlechtes, Böses, das Böse;** Bild: Ich *male* das **Böse** (Teufel). Bild: Viele Mutter*male* bedeuten **Schlechtes** (und lassen einen kotzen).

malefatta *f* [maleˈfatta] *[malefatta]* **Verfehlung, Missetat, das Vergehen;** Bild: Die **Missetat** kann man im Bild nicht festhalten. Ich glaube, ich *male Fata* Morganas.

malore *m* [maˈlo:re] *[malohre]* **plötzliche Übelkeit;** Bild: »*Mal Ohren!*« – Nach dieser Aufforderung überkam mich **plötzliche Übelkeit**.

malta *f* [ˈmalta] *[malta]* **Mörtel;** Bild: Der **Mörtel** wird aus *Malta* importiert.

mammut *m* [mamˈmut] *[mammut]* **Mammut;** hört sich im Deutschen genauso an.

mancia *f* [ˈmantʃa] *[mantscha]* **Trinkgeld;** Bild: Die ganze *Mannscha*ft sammelt ein ordentliches **Trinkgeld** für die Bedienung ein.

mangiare *f* [manˈdʒa:re] *[mandschahre]* **Essen, Speise;** Bild: Das **Essen** in die Haare manschen erzeugt *Mansch-Haare*.

manichetta *f* [maniˈketta] *[maniketta]* **Schlauch;** Bild: Im Alter hat *Manni* seine Gold*kette* eingetauscht gegen einen Garten**schlauch**.

mano *f* [ma:no] *[mahno]* **Hand; Hand(spiel);** Bild: »*Manno*mann – das war **Hand**!« Und der Schiri hat's nicht gemerkt.

mantide *f* [ˈmantide] *[mantide]* **Gottesanbeterin (Heuschrecke);** Bild: Die **Gottesanbeterin** zwickt den *Mann* in die *Titte* (Tüte).

marca *f* [ˈmarka] *[marka]* **Zeichen, Marke;** Bild: mit einem *Marker* ein *Zeichen* machen.

marcar *[marˈkaːre] [markare]* **markieren;** siehe Merktipps zu »Are-ieren«, Seite 235.

Marte *m* [marte] *[ˈmarte]* **Mars;** Bild: Auf dem *Mars* leben grüne *Marder*.

mas *m* [mas] *[mas]* **Schnellboot;** Bild: Alle auf dem *Schnellboot* trinken eine *Maß* Bier.

matta *f* [ˈmatta] *[matta]* **Joker;** Bild: Auf dem *Joker* (Spielkarte) ist das *Matter*horn (Berg) abgebildet.

mattina *m* [matˈtiːna] *[mattihna]* **Morgen;** Bild: *Martina* (Hill, Hingis, Gedeck, Navrátilová oder eine andere) im *Morgen*mantel.

matto, -a [ˈmatto, -a] *[matto, -a]* **wahnsinnig, verrückt;** Bild: Man muss schon *wahnsinnig* sein, um aufs *Matter*horn zu klettern.

mattone *m* [matˈtoːne] *[mattohne]* **Ziegel(stein), Backstein;** Bild: Jemand setzt seinen Schachpartner *matt*, ohne ihm gleich einen *Backstein* auf den Kopf zu hauen.

maturo, -a [maˈtuːro, -a] *[matuhro, -a]* **reif, ausgereift;** Bild: Die *Matura* (Abitur) ist eine Art *Reife*prüfung (Reifentest).

media *f* [mɛːdia] *[mähdia]* **Durchschnitt(swert);** Bild: Im *Media*-Markt (Marke) werden runde Brötchen durchgeschnitten (Zeichen für **Durchschnitt** = Ø).

medicina *f* [mediˈtʃiːna] *[meditschihna]* **Medizin;** Bild: Die ganze *Medizin*: »*Made in China*.«

medusa *f* [meˈduːza] *[meduhsa]* **Qualle;** Bild: *Mäh du sa*, die Wies'n (fränkisch für »Mähe du sie, die Wiese!«) – Und die *Qualle* mähte die Wiese. Bild: *Medusa* (Frau mit Schlangenhaaren) sieht aus wie eine *Qualle*.

mela *f* [meːla] *[mehla]* **Apfel;** Bild: Der *Mehl*apfel (mehlig schmeckender Apfel) ist auch ein *Apfel*.

melanzana *f* [melanˈtsaːna] *[melansahna]* **Aubergine;** Bild: *Auberginen*, mit *Mehl und Sahne* paniert, schmecken besonders gut.

melo *m* [meˈlo] *[mehlo]* **Apfelbaum;** Bild: Am *Apfelbaum* wachsen *Melo*nen.

meno [ˈmeːno] *[mehno]* **weniger, nicht so viel;** Bild: Auf *Meno*rca ist *weniger* Tourismus.

mensa *f* [ˈmɛnsa] *[mänsa]* **Mensa;** hört sich im Deutschen genauso an.

mento *m* [ˈmento] *[mento]* **Kinn;** Bild: An ihrem *Kinn* klebt eine Rolle *Mento*s-Kaubonbons (Marke).

meraviglia *f* [meraˈviʎʎa] *[merawija]* **Überraschung, Erstaunen;** Bild: Das war eine **Überraschung**: *Mehr* als *wie a*ngenommen gab es reichlich zu essen und trinken.

mercato *m* [merˈkaːto] *[merkahto]* **Markt, Handel;** Bild: Im **Handel** dürfen ab jetzt nicht *mehr Karto*ns verschickt werden.

merda *f* [ˈmɛrda] *[märda]* **Scheiße;** Bild: Von der **Scheiße** ist noch *mehr da*. Wenn du noch was willst – jederzeit.

merenda *f* [meˈrɛnda] *[merända]* **Brotzeit, Imbiss, Jause;** Bild: Zur **Brotzeit** gibt es immer *Mirinda*- (Marke) Limonade.

meritare [meriˈtaːre] *[meritahre]* **verdienen, sich lohnen;** Bild: Der Straßenmusiker sagt: »Wenn ich *mehr* Gitarre spiele, dann **verdiene** ich auch mehr.«

merkante, -essa *mf* [merˈkante, -essa] *[merkante, -essa]* **Händler(in);** Bild: An einer *Meer-Kante* (Strand) steht ein Fisch**händler**.

mese *m* [ˈmeːse] *[mehse]* **Monat;** Bild: Der Kalender für Messerfetischisten: Für jeden **Monat** ein anderes *Messer*. Bild: Einmal im **Monat** gehe ich in die *Messe*.

messa *f* [ˈmessa] *[messa]* **Messe (Religion);** Bild: Während der **Messe** wurde der Priester mit einem *Messer* beworfen.

messe *f* [ˈmɛsse] *[mässe]* **Ernte, Getreide, Korn;** Bild: Auf einer *Messe* werden unterschiedlichste **Getreide**sorten präsentiert.

mestiere *m* [mesˈtiɛːre] *[mestiähre]* **Beruf, Handwerk;** Bild: Wer *Tiere mäst*et, hat auch einen **Beruf**. Bild: *Messdie*ner ist auch ein **Beruf**.

meta *f* [ˈmɛːta] *[mähta]* **Ziel, Zweck;** Bild: Ein Langstreckenläufer läuft durchs **Ziel**(-band) und wird von den Fans mit La*metta* beworfen.

metro *m* [ˈmɛːtro] *[mehtro]* **Meter, Metermaß;** Bild: In der *Metro* (U-Bahn von Paris) hat jemand sein **Metermaß** verloren.

mezzasega *mf* [meddzaˈseːga] *[meddzasehga]* **kleiner Schwächling;** Bild: Den **kleinen Schwächling** (klein und keine Muskeln) droht man mit der *Metzger-Säge*.

mezzo *m* [ˈmɛddzo] *[medzo]* **Hälfte, Mitte;** Bild: *Mezzo*-Mix (Marke) ist eine Limonade: Eine **Hälfte** besteht aus Cola, die andere **Hälfte** aus Orangenlimonade.

miele *m* [ˈmiɛːle] *[miähle]* **Honig;** Bild: Zu jeder *Miele*-Waschmaschine (Marke) gibt es ein Glas Schleuder**honig** umsonst.

mietere [miɛːtere] *[miähtere]* **mähen, ernten, einheimsen;** Bild: Alle *Mieter* sind verpflichtet, den Rasen zu **mähen**.

mille [ˈmille] *[mille]* **tausend, eintausend;** Bild: **Eintausend** *Milli*meter sind 1 Meter. Bild: Sie haben eine *Miele*- (Marke) Waschmaschine gewonnen im Wert von *1000* €.

minare [miˈnaːre] *[minahre]* **verminen, Minen legen;** Bild: Auf einem *Minaret*t (Turm vor einer Moschee) **legt** der Muezzin **Minen**.

mira *f* [ˈmira] *[mihra]* **das Ziel;** Bild: Die *Mirá*coli- (Marke) Nudeln oder *Mira*bellen ins **Ziel** schmeißen.

miscela *f* [miʃˈʃɛːla] *[mischähla]* **Mischung, Gemisch;** Bild: *Michelle* Obam*a* (US-First Lady) benutzt nur Back**mischung**en.

misto, -a [misto, -a] *[misto]* **Misch-, gemischt;** Bild: Auf dem *Mist* o*b*en liegt ein **gemischt**er Salat.

misura *f* [miˈzuːra] *[misuhra]* **Maß, Abmessung;** Bild: Die *Maß*e der *Miss* Ur*a*lt (99 Jahre) sind noch sehenswert.

mite [ˈmiːte] *[mihte]* **milde, sanftmütig, nachsichtig;** Bild: Wenn ich mal meine *Miete* nicht zahlen kann, ist mein Vermieter trotz allem sehr **nachsichtig** (sieht mir nach).

mitra *m* [ˈmiːtra] *[mihtra]* **Maschinengewehr, Mitra;** Bild: Dem Bischof hat man die *Mitra* mit dem **Maschinengewehr** vom Kopf geschossen.

mittente *mf* [mitˈtɛnte] *[mittänte]* **Absender(in);** Bild: Der **Absender** (eines Briefes) wird immer *mit Ente* versehen.

mobile *m* [ˈmɔːbile] *[mohbile]* **Möbel(stück), beweglich, mobil;** Bild: An einem *Mobile* hängen viele kleine **Möbelstück**e (Sofa, Stuhl, Schrank, Sessel, Kommode usw.).

moda *f* [ˈmɔːda] *[mohda]* **Mode;** siehe Merktipps zu »A-E's«, Seite 241.

modello *m* [moˈdɛllo] *[modällo]* **Modell;** siehe Merktipps zu »O-Nixen«, Seite 239.

molle [ˈmɔlle] *[molle]* **biegsam, weich, geschmeidig, nass, durchnässt;** Bild: eine *Moll*ige, die **biegsam** ist.

molto [ˈmolto] *[molto]* **viel, sehr, lange, oft;** Bild: Ich hab nicht mehr **viel** von der Spachtelmasse *Molto*fill (Marke).

momento *m* [moˈmento] *[momento]* **Moment;** siehe Merktipps zu »O-Nixen«, Seite 239.

mona *mf* [ˈmoːna] *[mohna]* **Affenarsch, Möse;** Bild: die *Mona* Lisa (Gemälde von Leonardo da Vinci) als **Affenarsch**.

mondo *m* [ˈmondo] *[mondo]* **Welt, Erde;** Bild: Vom *Mond o*ben aus betrachtet, ist die **Erde** ziemlich klein.

mondo, -a [ˈmondo, -a] *[mondo, -a]* **gesäubert, sauber, rein;** Bild: Nachdem mir die *Monda*min-Stärke auf den Boden gefallen war, musste ich natürlich gleich wieder **sauber** machen.

monna *f* [ˈmɔnna] *[monna]* **Frau;** Bild: Die **Frau** seh ich nur einmal im *Mona*t.

monta *f* [ˈmonta] *[monta]* **das Decken, das Bespringen;** Bild: Jeden *Monta*g schick ich den Hengst zum **Decken** nach Deggendorf.

montante *m* [monˈtante] *[montante]* **Pfosten, Pfeiler;** Bild: Meine Tante hab ich zum Mond (*Mond-Tante*) geschossen. Dort ist sie zur Sicherheit noch an einem **Pfosten** angebunden.

montare [monˈtaːre] *[montahre]* **bespringen, decken, montieren, einbauen;** Bild: Die *Mond-Haare*, die man auf der Mondoberfläche fand, wurden in die Kapsel **eingebaut**.

monte *m* [ˈmonte] *[monte]* **Berg;** Bild: Man sieht viel *Monde* um den Gipfel des *Berg*es.

morale *f* [moˈraːle] *[morahle]* **Moral;** Bild: *Moor-Aale* besitzen keine **Moral**.

morbo *m* [ˈmɔrbo] *[morbo]* **Krankheit, Plage, Übel;** Bild: Regelmäßig *Moor*packungen auf den *Po* gelegt, besiegten die **Krankheit**.

mordente *m* [morˈdɛnte] *[mordänte]* **Kampfgeist, Mumm;** Bild: Die *Mord-Ente* besitzt einen unbesiegbaren **Kampfgeist**.

morente [moˈrɛnte] *[moränte]* **sterbend;** Bild: **Sterbend** rang die *Moor-Ente* um ihr Leben.

morsa *f* [ˈmɔrsa] *[morsa]* **Schraubstock;** Bild: auf einem **Schraubstock** *mors*en. Bild: der *Mörser* im **Schraubstock**.

mortale [morˈtaːle] *[mortahle]* **tödlich, sterblich;** Bild: Der Salto *mortale* endete **tödlich**.

morte *f* [ˈmɔrte] *[morte]* **Tod, Sensenmann;** Bild: Am Ende aller *Morde* kam der **Tod** und nahm die Seelen der Opfer mit.

morto, -a *mf* [ˈmɔrto, -a] *[morto, -a]* **Tote(r);** Bild: Der **Tote** wurde er*mord*et.

mosca *f* [ˈmoska] *[moska]* **Fliege (Insekt), Moskau;** Bild: Eine riesige **Fliege** landet auf dem Roten Platz in *Mos*k*a*u.

mossa *f* [mɔssa] *[mossa]* **Bewegung, Geste, Gebärde;** Bild: Hans *Moser* (österreichischer Schauspieler) war ständig in **Bewegung**.

motore *m* [moˈtoːre] *[motohre]* **Motor;** siehe Merktipps zu »E-Nixen«, Seite 240.

mozzare [motˈtsaːre] *[mottsahre]* **abschneiden, abschlagen;** Bild: *Moz*arts *Haare* (Mozartzopf) wurden nicht **abgeschnitten**, sondern mit einem Säbel **abgeschlagen**.

mozzo, -a [ˈmottso, -a] *[mottso, -a]* **abgeschnitten, verstümmelt, abgeschlagen;** Bild: Wer hat denn da den *Moz*zarella **verstümmelt**? Bild: *Moza*rt wurde **verstümmelt**, während die »Kleine Nachtmusik« uraufgeführt wurde.

mucca *f* [ˈmukka] *[mucka]* **Kuh;** Bild: Die **Kuh** trinkt einen *Mokka* aus einem Mokkatässchen.

muffa *f* [ˈmuffa] *[muffa]* **Schimmel;** Bild: Der **Schimmel** *muff*elt nach *a*lten ... Bild: Der *Muff* **schimmelt**. Bild: Der *Muff* hat **Schimmel**, weil sie Schweißhände hatte.

mungere [ˈmundʒere] *[mundschere]* **melken, ausnehmen;** Bild: Im *Mund* die *Schere* – so **melken** die Kuhbauern heute.

musa *f* [ˈmuːza] *[muhsa]* **Muse;** siehe Merktipps zu »A-E's«, Seite 241.

musica *f* [ˈmuːzika] *[muhsika]* **Musik;** Bild: Die *Musiker* machen **Musik**.

muso *m* [ˈmuːzo] *[muhso]* **Maul, Schnauze, Schnute;** Bild: *Musso*lini (Diktator) kriegt eine aufs **Maul**.

muta *f* [ˈmuːta] *[muhta]* **Taucheranzug, Mauser, Häutung;** Bild: Die *Mutter* trägt einen eleganten **Taucheranzug**.

mutare [muˈtaːre] *[mutahre]* **mutieren, sich verändern, sich verwandeln;** siehe Merktipps zu »Are-ieren«, Seite 235.

N

nano, -a *mf* [ˈnaːno, -a] *[nahno, -a]* **Zwerg, zwergenhaft;** Bild: *Nana* Mouskouri (Sängerin mit Nerd-Brille) gibt's jetzt auch als Garten*zwerg*.

nappa *f* [ˈnappa] *[nappa]* **Nase, Gurke, Zinken;** Bild: sich mit der **Nase** ins *Nappa*leder schnäuzen.

nascente [naʃˈʃɛnte] *[naschänte]* **aufgehend, anbrechend, wachsend;** Bild: Vor der **aufgehend**en Sonne sitzt eine naschende Ente, die *Nasch-Ente*.

naso *f* [ˈnaːso] *[nahso]* **Nase;** Bild: Das *Nasho*rn hat ein Horn auf der **Nase**.

natica *f* [ˈnaːtika] *[nahtika]* **Gesäß, Pobacke, Arschbacke;** Bild: *Na Dicker*, dein **Gesäß** wird auch immer größer!

natura *f* [naˈtuːra] *[natura]* **Natur;** siehe Merktipps zu »A-Nixen«, Seite 239.

ne [ne] *[ne]* **von ihm/ihr, über ihn/ihr, seine(r);** Bild: Alleinerziehende Mutter: »*Ne* (nein), das Kind ist nicht *von ihm*.«

negare [neˈgaːre] *[negahre]* **negieren, verneinen;** siehe Merktipps zu »Are-ieren«, Seite 235.

neo *m* [ˈnɛːo] *[näho]* **Muttermal, Leberfleck;** Bild: mit einer *Neo*n-Röhre den **Leberfleck** genau untersuchen.

nero [ˈneːro] *[nehro]* **schwarz;** Bild: Kaiser *Nero* war **schwarz**.

netto, -a [ˈnetto] *[netto]* **sauber, rein, klar, entschieden, netto;** Bild: Im *Netto*-Supermarkt (Marke) wird **sauber** gemacht.

neve *f* [ˈneːve] *[nehwe]* **Schnee;** Bild: Der *Neffe* baut einen **Schnee**mann.

nicotina *f* [nikoˈtiːna] *[nikotihna]* **Nikotin;** siehe Merktipps zu »A-Nixen«, Seite 239.

niente [niɛnte] *[niänte]* **nichts;** Bild: Ich hab noch *nie Ente* gegessen und es macht mir gar **nichts** aus.

nilo *m* [ˈniːlo] *[nihlo]* **Nil;** siehe Merktipps zu »O-Nixen«, Seite 239.

nivale [niˈvaːle] *[nivahle]* **schneebedeckt, schneeig;** Bild: Noch *nie* konnten *Wale* **schneebedeckte** Berge sehen.

niveo, -a [ˈniːveo, -a] *[nihveo, -a]* **schneeweiß;** Bild: Die *Nivea*-Creme (Marke) ist **schneeweiß**.

noi [noːi] *[nohi]* **wir, uns;** Bild: *Wir* machen Urlaub in Ha*noi* (Hauptstadt von Vietnam). Bild: *Wir* sind zu *neu*nt.

nominare [nomiˈnaːre] *[nominahre]* **nominieren, ernennen, wählen;** siehe Merktipps zu »Are-ieren«, Seite 235.

nonna *f* [ˈnɔnna] *[nonna]* **Oma;** Bild: Meine **Oma** war eine gläubige *Nonn*e.

nord [nɔrd] *[nord]* **Nord(en);** hört sich im Deutschen genauso an.

norma *f* [ˈnɔrma] *[norma]* **Norm, Richtschnur, Maßstab, Regel;** Bild: Im *Norma*-Supermarkt (Marke) kann man einen **Maßstab** (Metermaß) kaufen.

nota *f* [nɔ:ta] *[nohta]* **Merkmal, Anmerkung, Notiz;** Bild: Der *Nota*rzt schreibt eine **Notiz** in seinen Notizblock.

notare [noˈta:re] *[notahre]* **notieren, aufschreiben;** siehe Merktipps zu »Are-ieren«, Seite 235.

noto, -a [ˈnɔ:to, -a] *[nohto, -a]* **berühmt, berüchtigt;** Bild: Der *Nota*rzt ist sehr **berühmt**.

nottante *mf* [notˈtante] *[nottante]* **Nachtschwester, Krankenpfleger;** Bild: Die **Nachtschwester** ist die Tante in der Not (*Not-Tante*).

notte *f* [ˈnɔtte] *[notte]* **Nacht;** Bild: In der **Nacht** werden die *Not*en verkündet. Bild: In der **Nacht** beginnen die *Nutt*en mit ihrer Arbeit.

nove *m* [ˈnɔ:ve] *[nohve]* **neun, Neun;** Bild: Der *Nov*ember war bei den Römern der **neun**te Monat.

nozze *f* [ˈnɔttse] *[nottse]* **Hochzeit;** Bild: **Hochzeit** feiern an der *No*rdsee.

nuca *f* [ˈnu:ka] *[nuhka]* **Nacken, Genick;** Bild: Auf dem **Nacken** liegt *Nuga*t.

numerare [numeˈra:re] *[numerahre]* **nummerieren, aufzählen;** siehe Merktipps zu »Are-ieren«, Seite 235.

O

oboe *m* [ˈɔ:boe] *[ohboe]* **Oboe;** hört sich im Deutschen genauso an.

occidente *m* [ottʃiˈdɛnte] *[ottschidänte]* **Westen, westlich;** Bild: Als er das *Ortsschi*ld **dehnte**, zerriss seine Weste Richtung **Westen**.

odore *m* [oˈdo:re] *[odohre]* **Geruch;** Bild: *Otto* (z. B. Waalkes) riecht an einem *Reh*. Schlechter **Geruch!** Bild: *Otto Re*hagel (Fußballlegende) hat einen guten **Geruch**.

offerente *mf* [offeˈrɛnte] *[offeränte]* **Bieter(in);** Bild: Der **Bieter** (bei einer Auktion) hält einen K*offer* mit einer *Ente* hoch.

Olanda *f* [oˈlanda] *[olanda]* **Holland;** Bild: *Orlando* Bloom (Schauspieler) kommt aus **Holland**.

oliva *f* [oˈli:va] *[olihwa]* **Olive;** Bild: *Oliver* (z. B. Kahn) isst **Olive**n.

ombra *f* [ˈombra] *[ombra]* **Schatten;** Bild: Nachdem er ihn *umgebra*cht hatte, sah man nur noch seinen **Schatten** dahinschwinden.

omo *m* [ˈɔːmo] *[ohmo]* **Mensch;** Bild: Mit *Omo*-Waschmittel (Marke) kann man den ganzen **Mensch**en waschen.

onda *f* [ˈonda] *[onda]* **Welle, Flut;** Bild: mit einer H*onda* (Motorrad) auf der **Welle** reiten.

opale *m* [oˈpaːle] *[opahle]* **Opal;** siehe Merktipps zu »E-Nixen«, Seite 240.

operante [opeˈrante] *[operante]* **gültig;** Bild: *Opa rannte* in die Oper. Doch die Eintrittskarte war nicht mehr **gültig**.

operare [opeˈraːre] *[operahre]* **operieren, bewirken;** siehe Merktipps zu »Are-ieren«, Seite 235.

oppiare [opˈpiaːre] *[opiahre]* **jemandem Opium geben, berauschen, betäuben;** Bild: Dem *Opi* wachsen wieder die *Haare*, wenn man ihm **Opium gibt**.

ora *f* [oːra] *[ohra]* **Stunde;** Bild: Man kann das *Ora*kel jede **Stunde** befragen.

organo *m* [ˈɔrgano] *[organo]* **Organ, Orgel;** Bild: siehe Merktipps zu »O-Nixen«, Seite 239.

orgia *f* [ˈɔrdʒa] *[ordscha]* **Orgie;** Bild: In dieser *Ortscha*ft feiern alle eine **Orgie**.

orientare [orienˈtaːre] *[orientahre]* **orientieren, ausrichten;** siehe Merktipps zu »Are-ieren«, Seite 235.

orrore *m* [orˈroːre] *[orrohre]* **Entsetzen, Abscheu, Schrecken;** Bild: Aus dem *Ohr* wachsen *Rohre*. Welch ein **Schrecken** (Heuschrecken)!

otto *f* [ˈɔtto] *[otto]* **acht, Acht;** Bild: *Otto* (z. B. Waalkes) fährt *Acht*erbahn.

P

pacca *f* [ˈpakka] *[packa]* **Klaps;** Bild: Er *bagger*t mich an und gibt mir ständig einen **Klaps** auf den Po.

pace *f* [ˈpaːtʃe] *[pahtsche]* **Frieden;** Bild: mit der Fliegen*patsche* für den **Frieden** demonstrieren.

padella *f* [paˈdɛlla] *[padälla]* **Pfanne, Bratpfanne;** Bild: Die **Bratpfanne** kann man als *Paddel a*uch verwenden.

padre *m* [ˈpaːdre] *[pahdre]* **Vater, Stammvater;** Bild: der *Vater* im *Bad* mit *Reh*.

padrone, -a *mf* [paˈdroːne] *[paˈdrohne]* **Besitzer(in), Eigentümer(in);** Bild: Der **Besitzer** sitzt auf der Füller*patrone*.

paga *f* [ˈpaːga] *[pahga]* **Lohn, Dank;** Bild: *Paga*nini (Teufelsgeiger) hat nie für **Lohn** gespielt.

pagare [pa'ga:re] *[pagahre]* **bezahlen, auszahlen, einzahlen;** Bild: Wenn du nicht **bezahlst**, *pack*t der Wirt dich an den *Haare*n und schmeißt dich raus.

pago, -a ['pa:go, -a] *[pahgo, -a]* **zufrieden, befriedigt;** Bild: Niccolò *Paga*nini (Teufelsgeiger) war nur mit seinem eigenen Geigenspiel **zufrieden**.

pala *f* ['pa:la] *[pahla]* **Schaufel, Schippe;** Bild: Man kann nur mit einer **Schaufel** einen ganzen *Pala*st (am Strand) bauen.

paletta *f* [pa'letta] *[paletta]* **kleine Schaufel;** Bild: Beim *Balett ta*nzen alle Kinder mit einer **kleinen Schaufel**.

palla *f* ['palla] *[palla]* **Ball, Kugel;** Bild: Ich hab den **Ball** an den Kopf gekriegt. Jetzt bin ich ganz *ballaballa*.

pallone *m* [pal'lo:ne] *[pallohne]* **großer Ball;** Bild: In den **großen Ball** passen 10 Luft*ballone*.

panare [pa'na:re] *[panahre]* **panieren;** siehe Merktipps zu »Are-ieren«, Seite 235.

pancia *f* ['pantʃa] *[pantscha]* **Bauch;** Bild: auf dem **Bauch** (im Nabel) einen Spezialcocktail zusammen*pansche*n.

pane *m* ['pa:ne] *[pahne]* **Brot;** Bild: Bei einer Auto*panne* beißen erst einmal alle von einem **Brot**.

paniere *m* [pa'niɛ:re] *[paniähre]* **Korb;** Bild: Ich *paniere* einen **Korb**.

panna *f* ['panna] *[panna]* **Sahne;** Bild: An die *Pana*de kommt ein bisschen **Sahne** hin.

panne *f* ['panne] *[panne]* **Panne;** hört sich im Deutschen genauso an.

papa *m* ['pa:pa] *[pahpa]* **Papst;** Bild: Alle sagen zum **Papst** »*Papa*«, obwohl er doch keine Kinder hat.

pappa *f* ['pappa] *[pappa]* **Brotsuppe, Grießsuppe;** Bild: *Papa* tunkt **Brot** in die **Suppe**.

parco, -a ['parko] *[parko]* **genügsam, geizig;** Bild: Ich bin sehr **genügsam** und brauche nur einen *Parka* (Kleidungsstück).

parco *m* ['parko] *[parko]* **Park;** siehe Merktipps zu »O-Nixen«, Seite 239.

parente *mf* [pa'rɛnte] *[paränte]* **Verwandte(r), Ähnliche(s);** Bild: Von einem **Verwandte**n habe ich ein *paar Ente*n bekommen.

pari ['pa:ri] *[pahri]* **gleich, paarig;** Bild: In *Paris* (Eiffelturm im Hintergrund) sehen alle **gleich** aus.

parlare [par'la:re] *[parlahre]* **sprechen, reden;** Bild: Im *Parla*ment **sprechen** die *Reh*e.

parte *f* ['parte] *[parte]* **Teil, Einzelteil, Körperteil;** Bild: Napoleon Bona*parte* hatte einen defekten **Körperteil**.

particola *f* [par'ti:kola] *[partihkola]* **Hostie;** Bild: Auf der *Party* gibt es zur *Cola* **Hostien**.

partire [par'ti:re] *[partihre]* **weggehen, abreisen, losgehen;** Bild: Das *Party-Reh reist* ab.

passare [pas'sa:re] *[passahre]* **durchgehen, durchfahren;** Bild: Wer *durch* den Zoll *fahren* will, muss in einen *Pass Haare* von sich kleben.

pasta *f* ['pasta] *[pasta]* **Teig, Nudeln;** Bild: **Nudeln** mit Zahn*pasta*.

pastina *n* [pas'ti:na] *[pastihna]* **Feingebäck, kleines Gebäck;** Bild: *Passt Tina* (z. B. Turner) noch ins »kleine Schwarze«? Nein, sie hat zu viel vom **kleinen Gebäck** genascht.

pasto *m* ['pasto] *[pasto]* **Essen, Mahlzeit;** Bild: mit dem *Pasto*r eine **Mahlzeit** zubereiten.

pastore, -a *mf* [pas'to:re, -a] *[pastohre, -a]* **Hirte, Hirtin, Schäfer, Pastor;** Bild: Der *Pastor* ist der **Schäfer** und wir sind die (dummen) Schafe.

patella *f* [pa'tɛlla] *[patälla]* **Napfschnecke;** Bild: Von den leckeren **Napfschnecke**n kann ich immer gleich ein *paar Teller* essen.

patente *f* [pa'tɛnte] *[patänte]* **Genehmigung, Lizenz;** Bild: Die *Ente* hat die *Lizenz* zum *Bad*en (*Bad-Ente*).

patire [pa'ti:re] *[patihre]* **erleiden, ertragen, leiden;** Bild: Bei Tierversuchen müssen immer ein *paar Tiere* **leiden**.

patrono, -a *mf* [pa'trɔ:no, -a] *[patrohno, -a]* **Schirmherr(in), Schutzpatron(in);** Bild: Der **Schirmherr** (Herr mit Schirm) wird mit einer Tinten*patron*e bespritzt.

pecca *f* ['pɛkka] *[päcka]* **Fehler, Makel;** Bild: *Päcker* schreibt man mit »B«, sonst ist es ein **Fehler**.

pedale *m* [pe'da:le] *[pedahle]* **Pedal;** siehe Merktipps zu »E-Nixen«, Seite 240.

pedina *f* [pe'di:na] *[pedihna]* **Spielstein, Figur;** Bild: *Bettina* (z. B. Wulff) hat einen **Spielstein** verschluckt.

pedinare [pedi'na:re] *[pedina:re]* **bespitzeln, beschatten;** Bild: **Bespitzeln:** »Beim *Petting Haare* gesehen.«

pedone *m* [pe'do:ne] *[pedohne]* **Fußgänger;** Bild: ein *Bett ohne* **Fußgänger**. Sonst laufen die immer drüber. Bild: **Fußgänger** in *Beton*.

pelle *f* ['pɛlle] *[pälle]* **Haut;** Bild: Die *Bälle* haben eine **Haut**. Bild: *Pelé* (Fußballer) hat eine schwarze **Haut**.

pellicano *m* [pelliˈkaːno] *[pellikahno]* **Pelikan;** siehe Merktipps zu »O-Nixen«, Seite 239.

pelo *m* [ˈpɛːlo] *[pählo]* **Haar, Körperhaar, Tierhaar, Bartstoppel;** Bild: Zur *Belo*hnung werden *Bello*s (Hund) *Haare* gewaschen.

pena *f* [ˈpeːna] *[pehna]* **Strafe;** Bild: Zur **Strafe** musste sie *Pena*tencreme (Marke) essen.

pendente [penˈdɛnte] *[pendänte]* **hängend, geneigt, schief;** Bild: Wie *pennt* die *Ente*? – **Hängend** wie Fledermäuse.

pene *m* [ˈpɛːne] *[pähne]* **Penis, Glied;** Bild: Zwei *Bene* (Beine) und dazwischen ist der **Penis**.

penna *f* [ˈpenna] *[penna]* **Feder, Gefieder, Füller;** Bild: Der *Penner* legt sich auf das **Gefieder**. Bild: *Penne* (Nudeln) sind abgeschrägt wie eine Schreib*feder*.

pennone *m* [penˈnoːne] *[pennohne]* **Fahnenstange, Segelstange;** Bild: Ich *penn ohne*. Da sieht man die **Fahnenstange** besser.

pera *f* [ˈpeːra] *[pehra]* **Birne;** Bild: Die **Birne** lässt sich von einem (Schwangeren-)*Bera*ter beraten.

perché [perˈke] *[perkeh]* **weshalb, warum;** Bild: **Warum** sind die *Berge* so hoch?

perdente *mf* [perˈdɛnte] *[perdente]* **Verlierer(in), Unterlegene(r);** Bild: *Pferd* oder *Ente*, wer ist der **Unterlegene** (und liegt unten)?

pesce *m* [ˈpeʃʃe] *[pesche]* **Fisch;** Bild: Zur *Besch*erung an Weihnachten gibt's einen leckeren **Fisch** (liegt unterm Weihnachtsbaum).

peste[1] *f* [ˈpeste] *[peste]* **Pest;** Bild: Das *Beste* an der **Pest** ist, dass es sie nicht mehr gibt.

peste[2] *f* [ˈpeste] *[peste]* **Spuren, Fährte;** Bild: Das *Beste* ist, dass alle **Spuren** lesen können.

pesto, -a [ˈpesto, -a] *[pesto, -a]* **zerstoßen, zerschlagen;** Bild: Das *Pesto* für die Nudeln ist ein im Mörser **zerstoßenes** Gemisch.

pettinare [pettiˈnaːre] *[pettinahre]* **kämmen, frisieren;** Bild: *Bettina*s *H*aare werden gerade **frisiert**.

pezza *f* [ˈpɛttsa] *[pettsa]* **Stoffballen, Tuch, Fetzen;** Bild: Der *Petzer* hat gepetzt, dass wir die **Stoffballen** alle aufgerollt haben.

pezzente *mf* [petˈtsɛnte] *[petsente]* **Bettler(in);** Bild: Eine *Ente* watschelt zu dem **Bettler** und *petzt* (*Petz-Ente*), wer nur einen Knopf in den Hut geworfen hat.

pezzo *m* [ˈpettso] *[pettso]* **Stück, Teil;** Bild: Ich möchte auch einen **Teil** vom *Bettso*fa haben.

piano, -a [ˈpiaːno, -a] *[piahno, -a]* **eben, glatt;** Bild: Das *Piano* ist ganz **glatt**.

piano¹ *m* [ˈpiaːno] *[piahno]* **Stufe, Ebene, Etage, Niveau;** Bild: Die Möbelpacker mühen sich ab, um das *Piano* eine **Etage** noch oben zu bekommen.

piano² [ˈpiaːno] *[piahno]* **langsam, bedächtig;** Bild: **Langsam** rollt das *Piano* die Straße hinunter.

piccante [pikˈkante] *[pikkante]* **scharf gewürzt, pikant;** Bild: Eine *Bekannte* von mir ist ganz schön **scharf**.

piccolo, -a [ˈpikkolo] *[pikkolo]* **klein;** Bild: Der *Piccolo*-Sekt ist in **klein**en Flaschen abgefüllt. Bild: Die *Piccolo*flöte ist eine **klein**e Flöte.

piegare [pieˈgaːre] *[piägahre]* **biegen, krümmen, beugen;** Bild: *Bieg* die *Haa*-*re*! – Dann **krümmst** du sie.

pietra *f* [ˈpiɛːtra] *[piähtra]* **Stein;** Bild: *Petra* wirft einen **Stein**.

pira *f* [ˈpiːra] *[pihra]* **Scheiterhaufen;** Bild: Der *Pira*t wird auf dem **Scheiterhaufen** verbrannt.

pittura *f* [pitˈtuːra] *[pittura]* **Malerei, Zeichenkunst;** Bild: Brad *Pitt* (Schauspieler) ist *ura*lt und interessiert sich nur noch für **Malerei**.

plastica *f* [ˈplastika] *[plastika]* **Kunststoff, Plastik;** Bild: *Blas, Dicker,* am **Kunststoff**!

plateau *m* [plaˈto] *[plato]* **Tablett, Tafel, Plateau;** Bild: *Plato*n (Philosoph) schreibt an die **Tafel**.

plaza *f* [ˈplaza] *[plaza]* **Platz, Stierkampfarena;** Bild: Immer wenn ich über den **Platz** laufe, bekomme ich *Platza*ngst.

pochino *(un)* [poˈkiːno] *[pokihno]* **ein bisschen;** Bild: **Ein bisschen** *Po-Kino* kann recht unterhaltsam sein.

poco [ˈpɔːko] *[pohko]* **wenig, nicht sehr;** Bild: Wer *Pogo* (Tanz in der Punkszene) tanzt, hat **wenig** Ahnung vom Tanzen.

polla *f* [ˈpolla] *[polla]* **Quelle;** Bild: Ein *Pole* fährt mit dem *Boller*wagen zur **Quelle**.

pollo *m* [ˈpollo] *[pollo]* **Huhn, Hähnchen, Hendl;** Bild: In einem VW *Polo* (Marke) sitzt ein **Huhn** am Steuer.

polo *m* [ˈpoːlo] *[pohlo]* **Pol;** Bild: Neue Extremsportart: *Polo* auf dem Nord- oder Süd*pol*.

polso *m* [ˈpolso] *[polso]* **Handgelenk;** Bild: Den *Puls* kann man mal *so* am **Handgelenk** fühlen.

poltergeist *m* [ˈpolterrgaist] *[poltergeist]* **Poltergeist;** hört sich im Deutschen genauso an.

polverone *m* [polverˈoːne] *[polwerohne]* **dichte Staubwolke;** Bild: Obwohl das *Pulver ohne* Zusatzstoffe hergestellt worden war, entstand eine **dichte Staubwolke**.

pompa *f* [ˈpompa] *[pompa]* **Pumpe;** Bild: **Pumpe** pumpt eine *Bombe* auf.

ponte *m* [ˈponte] *[ponte]* **Brücke;** Bild: James *Bonde* (Action-Hero) springt von einer **Brücke**.

popolo *m* [ˈpoːpolo] *[pohpolo]* **Volk, Bevölkerung;** Bild: Bei der *Volk*szählung zählt man von jedem Bürger das *Popo-Lo*ch.

poppa *f* [ˈpoppa] *[poppa]* **Brust, Heck;** Bild: Nicht die *Poba*cken mit der **Brust** verwechseln!

porgere [ˈpɔrdʒere] *[pordschere]* **darbieten, darbringen, reichen;** Bild: Dem Passagier wird eine *Bord-Schere* bei der Begrüßung *gereicht*. Sie dient zum Durchschneiden der Taue.

porre [ˈporre] *[porre]* **stellen, legen, setzen;** Bild: Den *Porree* kann man **stellen, legen** und **setzen**.

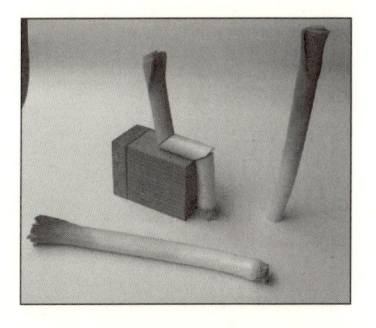

possente [posˈsɛnte] *[posänte]* **groß, mächtig;** Bild: Alle haben eine kleine Quietsch(e)-Ente. Nur der Boss hat eine *große Boss-Ente*.

possibile [posˈsiːbile] *[posihbille]* **möglich, durchführbar;** Bild: Den *Po* von der *Sybille* zu fotografieren ist leider (nicht) **möglich**.

possidente *mf* [possi'dɛnte] *[possidänte]* **Grundbesitzer(in), Hausbesitzer(in);** Bild: Der *Po* des *Hausbesitzer*s sieht *Ente*.

posto *m* ['pɔsto] *[posto]* **Platz, Ort, Stelle;** Bild: Ein *Postbote* steht auf einem *Platz* (vor der Post) und bläst in sein *Posthorn*.

potente [po'tɛnte] *[potente]* **stark, kräftig;** Bild: Franka *Potente* (Schauspielerin) ist *kräftig* und hebt Hanteln.

potere [po'te:re] *[potehre]* **können, in der Lage sein;** Bild: *Kannst* du mit dem *Po teeren*?

potestà *f* [potes'ta] *[potesta]* **Gewalt, Befugnis;** Bild: Er geht durch den Wald und kommt zu einem Sieger*potest*, das er mit *Gewalt* zertrümmert.

povero, -a [pɔ:vero, -a] *[pohwero, -a]* **arm, elend;** Bild: Wir sind so *arm*, dass der *Po* von unserer *Vera* immer kleiner wird.

pozione *f* [pot'tsio:ne] *[potsiohne]* **Zaubertrank, Heiltrank;** Bild: Du brauchst nur eine kleine *Portion* von dem *Zaubertrank*.

pozza *f* ['pottsa] *[pottsa]* **Pfütze, (Blut-)Lache;** Bild: Im *Bootsha*us fand die Spurensicherung eine frische *Blutlache*.

pranzare [pran'dza:re] *[pranzahre]* **zu Mittag essen;** Bild: Nachdem es gebrannt hatte, habe ich mit der *Zare*nfamilie *zu Mittag gegessen*.

prateria *f* [prate'ri:a] *[prateriha]* **Prärie;** Bild: Mitten in der *Prärie* gibt's *Brather*inge.

praticamente [pratika'mente] *[pratikamente]* **praktisch;** Bild: *Brat* die *Kamm-Ente* in der Bratpfanne! Das ist wirklich *praktisch*.

predare [pre'da:re] *[predahre]* **erbeuten, rauben, ausrauben, plündern;** Bild: Schaut her, was ich *erbeutet* habe: ein *Brett* voller blonder *Haare*.

predicozzo *m* [predi'kɔttso] *[predikottso]* **Strafpredigt, Standpauke;** Bild: Eine *Standpauke* (stehend Pauke spielen) ist eine *Predigt* zum *Kotz*en.

predone *m* [pre'do:ne] *[predohne]* **Räuber;** Bild: Der *Räuber* (Hotzenplotz) *brät ohne* Fett.

prego ['prɛgo] *[prehgo]* **Wie bitte? Gern geschehen;** Bild: Höflichkeitsfloskeln wie z. B. »*Wie bitte?*« statt »hä?« *präg*en uns.

premere ['prɛ:mere] *[prähmere]* **drücken, drängeln, andrücken;** Bild: Zur *Premiere drängelten* sich alle vor den Eingängen.

prendere [ˈprɛndere] *[prändere]* **nehmen;** Bild: *Brennt* die *Ähre*, dann **nehme** ich sie.

prendisole *m* [prendiˈsole] *[prendisohle]* **Trägerkleid, Strandkleid;** Bild: *Brennt die Sohle* im Sommer, dann trägt man auch ein **Strandkleid.**

presa *f* [ˈpreːsa] *[prehsa]* **Griff, Umklammerung, Prise, Steckdose;** Bild: eine **Prise** Chili auf das Präservativ (*Präser*). Bild: ein *Präser*vativ über eine **Steckdose** stülpen.

presente [preˈzɛnte] *[presänte]* **anwesend, gegenwärtig;** Bild: Auf der *Anwesen*heitsliste fehlt die *Presse-Ente* (die Ente von der Zeitung).

pressa *f* [ˈprɛssa] *[prässa]* **Presse (Technik), Gedränge;** Bild: »*Press* den *Sa*ft mit der Saft*presse*!«

presso [ˈprɛsso] *[prässo]* **nahe an, nahe bei, in der Nähe;** Bild: Ich halte mich immer **in der Nähe** von der Espressomaschine auf.

prestante [presˈtante] *[prestante]* **stattlich;** Bild: Die *Press-Tante* presst und hinterlässt einen **stattlichen** Haufen (in der Stadt).

presto [ˈprɛsto] *[prästo]* **bald;** Bild: Mann zu seiner Frau: »*Press do*ch, dann kommt es **bald** (das Baby).«

prezzo *m* [ˈprettso] *[prättso]* **Preis, Preisschild;** Bild: An einer *Brez*el in *O*-Form hängt ein **Preisschild**.

prisma *m* [ˈprizma] *[prisma]* **Prisma;** hört sich im Deutschen genauso an.

prode *m* [ˈprɔːde] *[prohde]* **Held, tapferer Recke, kühn, tapfer;** Bild: Der **Held** bekam als Anerkennung einige *Brote*.

prodotto *m* [proˈdotto] *[prodotto]* **Produkt, Erzeugnis;** Bild: Das einzige **Produkt**, das hergestellt wird, ist *Brot* für *Otto* (Waalkes).

proibire [proiˈbiːre] *[proibihre]* **verbieten, untersagen;** Bild: Wir **verbieten** dir, dass du es *probier*en tust. Bild: *Preuß*ische *Biere* müsste man **verbieten**.

promessa *f* [proˈmessa] *[promessa]* **Versprechen;** Bild: Du hast dein **Versprechen** nicht eingehalten. Du wolltest mir doch ein *Brotmesser* zu meinem Geburtstag schenken.

pronto [ˈpronto] *[pronto]* **hallo! (Telefon);** Bild: Wenn der T-Rex den Brontosaurus anruft, meldet er sich nicht mit »**hallo**!«, sondern mit »*bronto*!«

propellente *m* [propelˈlɛnte] *[propelänte]* **Treibstoff, Treibmittel;** Bild: Die *Propell*er-*Ente* muss landen, weil sie unbedingt **Treibstoff** braucht.

prosciutto *m* [proʃˈʃutto] *[proschutto]* **Schinken;** Bild: *Pro Schuhtorte* (Torte mit Schuh) brauchst du einen ganzen **Schinken**.

prossimo *m* [ˈprɔssimo] *[prossimo]* **der Nächste, Mitmensch;** Bild: Nicht: »Liebe deinen **Nächsten**«, sondern »Liebe dein *ProSieben* (TV-Sender)«.

proteggere [proˈtɛddʒere] *[prodädschere]* **schützen, beschützen;** Bild: Die *Brote* werden mit einer *Schere* **beschützt**.

protestare [protesˈtaːre] *[protestahre]* **protestieren;** siehe Merktipps zu »Are-ieren«, Seite 235.

proto *m* [ˈprɔːto] *[proto]* **Faktor;** Bild: Der *Proto*typ eines Autos steht vor dem **Faktor** (Fakir im Tor).

prova *f* [ˈprɔːva] *[prohva]* **Prüfung;** Bild: Um bei der *Pro familia* (Familienberatungsstelle) arbeiten zu können, muss man eine **Prüfung** ablegen.

provocare [provoˈkaːre] *[provokahre]* **provozieren, anzetteln, anrichten;** siehe Merktipps zu »Are-ieren«, Seite 235.

prozio, -a *mf* [protˈtsiːo] *[prottsiho]* **Großonkel, Großtante;** Bild: Der **Großonkel** ist ein *Protz*onkel und die **Großtante** ist eine *Protz*tante. Bild: mit der **Großtante** *Brotzei*t machen.

prudere [ˈpruːdere] *[pruhdere]* **jucken;** Bild: Mein *Bruder* hat ein **Jucken** am Po.

prugna *f* [ˈpruɲɲa] *[prunija]* **Pflaume;** Bild: Ich schmeiße **Pflaume**n in den *Brunn*en.

pruno *m* [ˈpruːno] *[pruhno]* **Dorn, Dornbusch;** Bild: *Bruno* (z. B. Mars oder Jonas) hat sich an einem **Dorn** gestochen.

psiche *f* [ˈpsiːke] *[psihke]* **Psyche;** Bild: Du kannst die **Psyche** nicht *b'sieg*en. Die Psyche gewinnt immer.

pubblicare [pubbliˈkaːre] *[pubblikahre]* **publizieren, herausgeben, veröffentlichen;** siehe Merktipps zu »Are-ieren«, Seite 235.

pulire [puˈliːre] *[pulihre]* **putzen, sauber machen, reinigen;** Bild: *Poliere*n und **Putzen** ist fast das Gleiche.

pulsare [pulˈsaːre] *[pulsahre]* **pulsieren;** siehe Merktipps zu »Are-ieren«, Seite 235.

pummarola *f* [pumma'rɔ:la] *[pummarohla]* **Tomate;** Bild: Der schwarze *Puma* auf dem *Roller* wird mit **Tomaten** beworfen.

punta *f* ['punta] *[punta]* **Spitze, Gipfel;** Bild: Ein *Punkt* auf dem *A* zeigt, wo der **Gipfel** ist.

puntare [pun'ta:re] *[puntahre]* **stemmen, stützen;** Bild: Der Gewichtheber mit *bunt*en *Haare*n **stemmt** das Gewicht.

punto *m* ['punto] *[punto]* **Punkt;** Bild: Auf dem Fiat *Punto* (Marke) ist ein großer **Punkt**.

purga *f* ['purga] *[purga]* **Abführmittel;** Bild: In der *Burga*nlage verteilt man **Abführmittel**.

pus *m* [pus] *[pus]* **Eiter;** Bild: Als der *Bus* über meinen Fuß fuhr, quoll der **Eiter** aus meinem Schuh.

putrefare [putre'fa:re] *[putrefahre]* **faulen, verwesen;** Bild: Nach der *Butterfahrt* waren alle Passagiere **verfault** (hat doch ein bisschen länger gedauert).

puttana *f* [put'ta:na] *[puttahna]* **Hure, Nutte;** Bild: Die **Hure** steht dem *Buddha* sehr *nah*.

puzza *f* ['puttsa] *[putsa]* **Gestank;** Bild: Der *Putzer* musste sämtliche Räume neu verputzen, da der **Gestank** sich auch in den Wänden festgesetzt hatte.

puzzone, -a *mf* [put'tso:ne, -a] *[puttsohne, -a]* **Stinker, Widerling, Schwein;** Bild: In der *Putzzone* dürfen keine **Schwein**e putzen – sonst wird es ja nie sauber.

Q

quadrante *m* [kua'drante] *[kuadrante]* **Zifferblatt, Quadrant;** Bild: Mit einem *Quad* auf dem Rücken *rannte* er um ein riesiges **Zifferblatt**.

quadrato *m* [kua'dra:to] *[quadrahto]* **Quadrat;** siehe Merktipps zu »O-Nixen«, Seite 239.

quadro *m* ['kua:dro] *[kuahdro]* **Bild, Gemälde, Viereck, quadratisch;** Bild: Beim Kauf eines Audi *Quattro* (Marke) bekommt man ein **Gemälde** dazu geschenkt.

quale ['kua:le] *[huahle]* **welcher, welche, welches;** Bild: In der Zoohandlung: »**Welche** *Qualle* hätten Sie denn gern?«

quando ['kuando] *[kuando]* **wann;** Bild: **Wann** ziehst du mal dein neues *G'wand o* (Gewand an)?

quello, -a [kuello, -a] *[kuello, -a]* **jener, jene, jenes, dieser, diese, dieses;** Bild: **Jene** *Quelle* gab Jens und Ines Wasser. Bild: **Dieser** *Keller* lagert Diesel.

quinta *f* ['kuinta] *[kwinta]* **Kulisse, die Fünfte (z. B. Symphonie);** Bild: Sie *g'winnt a* (bayerisch für »gewinnt eine«) Karte. Damit kann sie hinter die **Kuliss**en blicken (Backstage-Karte). Bild: Fünf *Kinder* verstecken sich hinter der **Kulisse**.

R

rachide *f* ['ra:kide] *[rahkide]* **Rückgrat, Wirbelsäule;** Bild: Durch die enorme Beschleunigung der *Rakete* bekam der Astronaut eine **Rückgrat**verkrümmung.

radar *m* ['ra:dar] *[radar]* **Radar;** hört sich im Deutschen genauso an.

radente [ra'dɛnte] *[radänte]* **streifend;** Bild: Mich **streifend,** fuhr die *Rad-Ente* (Ente auf dem Fahrrad) an mir vorbei.

radiante [ra'diante] *[radiante]* **strahlend, Strahlungs-, Strahlen-;** Bild: Wenn du *Radi* (bayerisch für Rettich) *an* den *Tee* tust, dann bist du **strahlend** wie die Sonne.

radicare [radi'ka:re] *[radikahre]* **Wurzeln schlagen, wurzeln;** Bild: Die *Radi-Karre* (Schubkarre mit Rettichen) stand so lange an einem Platz, dass sie anfing, **Wurzeln zu schlagen.**

radice *f* [ra'di:tʃe] *[radihtsche]* **Wurzel;** Bild: *Radiesche*n (mit »sch« sprechen) sind **Wurzel**n.

ragazza *f* [ra'gattsa] *[ragazza]* **Mädchen, Jugendliche, junge Frau;** Bild: Ich *frag A-Z a*b, wenn ich eine **junge Frau** kennenlerne.

ramare [ra'ma:re] *[ramahre]* **verkupfern;** Bild: Nachdem der *Rahm* aus den *Haare*n gewaschen war, konnte man die Haare **verkupfern**.

rame *m* ['ra:me] *[rahme]* **Kupfer;** Bild: ein Bilder*rahme*n aus **Kupfer**.

rampone *m* [ram'po:ne] *[rampohne]* **Harpune;** Bild: Meine **Harpune** ist *rampo*niert. Bild: *Rambo* (Actionheld) mit **Harpune**.

rapina *f* [ra'pi:na] *[rapihna]* **Raub, Raubüberfall;** Bild: Der *Rabbiner* macht einen **Raubüberfall**.

rasare [ra'sa:re] *[rasahre]* **rasieren;** siehe Merktipps zu »Are-ieren«, Seite 235.

rasente [ra'zɛnte] *[rasänte]* **dicht an, hart an;** Bild: Die *rasende Ente* rast **dicht am** Publikum vorbei.

ratto *m* ['ratto] *[ratto]* **Ratte;** siehe Merktipps zu »O-E's«, Seite 240.

reale [re'a:le] *[reahle]* **königlich, Königs-;** Bild: Das **königliche** Menü bestand aus einem *Reh* und zwei *Aale*n.

rebus *m* ['rɛ:bus] *[rähbus]* **Rebus, Bilderrätsel;** Bild: Ein *Reh* läuft in den *Bus*: **Rebus** (Bilderrätsel) recare [reˈkaːre] *[rekahre] bringen, tragen, bewirken, verursachen;* Bild: Ich **bringe** die *Re*he zur *Karre* (eine Schubkarre voller Rehe).

redentore *m* [redenˈtoːre] *[redentohre] Erlöser, Heiland;* Bild: Der **Erlöser** hält große *Reden* vor dem *Tore*.

refe *m* [ˈreːfe] *[rehfe] Zwirn;* Bild: im *Rewe*-Markt (Marke) **Zwirn** kaufen.

regale [reˈgaːle] *[regahle] königlich, fürstlich;* Bild: **königliche** *Regale* (mit Kronen) in einem Schloss.

regalo *m* [reˈgaːlo] *[regahlo] Geschenk, Gabe;* Bild: In einem *Regal* ohne Bücher steht ein **Geschenk** mit Schleife.

reggere [ˈreddʒere] *[redschere] halten, tragen, festhalten, führen, leiten;* Bild: Ein *Reh* **hält** eine *Schere*.

regno *m* [ˈreɲɲo] *[renjo] Königreich, Reich;* Bild: ein **Königreich** für einen *Renault*.

regola *f* [ˈrɛːgola] *[rähgola] Regel;* Bild: Während das *Reh* Cola trank, las es nebenbei die Wald- oder Spiel*regel*n vor.

relax *m* [reˈlaks] *[relax] Entspannung;* Bild: Zur **Entspannung** (nach einem spannenden Thriller) frisst das *Reh* einen *Lachs*.

rena *f* [ˈreːna] *[rehna] Sand;* Bild: Die A*rena* ist voll mit **Sand**.

rene *m* [rɛːne] *[rähne] Niere;* Bild: *Renée* (z. B. Zellweger, René Adler) isst eine **Niere**/tanzt auf einem **Niere**ntisch.

renna *f* [ˈrɛnna] *[ränna] Ren(tier);* Bild: *Rena*te (z. B. Künast) reitet auf einem **Rentier**.

Reno *m* [ˈrɛːno] *[rähno] Rhein;* Bild: Ein *Renault* (Marke) ist in den **Rhein** gestürzt. Bild: Jean *Reno* (Schauspieler) ist in den **Rhein** gesprungen.

residente *mf* [resiˈdɛnte] *[residänte] wohnhaft, ansässig, Ansässige(r);* Bild: *Reh* sieht *Ente* und fragt: »Bist du **ansässig** (Ente sitzt im Sessel) hier?«

respingere [resˈpindʒere] *[respindschere] zurückdrängen, abwehren, ablehnen;* Bild: Die *Reh*pinscher (Hunderasse) werden von den *Re*hen **abgewehrt** (mit Gewehren). Bild: Das *Reh* spinnt mit der *Schere* herum. Es will uns damit **zurückdrängen**.

restare [resˈtaːre] *[restahre] bleiben, übrig bleiben;* Bild: Beim Haarausfall **bleiben** noch ein paar *Rest*-Haare **übrig**.

resto *m* [ˈresto] *[rästo] Rest;* Bild: Im *Restau*rant kriegen die Gäst' den **Rest**.

rete *f* [ˈreːtə] *[rehte]* **Netz;** Bild: Während er eine *Rede* hielt, warf man ein *Netz* über ihn.

retto, -a [ˈrɛtto, -a] *[rätto, -a]* **aufrichtig, korrekt, redlich;** Bild: Der Lebens-*retter* ist ein **aufrichtig**er Mensch (geht aufrecht).

ridda *f* [ˈridda] *[ridda]* **Gewirr, Durcheinander;** Bild: *Rita* (z. B. Süssmuth, Pereira) verursacht ein Riesen-**Durcheinander**.

ridere [ˈriːdere] *[rihdere]* **lachen;** Bild: Ein Däumling *ritt* auf einer *Ähre* und brachte uns damit zum **Lachen**.

riffa *f* [ˈriffa] *[riffa]* **Gewalt;** Bild: Mein *Riva*le droht mir oft **Gewalt** an.

riga *f* [ˈriːga] *[rihga]* **Streifen, Linie, Strich;** Bild: Auf der *Riga*toni-Nudel sind feine **Streifen** drauf.

rio *m* [ˈriːo] *[riho]* **Bach;** Bild: Durch *Rio* de Janeiro fließt ein **Bach**.

ripa *f* [ˈriːpa] *[rihpa]* **Ufer, Abgrund;** Bild: Jack the *Ripper* befindet sich am **Ufer** und schneidet seinem Opfer eine *Rippe* raus.

ripensamento *m* [ripensaˈmento] *[ripensamento]* **das Überlegen, das Überdenken, die Überlegung;** Bild: Wie bekomme ich *Rippen* und *Samen* in den *To*pf? – Eine schwierige **Überlegung**.

risentire [risenˈtiːre] *[risentihre]* **wieder fühlen (hören, riechen etc.), fühlen;** Bild: Die *Riesen-Tiere* können **wieder riechen**.

riso *m* [ˈriːso] *[rihso]* **Lachen, Gelächter;** Bild: Das **Gelächter** war groß, als ihm das *Riso*tto auf den Schoß fiel.

ritassare [ritasˈsaːre] *[ritasahre]* **doppelt versteuern;** Bild: *Ritas* (z. B. Süssmuth, Pereira) *Haare* werden **doppelt versteuert** (zwei Steuerräder).

ritto, -a [ˈritto, -a] *[ritto, -a]* **senkrecht, hochkant;** Bild: Ein *Ritter* fliegt **senkrecht** nach oben wie eine Rakete.

riva *f* [riːva] *[rihva]* **Ufer;** Bild: Mein *Riva*le steht am anderen **Ufer**.

rivale *mf* [riˈvaːle] *[rivahle]* **Rivale, Rivalin;** hört sich im Deutschen genauso an.

roba *f* [ˈrɔːba] *[rohba]* **Dinge, Sachen, Ware, Angelegenheit;** Bild: Unter der *Robe* sind verschiedene **Dinge** versteckt. Bild: Im *Rohb*au sind verschiedene **Dinge** versteckt.

rocca *f* [ˈrɔkka] *[rocka]* **Festung;** Bild: Die **Festung** wird von einem *Rocker* eingenommen.

roco, -a [ˈrɔːko, -a] *[rohko, -a]* **rau, heiser;** Bild: Der *Rocker* hat eine **heise**re Stimme.

rodere [ˈroːdere] *[rohdere]* **nagen, zerfressen, fressen;** Bild: Zwei Mäuse **na**gen an einer *rot*en *Ähre*.

rombare [romˈbaːre] *[rombahre]* **dröhnen, donnern;** Bild: Es fing an zu **donnern**, als man den Kaiser auf der *Bahre* durch *Rom* trug.

rosa *f* [rɔːza] *[rohsa]* **Rose, Rosenstock;** Bild: eine *rosa* **Rose**.

rosso *m* [ˈrosso] *[rosso]* **Rot, rot;** Bild: Die *Ros*e ist **rot** am schönsten.

rotare [roˈtaːre] *[rotahre]* **(sich) drehen, rotieren;** Bild: Die *Rothaar*ige **dreht sich** im Kreis.

rotella *f* [roˈtɛlla] *[rotälla]* **Kniescheibe, Rädchen;** Bild: Nach der Operation wird auf einem *rot*en *Teller* meine alte **Kniescheibe** präsentiert.

rude [ˈruːde] *[ruhde]* **rüde, grob, derb, barsch;** Bild: Weil er mit dem *Ruder* so **grob** umging, fing er damit ungewollt gleich einen **Barsch**.

rum *m* [rum] *[rum]* **Rum;** hört sich im Deutschen genauso an.

rumore *m* [ruˈmoːre] *[rumohre]* **Geräusch, Lärm, Krach;** Bild: Wenn man *Rum* in die *Ohr*en gießt, kann man kein **Geräusch** mehr hören.

ruscello *m* [ruʃˈʃɛllo] *[ruschällo]* **Bach;** Bild: Sie *rutsch*t mit dem *Cello* in den **Bach**.

ruspista *mf* [rusˈpista] *[ruspista]* **Baggerführer(in);** Bild: Ivan, der **Baggerführer**: »Der *Russ' pisst da* hin, wo später die Toilette stehen soll.«

russare [rusˈsaːre] *[russare]* **schnarchen;** Bild: Auf der Decke aus *Rosshaare* kann der *Russ'* besonders gut **schnarchen**.

S

sacca *f* [ˈsakka] *[sakka]* **Tasche, Reisetasche, Beutel;** Bild: Am Ende der *Sackga*sse steht eine **Reisetasche**.

saccata *f* [sakˈkaːta] *[sackkahta]* **Sack(voll);** Bild: Im *Sack* war der *Kater*. Im **Sack** wollte ich den Kater ersäufen.

saccente *mf* [sat'tʃɛnte] *[sattschente]* **Besserwisser(in)**; Bild: Der **Besserwisser** weiß: Es heißt nicht »Sack-Ente«, sondern »*Satsch-Ente*«.

sacco *m* ['sakko] *[sakko]* **Sack**; Bild: im **Sack** hüpfen mit *Sakko*.

sacro, -a ['sa:kro, -a] *[sahkro, -a]* **heilig, geistlich**; Bild: Über der Sprühflasche *Sakro*tan (Marke) schwebt ein **Heilig**enschein.

safari *f* [sa'fa:ri] *[safahri]* **Safari**; hört sich im Deutschen genauso an.

saga *f* [sa:ga] *[sahga]* **Sage**; siehe Merktipps zu »A-E's«, Seite 241.

sagoma *f* ['sa:goma] *[sahgoma]* **Profil, Schablone**; Bild: »*Sag Oma:* Wo hab ich nur meine **Schablone** hingelegt?«

salato, -a [sa'la:to, -a] *[salahto, -a]* **salzig**; Bild: Der *Salat*! *O*h, ist der aber **salzig**!

sale *m* [sa:le] *[sahle]* **Salz**; Bild: Im ganzen *Saale* befindet sich **Salz** am Boden.

salotto *m* [sa'lɔtto] *[salotto]* **Wohnzimmer**; Bild: Über meinem **Wohnzimmer** steht »*Saal Otto*«. Einst wohnte hier Otto (z. B. Waalkes).

sandalo *m* ['sandalo] *[sandalo]* **Sandale**; siehe Merktipps zu »O-E's«, Seite 240.

sano, -a ['sa:no, -a] *[sahno, -a]* **gesund**; Bild: In einem *Sana*torium (Kurklinik) wird man meistens wieder **gesund**.

sbraitare [zbrai'ta:re] *[sbraitahre]* **schreien, brüllen**; Bild: Weil man ihm *Sprite*-Limo (Marke) auf die *Haare* goss, fing er an zu **brüllen**.

sbucare [zbu'ksa:re] *[sbukahre]* **heraus-, hervorkommen, auftauchen**; Bild: *Spuck* in die *Haare*, dann **kommen** die Läuse **heraus**.

scala *f* ['ska:la] *[skahla]* **Treppe, Steige**; Bild: Die Farb*skala* fällt die **Treppe** hinunter.

scansia *f* [skan'si:a] *[skansiha]* **Regal**; Bild: D*as ganze Jahr* über bleibt das **Regal** leer. Bild: **Regal**e einräumen – d*as kann sie a*uch.

scarpone *m* [skar'po:ne] *[skarpohne]* **Stiefel**; Bild: den **Stiefel** mit Ma*scarpone* (italienischer Frischkäse) einschmieren. Ideal für den **Stiefel**lecker.

scena *f* ['ʃɛ:na] *[schähna]* **Bühne**; Bild: Eine *Schöne* (*Schöne*it) steht auf der **Bühne**.

schiaffare [skiaf'fa:re] *[skiaffahre]* **schmeißen, werfen**; Bild: Bei der *Skiaf*f*enfahrt* **schmeißen** die Zuschauer Gegenstände auf die Piste.

schiera *f* [skiˈɛːra] *[skiähra]* **Schar, Menge;** Bild: Die *Ski-Ära* ist vorbei. Eine große **Schar** von Wintersportbegeisterten fährt Snowboard.

schifare [skiˈfaːre] *[skifahre]* **abstoßen, (an)ekeln, anwidern;** Bild: *Skifahre*n **widert** mich **an**.

schiniere *m* [skiˈniɛːre] *[skiniähre]* **Beinschiene;** Bild: beim *Ski*fahren die *Niere* verletzt und mit einer **Beinschiene** am Rücken provisorische Hilfe geleistet.

scialle *m* [ˈʃalle] *[schalle]* **Schultertuch;** Bild: das **Schultertuch** in die Obst*schale* legen.

scibile *m* [ˈʃiːbile] *[schihbile]* **Wissen;** Bild: Wenn man diese *Ski-Brille* aufsetzt, kann man das komplette **Wissen** der Menschheit sehen.

scippare [ʃipˈpaːre] *[schippahre]* **jemandem die Tasche wegreißen;** Bild: Nachdem der Täter meine **Tasche weggerissen hatte**, flüchtete er mit ein *paar Ski*.

sciupare [ʃuˈpaːre] *[schupahre]* **abnutzen, verschleißen, verderben;** Bild: Alle meine *Schuhpaare* sind **abgenutzt**.

sciuscià *m* [ʃuʃˈʃa] *[schuscha]* **Schuhputzer;** Bild: Der **Schuhputzer** sitzt auf einer *Schuhscha*chtel.

scollatura *f* [skollaˈtuːra] *[skollatuhra]* **Ausschnitt (Kleidung), Dekolleté;** Bild: Peter *Scholl-Latour* (deutsch-französischer Journalist) starrt der TV-Moderatorin auf ihren **Ausschnitt**.

scostare [skosˈtaːre] *[skostahre]* **ablegen, abstoßen, abrücken;** Bild: *Es kost'* deine *Haare*, wenn du dich mit dem Paddelboot vom Ufer **abstoßen** willst. (Die Haare sind am Ufer eingeklemmt.)

secco, -a [ˈsekko, -a] *[sekko, -a]* **trocken, ausgetrocknet;** Bild: Weil meine Kehle **ausgetrocknet** ist, muss ich einen Pro*secco* trinken.

sede *f* [ˈsɛːde] *[sähde]* **Niederlassung, Sitz;** Bild: Kurz nachdem die **Niederlassung** fertiggestellt war, *säte* man einen neuen Rasen um das Gebäude an.

sedile *m* [seˈdiːle] *[sedihle]* **Sitz, Bank;** Bild: Ich *seh* in die *Diele* und sehe eine **Bank** dort stehen.

sedurre [seˈdurre] *[sedurre]* **verführen, verlocken;** Bild: *Seh*t, die *Dürre* **verführt** wieder alle!

segreta *f* [seˈgreːta] *[segrehta]* **Verlies;** Bild: Der Gefangene im **Verlies** sonderte ein merkwürdiges *Sekret* a*b*.

selce *f* [ˈseltʃe] *[seltsche]* **Kiesel(stein), Pflasterstein;** Bild: Dieser **Pflasterstein** ist ja *selt*en schö*n*.

selva *f* [ˈselva] *[selwa]* **Wald;** Bild: Ich schicke niemanden in den **Wald**. Ich gehe *selber*.

seno *m* [ˈseːno] *[sehno]* **Brust, Busen;** Bild: Als der Kapitän den **Busen** der Loreley erblickte, geriet er in *See*n*ot*.

senso *m* [ˈsɛnso] *[sänso]* **Sinn, Sinne, Bewusstsein;** Bild: Mit einem *Senso*r am Kopf kann ich mein **Bewusstsein** ein- und ausschalten.

sentire [senˈtiːre] *[sentihre]* **hören, anhören, zuhören;** Bild: *Seh'n Tiere* besser, als sie **hören**?

senza [ˈsɛntsa] *[sänza]* **ohne;** Bild: **Oh**n**e** *Sense* die Wiese zu mähen, ist kaum möglich. Bild: **Ohne** *Sensa*tionen geht keiner mehr in den Zirkus.

sera *f* [ˈseːra] *[sehra]* **Abend;** Bild: Am **Abend** ist der Tag *sehr a*lt.

sereno, -a [seˈreːno, -a] *[serehno, -a]* **heiter, wolkenlos, unbeschwert;** Bild: *Serena* Williams (Tennisspielerin) spielt immer nur bei **wolkenlos**em Himmel.

sermone *m* [serˈmoːne] *[sermohne]* **Predigt;** Bild: Die **Predigt** ist *sehr mo*n*o*ton.

serpente *m* [serˈpɛnte] *[serpänte]* **Schlange;** Bild: Eine **Schlange** schlängelt sich eine *Serpent*i*ne* hoch.

serramenti *mf* [serraˈmenti] *[serramenti]* **Fenster und Türen;** Bild: Wer aus dem **Fenster** springt, muss *sehr am En*d*e* sein.

servizio *m* [serˈvittsio] *[servittsio]* **Dienst;** Bild: Im **Dienst** ist es manchmal *sehr witzi*g.

sesso *m* [ˈsɛsso] *[sässo]* **Sex, Geschlecht;** Bild: Im Frühling werden die meisten Kinder gezeugt. Das nennt man dann *saiso*naler **Sex**.

seta *f* [ˈseːta] *[sehta]* **Seide;** Bild: **Seide** wird in Italien aus *Seeta*ng gemacht.

sete *f* [ˈseːte] *[sehte]* **Durst;** Bild: Nach dem *Sehte*st hatte ich einen enormen **Durst**. (Ach, mir tut mein Herz so weh, wenn ich im Glas den Boden seh.)

sfera *f* [sfɛːra] *[sfähra]* **Kugel;** Bild: Die Erd**kugel** wird von der Erdatmo*sphär*e umschlossen.

sicché [sikˈke] *[sikke]* **sodass, also;** Bild: **Also** *sicke*rt alles durchs Sieb.

sigaretta *f* [sigaˈretta] *[sigaretta]* **Zigarette;** siehe Merktipps zu »A-E's«, Seite 241.

sinché [sinˈke] *[sinke]* **so lange bis;** Bild: *Sinke* **so lange, bis** du den Grund erreichst.

sindone *f* [ˈsindone] *[sindohne]* **Leichentuch;** Bild: Die Leichen *sind ohne* Kleidung. Daher brauchen sie wenigstens ein **Leichentuch**.

sistema *m* [sisˈtɛːma] *[sistehma]* **System;** Bild: *Siehst de ma*l: Mit **System** geht alles besser.

sistemare [sisteˈmaːre] *[sistemahre]* **ordnen, in Ordnung bringen;** Bild: Wer *System-Haare* hat, der bringt **Ordnung** auf (in) seinen Kopf.

slavina *f* [zlaˈviːna] *[slawihna]* **Lawine;** Bild: Der *Schlawiner* verlässt die Piste und löst eine **Lawine** aus.

smettere [ˈzmettere] *[smettere]* **aufhören, aufgeben, ablegen;** Bild: Bevor ich *aufgebe*, sch*mettere* ich den Ball noch einmal ins gegnerische Feld.

soave [soˈaːwe] *[soahwe]* **lieblich, süß;** Bild: Der *Soave*-Wein ist ein trockener Wein aus Italien. **Lieblich** und **süß** ist er aber bestimmt nicht.

sofà *m* [soˈfa] *[sofa]* **Sofa;** hört sich im Deutschen genauso an.

soffiare [sofˈfiaːre] *[soffiahre]* **pusten, blasen, wehen, anhauchen;** Bild: Nach *so vie*len *Jahr*en kannst du immer noch *Puste*blumen um*blasen*.

soffriere [sofˈfriːre] *[soffrihre]* **erleiden, ertragen, leiden an;** Bild: *So friere* ich im Sommer und Winter. Ich *leide an* der *so*genannten *Frier*-Krankheit.

soft [sɔft] *[soft]* **behaglich, gedämpft, leise;** Bild: *So oft* sagte ich es ihm ganz *leise* ins Ohr.

sole *m* [ˈsole] *[sohle]* **Sonne;** Bild: Die **Sonne** schien so stark, dass selbst meine Schuh*sohle* schmolz.

somma *f* [ˈsomma] *[somma]* **Summe (Mathematik), Betrag;** Bild: Im *Sommer* (wenn die Bienen summen) macht das Bilden von *Summe*n *so ma*tt.

sortire [sorˈtiːre] *[sortihre]* **erzielen, bewirken;** Bild: Ich *sortiere* und **bewirke** somit eine gewisse Ordnung.

spacchettare [spakketˈtaːre] *[spacketahre]* **auspacken;** Bild: das *Paket Haare auspacken*.

spartire [sparˈtiːre] *[spartihre]* **verteilen, aufteilen, austeilen;** Bild: Die Bank **verteilt** *Spartiere* (z. B. Sparschweine etc.) gratis an die Kinder.

spazzare [spatˈtsaːre] *[spattsahre]* **(weg)kehren, (weg)putzen, verdrücken;** Bild: Selbst die *Spatz*en-*Haare* wurden von der Katze **verdrückt**.

spezie f ['spettsie] *[spezie]* **Gewürze, Gewürzmischung;** Bild: Eine gewisse *Spezie*s der Primaten verträgt keinerlei **Gewürze**.

spina f ['spi:na] *[spihna]* **Dorn, Stachel, Gräte;** Bild: Am *Spina*t wachsen **Dorn**en. Bild: Der *Spinn*er hat eine Jacke mit **Stachel**n an.

spinta f ['spinta] *[spinta]* **Antrieb, Schub, Anstoß;** Bild: Der *Spind ha*t auch eine **Schub**lade.

spirale f [spi'ra:le] *[spirahle]* **Spirale;** hört sich im Deutschen genauso an.

stallone m [stal'lo:ne] *[stallohne]* **Zuchthengst, Sexprotz;** Bild: Sylvester *Stallone* (Schauspieler) spielt einen **Zuchthengst**.

standista mf [stan'dista] *[standista]* **Aussteller(in);** Bild: Die **Ausstellerin** sagt: »Mein *Stand ist da*!«

stanza f ['stantsa] *[stanza]* **Zimmer, Raum;** Bild: Und in diesem **Zimmer** steht die Münz*stanz*e.

stare ['sta:re] *[stahre]* **sein, sich befinden, sich aufhalten, bleiben;** Bild: Ich **bleibe** so lange in der Leichen*starre*, bis ich wieder lebendig bin.

stasi f [sta:zi] *[stahsi]* **Stauung, Stillstand, Stockung;** Bild: Selbst bei völligem **Stillstand** war die *Stasi* (DDR-Staatssicherheit) aktiv.

stecca f [stekka] *[stecka]* **Stab, Stange, Stock, Queue;** Bild: Den **Stock** bitte nicht als *Stecker* für die Steckdose benutzen.

steccare [stek'ka:re] *[steckahre]* **(Bein) schienen, (Braten) spicken, umzäunen;** Bild: Die Ärztin *steck*t ihre *Haare* hoch, bevor sie das Bein **schient**.

stripe f ['stripe] *[stripe]* **Geblüt, Stamm, Geschlecht;** Bild: Ich stamme vom **Geschlecht** der *Strippe*r ab. Bild: Wenn man an einer *Strippe* zieht, wird der komplette **Stamm**baum beleuchtet.

stufa f [stu:fa] *[stuhfa]* **Ofen;** Bild: Der **Ofen** steht auf der Treppen*stufe* (Umzug).

sub mf [sub] *[súb]* **Taucher(in);** Bild: Herr Ober, bei mir schwimmt ein **Taucher** in der *Sup*pe.

succo m ['sukko] *[sucko]* **Saft;** Bild: *Sukku*lenten sind *saft*reiche Pflanzen.

sud m [sud] *[sud]* **Süden;** Bild: den Topf mit dem Braten*sud* immer Richtung **Süden** (Südpol) ausschütten.

supporre [sup'porre] *[supporre]* **vermuten, annehmen;** Bild: Man könnte **vermuten**, dass in der *Supp*e *Porre*e ist.

T

tacca *f* ['takka] *[tacka]* **Kerbe, Scharte;** Bild: mit dem *Tack*er die **Kerbe** zutackern.

taccia *f* ['tattʃa] *[tatscha]* **schlechter Ruf, Verruf;** Bild: Alle, die einen **schlechten Ruf** in der DDR hatten, besaßen eine *Datscha*.

tacco *m* ['takko] *[tacko]* **(Schuh-)Absatz;** Bild: Am **Schuhabsatz** klebt ein *Taco* (mexikanische Speise).

tacere [ta'tʃe:re] *[tatschehre]* **verschweigen, nicht sagen;** Bild: Der Kommisar **verschweigt**, dass eine *Sche*re am *Tat*ort gefunden wurde (*Tat-Schere*).

tale ['ta:le] *[tahle]* **solch ein, solcher, solche, solches;** Bild: **Solche** Molche gibt es nur in diesem *Tale*.

tallone *m* [tal'lo:ne] *[tallohne]* **Ferse;** Bild: Sylvester S*tallone* hat sich an der **Ferse** verletzt.

tappeto *m* [tap'pe:to] *[tappehto]* **Teppich;** Bild: auf dem **Teppich** die *Tape*ten ausrollen.

targa *f* ['targa] *[targa]* **Autokennzeichen, Nummernschild, Plakette;** Bild: Beim Porsche *Targa* (Marke) hat man das **Nummernschild** abgeschraubt.

tassa *f* ['tassa] *[tassa]* **Gebühr, Steuer, Taxe;** Bild: die **Steuer**n in bar in einer *Tasse* beim Finanzamt abgeben.

tastare [tas'ta:re] *[tastahre]* **befühlen, betasten, abtasten;** Bild: Katzen haben *Tasthaare* im Gesicht, damit sie bei Dunkelheit ihre nähere Umgebung **abtasten** können.

tazza *f* ['tattsa] *[tattsa]* **Tasse, Schale, Haferl;** Bild: *Tatsa*che: Der Löwe versucht mit seiner *Tatze*, die **Tasse** zu greifen.

tediare [te'dia:re] *[tediahre]* **langweilen, belästigen;** Bild: Durch die *Teddy-Haare* werden viele Kinder im Schlaf **belästigt**.

tegola *f* ['te:gola] *[tehgola]* **Ziegel (Dachziegel);** Bild: Nachdem die Dachdecker *Tee* mit *Cola* getrunken hatten, legten sie die **Ziegel**n aufs Dach.

tempo *m* ['tɛmpo] *[tämpo]* **Zeit;** Bild: eine **Zeit**ung als *Tempo*-Taschentuch (Marke) benutzen.

tennis *m* ['tɛnnis] *[tännis]* **Tennis;** hört sich im Deutschen genauso an.

tergere ['tɛrdʒere] *[tärdschere]* **abtrocknen, abwischen;** Bild: Den Teer an der Schere (*Teer-Schere*) kann man nicht so einfach **abwischen**.

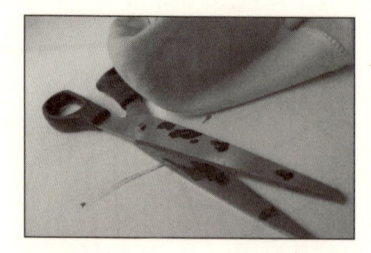

termine *m* ['tɛrmine] *[tärmine]* **Grenze, Grenzlinie, Grenzstein, Termin, Ende;** Bild: Auf einem **Grenzstein** liegt ein *Termin*kalender.

terra *f* ['tɛrra] *[tärra]* **Erde (Planet), Erdboden;** Bild: Die ganze **Erde** ist mit *Teer a*bgedeckt.

tesa *f* ['te:sa] *[tehsa]* **Hutkrempe, Krempe;** Bild: mit *Tesa* (Marke) die Hut*krempe* befestigen.

testa *f* ['tɛsta] *[tästa]* **Kopf;** Bild: Um den *Test A* zu bestehen, muss man schon den **Kopf** einsetzen.

teste *mf* ['tɛste] *[täste]* **Zeuge, Zeugin;** Bild: Der Anwalt *teste*t die **Zeugin** (sie muss einen Test schreiben).

testone *m* [tes'to:ne] *[testohne]* **Dickkopf, großer Kopf;** Bild: Obwohl er ein Mensch mit einem **großen Kopf** war, konnte er den *Test ohne* Taschenrechner nicht bewältigen.

tetro, -a ['tɛ:tro, -a] *[tähtro, -a]* **düster, finster;** Bild: einen *Tetra*pack Milch aus dem Fenster in die **Finster**nis werfen.

tetta *f* ['tetta] *[tetta]* **Busen;** Bild: den *Teta*nus-Impfstoff in den **Busen** spritzen.

tetto *m* ['tetto] *[tetto]* **Dach, Verdeck;** Bild: Man kann sich auf einem **Dach** *täto*wieren lassen.

the *m* [tɛ] *[tä]* **Tee;** hört sich im Deutschen genauso an.

tigre *f* [ti:gre] *[tihgre]* **Tiger;** Bild: Der **Tiger** jagt ein *dick*es *Reh*.

timore *m* [ti'mo:re] *[timohre]* **Angst, Furcht;** Bild: Die Fans haben **Angst** vor *Tim*s (z. B. Bendzko) *Ohre*n (Schmalzalarm).

tinta *f* ['tinta] *[tinta]* **Farbe;** Bild: Es gibt *Tinte* in den unterschiedlichsten **Farbe**n.

tiramisù *m* [tirami'su] *[tiramisu]* **Tiramisu;** Bild: *Tiramisu* heißt eigentlich »Zieh mich hoch!« – Wenn ich oben bin, esse ich noch eine Portion »*Tiramisu*«.

tirante *m* [ti'rante] *[tirante]* **Schlaufe;** Bild: *Die rannte* so lange, bis sie in die **Schlaufe** trat.

tirare [ti'ra:re] *[tirahre]* **ziehen, herausziehen, aufziehen;** Bild: *Tierhaare herausziehen*? – Da kommt gleich der Tierschutzbund.

tiro *m* ['ti:ro] *[tihro]* **Wurf, Zug, Schuss;** Bild: Mit einem einzigen **Schuss** blies er dem *Tiro*ler den Hut vom Kopf.

toccare [tok'ka:re] *[tockahre]* **berühren, anfassen;** Bild: Alle wollen die *Dog*ge in der *Karre* **anfassen**.

toga *f* ['tɔ:ga] *[tohga]* **Toga, Robe, Talar;** hört sich im Deutschen genauso an.

tomo *m* ['tɔ:mo] *[tohmo]* **Band (Buch);** Bild: Der **Band** (Buch mit Band herum) wird in den *Tomo*grafen geschoben.

tonare [to'na:re] *[to'nahre]* **donnern (Wetter), wettern;** Bild: *Donnerwetter*: »Der Töpfer hat *Ton* in seinen *Haare*n!« Bild: Es **donnert**, wenn der Töpfer *Ton* in den *Haare*n hat.

tonno *m* ['tonno] *[tonno]* **Thunfisch;** Bild: die **Thunfisch**dose in die Müll*tonne* werfen.

torcere ['tɔrtʃere] *[tortschere]* **(ver)drehen, (um)drehen, krümmen, auswringen;** Bild: Ich musste mir den Hals **verdrehen**, um zu sehen, wie man mit einer *Tort*en-*Schere* die Torte zerschnitt.

tornata *f* [tor'na:ta] *[tornahta]* **Sitzung, Tagung;** Bild: Während der *Sitzung* fegte ein *Tornado* durchs Besprechungszimmer.

torre *f* ['torre] *[torre]* **Turm;** Bild: Auf einem **Turm** stehen zwei Fußball*tore*.

torrente *m* [tor'rɛnte] *[torränte]* **Wildbach, Sturzbach;** Bild: Am *Tor* steht eine *Ente* und wartet auf den **Wildbach**.

torta *f* ['tɔrta] *[torta]* **Torte, Kuchen;** siehe Merktipps zu »A-E's«, Seite 241.

tosse *m* ['tosse] *[tosse]* **Husten;** Bild: den **Husten** in einer *Dose* einfangen.

tostare [tos'ta:re] *[tostahre]* **rösten, toasten;** Bild: Auf dem *Toast* sind *Haare*, die gleich mit**getoastet** werden.

tot [tɔt] *[tot]* **soundso viel, (bestimmte) Summe, (bestimmte) Anzahl;** Bild: Der *Tod* verlangt eine **bestimmte Summe**. (Eine Biene summt um die Geldscheine herum.)

tra [tra] *[tra]* **zwischen, unter;** Bild: **Zwischen** den Auftritten singt Kasperl immer: »Tri *tra* trulala!«

trampolo *m* ['trampolo] *[trampolo]* **Stelze;** Bild: mit **Stelze**n auf einem *Trampoli*n hüpfen.

trattamento m [tratta'mento] *[tratta-mento]* **Behandlung, Vergütung;** Bild: Nach der **Behandlung** hatte er einen *Draht am End'* (vom P*o*).

travolgere [tra'vɔldʒere] *[travoldsche-re]* **umrennen, überfahren, hinreißen;** Bild: John *Travo*lta (Schauspieler) **überfährt** eine *Schere* oder *Cher* (Sängerin).

tre f [tre] *[tre]* **drei, Drei;** Bild: *Dreh* das E, dann hast' die *3*.

trecker mf ['trɛckə] *[träckä]* **Teilnehmer(innen) an einem Trekking;** Bild: Die **Teilnehmer an einem Trekking** werden von einem *Trecker* überrollt.

treno m ['trɛ:no] *[trähno]* **Zug;** Bild: dem **Zug** nachsehen und eine *Trän*e vergießen (nach der *Trennu*ng).

trenta m ['trenta] *[trenta]* **dreißig, Dreißig, Dreißigste(r);** Bild: Der *30*. Geburtstag *trennt a*b – das Erwachsenenalter von der Jugend.

tridente m [tri'dɛnte] *[tridänte]* **Dreizack;** Bild: Eine *Ente tritt* gegen einen **Dreizack**.

trincare [triŋ'ka:re] *[trinkahre]* **bechern, saufen;** Bild: Beim **Saufen** trinken die Haare manchmal mit (*Trink-Haare*).

trippa f ['trippa] *[trippa]* **Dickbauch, Wanst;** Bild: Von dem Typen mit dem **Wanst** habe ich mir den *Tripper* geholt.

troia f ['trɔ:ia] *[trohia]* **Sau (Tier), Hure, Nutte;** Bild: Das *Troja*nische Pferd war voller **Hure**n.

trombone m [trom'bo:ne] *[tromboh-ne]* **Posaune, Angeber, Aufschneider;** Bild: Bläst man in eine **Posaune**, kann man Bohnen auf einer Trommel (*Trommel-Bohne*n) zum Vibrieren bringen.

troppo m ['trɔppo] *[troppo]* **zu viel, das Zuviel, Überflüssige(s);** Bild: Ein *Tropf*en **zu viel** brachte das Fass zum Überlaufen. Bild: **Zu viel** *Droh-Po*litik führt oft zum Krieg.

truccare [truk'ka:re] *[truckahre]* **verkleiden, schminken;** Bild: Der *Truck* (LKW) hat sich als alte *Karre* **verkleidet**.

truce [tru:tʃe] *[truhtsche]* **finster, drohend;** Bild: Die *Trutsche* (dumme, unsympathische Frau) kommt **drohend** aus der **Finster**nis.

tuba *f* ['tu:ba] *[tuhba]* **Tuba;** hört sich im Deutschen genauso an.

tubista *mf* [tu'bista] *[tubista]* **Rohrleger(in), Installateur;** Bild: »Gott sei Dank, *du bist da*«, sagte die Hausfrau zum **Rohr**(ver)**leger**.

tunnel *m* ['tunnel] *[tunnel]* **Tunnel;** hört sich im Deutschen genauso an.

turba *f* ['turba] *[turba]* **Störung (Medizin);** Bild: Der *Turba*n löste die Geistes**störung** aus.

turbante *m* [tur'bante] *[turbante]* **Turban;** Bild: Auf der Wüsten-*Tour* verfolgte uns eine *Bande,* von denen alle einen **Turban** trugen.

turbina *f* [tur'bi:na] *[turbihna]* **Turbine;** siehe Merktipps zu »A-E's«, Seite 241.

tuta *f* ['tu:ta] *[tuhta]* **Arbeitsanzug, Overall;** Bild: »Hej *du da*, im **Overall**! Was tust *du da*?«

U

udire [u'di:re] *[udihre]* **hören, vernehmen;** Bild: Wenn man das Buch an seine Ohren presst, kann man die *U*r-*Tie*re **hören**.

ufo *(a)* [a u:fo] *[a uhfo]* **gratis, umsonst;** Bild: Das *Ufo* landet auf der Erde, weil es hier etwas **umsonst** gibt.

umore *m* [u'mo:re] *[umohre]* **Körperflüssigkeit, Pflanzensaft, Charakter, Art;** Bild: Vor lauter Lachen (H*umor*) fließen aus allen Öffnungen **Körperflüssigkeit**en.

una [u:na] *[uhna]* **ein/eine;** Bild: *Unna* ist *eine* schöne Stadt.

ungere ['undʒere] *[undschere]* **einölen, einschmieren, eincremen, einreiben;** Bild: Der Schneidermeister rief ihm nach: »*… und Schere einölen*!«

uniformare [unifor'ma:re] *[uniformahre]* **gleich machen, gleichförmig gestalten;** siehe Merktipps zu »Are-ieren«, Seite 235.

unione *f* [u'nio:ne] *[uniohne]* **Verbindung, Vereinigung;** Bild: Es gibt auch eine *Uni ohne* schlagende **Verbindung**en.

unisex ['u:niseks] *[unisex]* **nicht geschlechtsspezifisch;** Bild: Alle machen an der *Uni Sex*. Und das ist **nicht geschlechtsspezifisch**.

unto, -a ['unto, -a] *[unto, -a]* **fettig, schmierig;** Bild: Die *Unter*hose ist total **fettig** und **schmierig**.

urgere ['urdʒere] *[urdschere]* **drängeln, bedrängen;** Bild: Ich hatte eine *Uhr* und eine *Schere* in der Hand, als alle zu **drängeln** begannen.

urinare [uri'na:re] *[urinahre]* **urinieren, pinkeln, pissen;** siehe Merktipps zu »Are-ieren«, Seite 235.

urna *f* ['urna] *[urna]* **Urne;** siehe Merktipps zu »A-E's«, Seite 241.

urtante [ur'tante] *[urtante]* **anstößig;** Bild: Meine *Ur-Tante* ist **anstößig** (stößt mit mir an).

usare [u'za:re] *[usahre]* **verwenden, gebrauchen;** Bild: Die H*usare*n (ungarische Reiter) wussten schon, wie man einen Bratenwender **verwendet**.

uscita *f* [uʃ'ʃi:ta] *[uschihta]* **Ausgang, Ausfahrt, Abgang;** Bild: Am **Ausgang** steht die *Uschi* (z. B. Glas) *da*.

utile [u:tile] *[uhtile]* **nützlich, brauchbar, benutzbar;** Bild: Eine *U-Diele* (Diele in U-Form) ist besonders **nützlich**.

V

vacca *f* ['vakka] *[wacka]* **Kuh (Tier), Hure;** Bild: Shakira (Sängerin) besingt mit »*Waka Waka*« eine **Kuh**. Oder?

vaffa ['vaffa] *[waffa]* **leck mich (am Arsch);** Bild: Auch wenn du mich mit einer *Waffe* bedrohst, kannst du mich mal **am Arsch lecken**.

vago, -a [va:go, -a] *[vahgo, -a]* **schwach, dunkel, vage;** Bild: Der *Va*ga*bund* verschwindet immer in **dunkl***e*n Gassen.

valere [va'le:re] *[walehre]* **schätzen, gelten, wert sein;** Bild: Ich habe Harry *Valéri*en (Sportjournalist) immer sehr **geschätzt** (Schatz).

valle *f* ['valle] *[walle]* **Tal;** Bild: Im **Tal** ist eine Bären*falle* aufgestellt. Bild: Viele Erd*walle* umschließen das **Tal**.

valzer *m* ['valtser] *[walzer]* **Walzer;** hört sich im Deutschen genauso an.

vampa *f* ['vampa] *[wampa]* **Flamme, Glut;** Bild: beim Lagerfeuer die *Wampe* über die **Flamme** halten.

vanità *f* [vani'ta] *[wanita]* **Eitelkeit, Selbstgefälligkeit;** Bild: Er war nie da vor lauter **Eitelkeit**.

vaso *m* ['va:zo] *[vahso]* **Vase;** siehe Merktipps zu »O-E's«, Seite 240.

vate *m* ['va:te] *[wahte]* **Dichter;** Bild: Ein **Dichter** beißt mir in die *Wade* (oh wie schade).

vedere [ve'de:re] *[wedehre]* **sehen, schauen;** Bild: Das Reh mit Federn (*Feder-Reh*) kann man stundenlang an**sehen**. Bild: Roger *Federe*r (Tennisspieler) kann man im Fernsehen an**schauen**.

velare [ve'la:re] *[welahre]* **verhüllen, verdecken, trüben, verschleiern;** Bild: Die Dauerwelle (*Well-Haare*) muss man nicht **verschleiern**.

vena *f* ['ve:na] *[wehna]* **Vene;** siehe Merktipps zu »A-E's«, Seite 241.

venti *f* ['venti] *[wenti]* **die Zwanzig, zwanzig;** Bild: *Wenn die 20* überschritten sind, fangen die eigentlichen Probleme an. Bild: Theo **Zwanzig**er (ehemaliger DFB Präsident) schraubt von seinem Fahrrad ein *Venti*l ab.

ventura *f* [ven'tu:ra] *[ventuhra]* **Schicksal, Glück, Los;** Bild: *Wenn du ra*uchst, dann forderst du das **Schicksal** heraus.

vera *f* [ve:ra] *[vehra]* **Ehe-, Trauring;** Bild: *Vera* (z. B. Int-Veen) verschluckt den **Ehering** ihres Mannes.

veramente [vera'mente] *[veramente]* **wirklich, tatsächlich;** Bild: *Vera am Ende* der Straße ist **wirklich** da.

verde ['verde] *[werde]* **grün, jung, unreif;** Bild: Es *werde* Licht! – Und alles war **grün** (und noch **unreif**).

verdura *f* [ver'du:ra] *[verduhra]* **Gemüse;** Bild: *Werd ura*lt mit **Gemüse**.

verme *m* ['vɛrme] *[verme]* **Wurm;** Bild: Der **Wurm** erzeugt *Wärme*, wenn er sich nur schnell genug bewegt.

vernice *f* [ver'ni:tʃe] *[wernihtsche]* **Lack;** Bild: *Wer Nietzsche* (Philosoph) kannte, weiß, dass er immer **Lack**schuhe trug.

vero, -a ['ve:ro, -a] *[wehra]* **richtig, wahr, echt;** Bild: *Vera* macht alles **richtig**.

versamento *m* [versa'mento] *[versamento]* **Einzahlung, Überweisung, Einlage;** Bild: Wer viele **Überweisung**en tätigt, bekommt einen schönen *Vers am End'* von der Bank.

verve *f* [vɛ:rve] *[währve]* **Schwung;** Bild: Ich *werfe* mit **Schwung** die Tasse an die Wand.

vespa *f* ['vɛspa] *[vespa]* **Wespe;** Bild: Der Fahrer einer *Vespa* (Motorroller, Marke) wird von einer **Wespe** verfolgt.

vespro *m* ['vɛspro] *[vespro]* **Abendandacht, Vesper;** Bild: *Ve*r*spro*chen: Ich gehe mit dir zur **Abendandacht**.

vessel *m* ['vesəl] *[vesel]* **Gefäß, Behälter;** Bild: Die *Fessel*n befinden sich in einem **Behälter**.

veste *f* ['vɛste] *[veste]* **Kleidung, Kleid, Gewand;** Bild: Zum **Kleid** passt die *Weste* aber überhaupt nicht.

vestire *m* [ves'ti:re] *[vestihre]* **anziehen, anhaben, tragen, Kleidung;** Bild: Auf dem *Fest* der *Tiere* **tragen** alle **Kleidung**.

vettura *m* [vet'tu:ra] *[wettuhra]* **Fahrzeug, Wagen;** Bild: Wenn du als Fortbewegungsmittel nur **Fahrzeuge** benutzt, wirst du *fett* und nicht *ura*lt.

vezzo *m* ['vettso] *[wettso]* **Gewohnheit, Halskette;** Bild: Die *fett*en *So*ßen sind zur **Gewohnheit** geworden. Jetzt passt die **Halskette** nicht mehr um mein Doppelkinn.

vibrante [vi'bra:nte] *[vibrahnte]* **kräftig;** Bild: *Wie brannte* das Feuer? – *Kräftig!*

vico *m* ['vi:ko] *[vihko]* **Gasse;** Bild: *Vicco* von Bülow (alias Loriot, Komiker) steht in einer **Gasse**.

videoleso, -a [video'le:zo, -a] *[videolehso, -a]* **sehgeschädigt, Sehgeschädigte(r);** Bild: Der **Sehgeschädigte** braucht einen *Videoleser*, der die Untertitel vorliest.

vile ['vi:le] *[wihle]* **gemein, niederträchtig, feige;** Bild: *Viele* sind **gemein** zu mir.

villa *f* ['villa] *[willa]* **Villa, Landhaus;** hört sich im Deutschen genauso an.

vincere ['vintʃere] *[wintschere]* **gewinnen, besiegen, meistern;** Bild: **Gewinnen** Sie eine *Wind-Schere* (ein Windrad mit Schere).

viola *f* [vi'ɔ:la] *[wiohla]* **Veilchen (Blume);** Bild: Jemand erschlägt mit seiner *Viola* (Bratsche) ein **Veilchen**. Bild: Ich habe ein **Veilchen** (blaues Auge), weil mir jemand die *Viola* ins Gesicht geschlagen hat.

violare [vio'la:re] *[wiolahre]* **verletzen, schänden, vergewaltigen;** Bild: mit einer *Viola* (Bratsche) das *Reh* **verletzen**.

virale [vi'ra:le] *[wirahle]* **Virus-, viral;** Bild: *Wir alle* leiden an der *Virus*erkrankung.

virtù *f* [vir'tu] *[virtu]* **Tapferkeit, Mut, Tugend;** Bild: *Wir tu*n so (*virtu*ell), als wären wir der Inbegriff der **Tapferkeit**.

virus *m* ['vi:rus] *[wihrus]* **Virus;** hört sich im Deutschen genauso an.

viso *m* ['vi:so] *[wihso]* **Gesicht;** Bild: *Wieso* verbirgst du dein **Gesicht** hinter einem Schleier?

vista *f* ['vista] *[wista]* **Sicht, Augenlicht;** Bild: »*W*as *is*t *da*?« – Die **Sicht** ist nicht so gut.

vita *f* ['vi:ta] *[wihta]* **Leben;** Bild: *Witta* Pohl (Schauspielerin) ist nicht mehr am **Leben**.

vittima *f* ['vittima] *[wittima]* **Opfer;** Bild: Obwohl er *fit im A*rm war, wurde er **Opfer** des Verbrechens.

vivente [vi'vɛnte] *[wihwente]* **lebend;** Bild: »Dat is, *wie wenn de* **lebend** begraben wirst.«

vivere *m* ['vi:vere] *[wihwere]* **das Leben, leben;** Bild: *Wie wäre* dein **Leben** ohne mich?

vivo, -a ['vi:vo, -a] *[vihvo, -a]* **lebend, lebendig;** Bild: »*Wie wa*r es, als du noch **lebendig** warst?«, fragte der Engel.

vodka *f* ['vɔdka] *[vodka]* **Wodka;** hört sich im Deutschen genauso an.

voglia *f* ['vɔʎʎa] *[woija]* **Lust, Begierde;** Bild: Ich hab **Lust,** *Feuer* zu machen, und zünde den **Lust**er (Kronleuchter) an.

volante [vo'lante] *[volante]* **fliegend, Flug;** Bild: *Wo lande*t die **fliegende** Raumkapsel?

volare [vo'la:re] *[wolahre]* **fliegen, rasen, sausen;** Bild: Die *Woll-Haa*re (Haare wie Wolle) **fliegen** mir vom Kopf und bleiben auf dem Rasen liegen.

volere *m* [vo'le:re] *[volehre]* **wollen, das Wollen, Wille, Wünsche, Vorstellungen;** Bild: *Wo* (eine) *Leere* ist, passen auch unsere **Vorstellungen** rein.

volgere ['vɔldʒere] *[wolldschere]* **richten, zuwenden, zukehren;** Bild: Er **wendete** sich dann wieder mit der *Woll-Schere* den Schafen *zu*.

volo *m* ['vo:lo] *[wohlo]* **Flug, Fliegen;** Bild: Bei jedem **Flug** ist mir entweder *wohl o*der übel.

volta *f* ['vɔlta] *[wolta]* **Mal (z. B. das 5. Mal);** Bild: John Tra*volta* (Schauspieler) kann 3-**mal** so schön **mal**en.

voltare [vol'ta:re] *[voltare]* **drehen, wenden, umblättern;** Bild: den Beipackzettel von der *Voltar*en-Salbe (Marke) **wenden,** um sich über Nebenwirkungen zu informieren.

volto, -a ['vɔlto, -a] *[volto, -a]* **gewendet, umgedreht;** Bild: Weil ich das *Volta*ren-Schmerzgel (Marke) vergessen hatte, bin ich noch einmal **umgedreht** und zurück zur Apotheke gelaufen. Bild: Zur *Folter* habe ich mich **umgedreht**.

vomere *m* ['vɔ:mere] *[vohmere]* **Pflugschar;** Bild: *Wo Meere* sind, braucht man keine **Pflugschar**en.

votante *mf* [vo'tante] *[votante]* **Wahlberechtigte(r);** Bild: *Wo* ist meine *Tante*, ich selbst bin noch kein **Wahlberechtigter**.

voto *m* ['vo:to] *[vohto]* **Gelübde, Gelöbnis;** Bild: Während des **Gelöbnis**ses bei der Bundeswehr durfte man kein *Foto* machen.

vulnus *m* ['vulnus] *[vulnus]* **Rechtsbruch;** Bild: Eine *Walnuss* zu klauen ist doch kein **Rechtsbruch**.

Z

zampa *f* [ˈtsampa] *[zampa]* **Bein (Tier), Pfote, Tatze;** Bild: Beim Ramba-*Zamba*-Machen haben sich alle Tiere ihre **Bein**e verletzt.

zappa *f* [ˈtsappa] *[zappa]* **Hacke;** Bild: Frank *Zappa* (Musiker) arbeitet im Garten mit seiner **Hacke**.

zebra *f* [ˈdzɛːbra] *[zäbra]* **Zebra;** hört sich im Deutschen genauso an.

zecca *f* [ˈtsekka] *[zeka]* **Münze;** Bild: mit einer **Münze** eine *Zecke* zerdrücken. Bild: *Zecke* schreibt man mit »ck«.

zittire [tsitˈtiːre] *[zitihre]* **zischen, auszischen, auspfeifen;** Bild: Sie *zischt* beim *Zitiere*n von Gedichten durch ihre Zähne.

zoo *m* [dzɔːo] *[zoho]* **Zoo;** hört sich im Deutschen genauso an.

zucca *f* [ˈtsukka] *[zukka]* **Kürbis;** Bild: In einen **Kürbis** wird *Zucker* eingefüllt.

zucchina *f* [tzukˈkiːna] *[zukihna]* **Zucchini;** Bild: *Zu China* gehört **Zucchini**.

zuffa *f* [ˈtsuffa] *[zuffa]* **Rauferei;** Bild: »Oans, zwoa g*suffa*!« (bayerischer Trinkspruch), dann begann die **Rauferei** im Bierzelt.

Deutsch — Italienisch

abbekommen	buscare [bus'ka:re] *[buskahre]*
Abbild	immagine *f* [im'ma:dʒine] *[immahdschine]*
abdanken	abdicare [abdika:re] *[abdikahre]*
Abend	sera *f* ['se:ra] *[sehra]*
Abendandacht	vespro *m* ['vɛspro] *[vespro]*
Abendessen, großes	cenone *m* [tʃe'no:ne] *[tschenohne]*
Abenteuer	avventura *f* [avventu:ra] *[aventuhra]*
Abführmittel	purga *f* ['purga] *[purga]*
Abgabe	imposta *f* [im'pɔsta] *[imposta]*
Abgang	uscita *f* [uʃ'ʃi:ta] *[uschihta]*
abgenutzt	liso, -a [li:zo, -a] *[lihso, -a]*
abgeschlagen	mozzo, -a ['mottso, -a] *[mottso, -a]*
abgeschnitten	mozzo, -a ['mottso, -a] *[mottso, -a]*
abgetragen	liso, -a [li:zo, -a] *[lihso, -a]*
abgießen	colare [ko'la:re] *[kolahre]*
Abgrund	abisso [a'bisso] *[abisso]*
Abgrund	ripa *f* ['ri:pa] *[rihpa]*
abhängig	dipendente *mf* [dipen'dɛnte] *[dipendänte]*
abhetzen (sich)	galoppare [galop'pa:re] *[galoppahre]*
ablecken	lambire [lam'bi:re] *[lambihre]*
ablegen	deporre [de'porre] *[deporre]*
ablegen	scostare [skos'ta:re] *[skostahre]*
ablegen	smettere ['zmettere] *[smettere]*
ablehnen	respingere [res'pindʒere] *[respindschere]*
abmagern	insecchire [insek'ki:re] *[insekihre]*
Abmessung	misura *f* [mi'zu:ra] *[misuhra]*
abnutzen	sciupare [ʃu'pa:re] *[schupahre]*
abreisen	partire [par'ti:re] *[partihre]*
abrücken	scostare [skos'ta:re] *[skostahre]*
abschaffen	abolire [abo'li:re] *[abolihre]*

abschalten	disinnestare [dizinnes'ta:re] *[disinnestahre]*
Abscheu	orrore *m* [or'ro:re] *[orrohre]*
abschlagen	mozzare [mot'tsa:re] *[mottsahre]*
Abschleppwagen	autogru *m* [auto'gru] *[autogru]*
abschneiden	mozzare [mot'tsa:re] *[mottsahre]*
Absender(in)	mittente *mf* [mit'tɛnte] *[mittänte]*
absetzen	deporre [de'porre] *[deporre]*
absichern	blindare [blin'da:re] *[blindahre]*
Absicht	intento *m* [in'tɛnto] *[intänto]*
absichtlich	apposta [ap'pɔsta] *[apposta]*
absperren	bloccare [blok'ka:re] *[blokahre]*
abstellen	deporre [de'porre] *[deporre]*
abstoßen	schifare [ski'fa:re] *[skifahre]*
abstoßen	scostare [skos'ta:re] *[skostahre]*
abstoßend	discostante [diskos'tante] *[diskostante]*
abstürzen	cadere [ka'de:re] *[kadehre]*
absurd	delirante [deli'rante] *[delirante]*
abtasten	tastare [tas'ta:re] *[tastahre]*
abtrocknen	tergere ['tɛrdʒere] *[tärdschere]*
abwehren	respingere [res'pindʒere] *[respindschere]*
abwischen	astergere [aster'dʒere] *[asterdschere]*
abwischen	tergere ['tɛrdʒere] *[tärdschere]*
ach was! (verneinend)	macché [mak'ke] *[macke]*
Achat	agata *f* ['a:gata] *[ahgata]*
acht	otto *f* ['ɔtto] *[otto]*
achtgeben	badare [ba'da:re] *[badahre]*
Acker	campo *m* ['kampo] *['kampo]*
Ackerland	campagna *f* [kam'paɲɲa] *[kampanija]*
Adler	aquila *f* ['a:kuila] *[ahquilla]*
Affenarsch	mona *mf* ['mo:na] *[mohna]*
Ähnliche(s)	parente *mf* [pa'rɛnte] *[parännte]*
Aktenmappe	cartella *f* [kar'tɛlla] *[kartälla]*

Aktentasche	cartella *f* [karˈtɛlla] *[kartälla]*
Album	album *m* [ˈalbum] *[album]*
Alibi	alibi *m* [ˈaːlibi] *[ahlibi]*
Alm	alpe *f* [ˈalpe] *[alpe]*
also	dunque [ˈduŋkue] *[dunkwe]*
also	ebbene [ebˈbɛːne] *[ebähne]*
also	insomma [inˈsomma] *[insomma]*
also	sicché [sikˈke] *[sikke]*
älter	maggiore [madˈdʒoːre] *[madschohre]*
Älteste(r)	decano *m* [deˈkaːno] *[dekahno]*
amputieren	amputare [ampuˈtaːre] *[amputahre]*
Amt	carica *f* [ˈkariːka] *[karihka]*
amtieren als	fungere [ˈfundʒere] *[fundschere]*
Ananas	ananas *m* [anaˈnas] *[ananas]*
anbauen	annettere [anˈnɛttere] *[annettäre]*
anbrechend	nascente [naʃˈʃɛnte] *[naschänte]*
anderes (etwas)	altro [ˈaltro] *[altro]*
ändern	alterare [alteˈraːre] *[alterahre]*
andrücken	premere [ˈprɛːmere] *[prähmere]*
anekeln	schifare [skiˈfaːre] *[skifahre]*
anerkennen	lodare [loˈdaːre] *[lodahre]*
anfahren (jemanden)	arrotare [arroˈtaːre] *[arrotahre]*
anfallen	aggredire [aggreˈdiːre] *[aggredihre]*
anfassen	toccare [tokˈkaːre] *[tockahre]*
anfügen	annettere [anˈnɛttere] *[annettäre]*
anfüllen	empire [emˈpiːre] *[empihre]*
Angeber	trombone *m* [tromˈboːne] *[trombohne]*
Angel (Tür-/Fenster-)	cardine *m* [ˈkardine] *[kardine]*
Angelegenheit	affare *m* [afˈfaːre] *[affahre]*
Angelegenheit	roba *f* [ˈrɔːba] *[rohba]*
Angelpunkt	cardine *m* [ˈkardine] *[kardine]*
Angelschnur	lenza *f* [ˈlɛntsa] *[lenza]*

angenehm	gradevole [graˈdeːvole] *[gradehvole]*
angreifen	aggredire [aggreˈdiːre] *[aggredihre]*
Angriff	carica *f* [ˈkariːka] *[karihka]*
Angst	timore *m* [tiˈmoːre] *[timohre]*
Angsthase	fifone, -a *mf* [fiˈfoːne, -a] *[fifohne, -a]*
anhaben	indossare [indosˈsaːre] *[indossahre]*
anhaben	vestire *m* [vesˈtiːre] *[vestihre]*
anhalten	alt *m* [alt] *[alt]*
anhängen	allegare [alleˈgaːre] *[allegahre]*
Anhänger	fedele *mf* [feˈdeːle] *[fedehle]*
anhauchen	soffiare [sofˈfiaːre] *[soffiahre]*
Anhöhe	erta *f* [ˈerta] *[erta]*
anhören	sentire [senˈtiːre] *[sentihre]*
animieren	animare [aniˈmaːre] *[animahre]*
Anker	ancora *f* [aŋˈkoːra] *[ankohra]*
Ankerplatz	fonda *f* [ˈfonda] *[fonda]*
Anlage	allegato *m* [alleˈgaːto] *[allegahto]*
anlegen	impostare [imposˈtaːre] *[impostahre]*
Anmerkung	nota *f* [nɔːta] *[nohta]*
Anmut	garbo *m* [ˈgarbo] *[garbo]*
anmutig	avvenente [avveˈnɛnte] *[avenänte]*
annehmen	supporre [supˈporre] *[supporre]*
annektieren	annettere [anˈnɛttere] *[annettäre]*
anordnen	disporre [disˈporre] *[disporre]*
ansässig	residente *mf* [resiˈdɛnte] *[residänte]*
Ansässige(r)	residente *mf* [resiˈdɛnte] *[residänte]*
anschirren	bardare [barˈdaːre] *[bardahre]*
anschmieren	cuccare [kukˈkaːre] *[kukahre]*
Anstalt	ente *m* [ˈɛnte] *[ente]*
anstecken	infettare [infetˈtaːre] *[infettahre]*
Anstoß	aire *m* [aˈiːre] *[aihre]*
Anstoß	spinta *f* [ˈspinta] *[spinta]*

anstößig	urtante [ur'tante] *[urtante]*
Anstrengung	fatica *f* [fa'ti:ka] *[fatihka]*
antreten	adire [a'di:re] *[adihre]*
Antrieb	aire *m* [a'i:re] *[aihre]*
Antrieb	spinta *f* ['spinta] *[spinta]*
Anwärter(in)	aspirante [aspi'rante] *[aspirante]*
anwesend	presente [pre'zɛnte] *[presänte]*
Anwesende(r)	astante *mf* [as'tante] *[astante]*
anwidern	schifare [ski'fa:re] *[skifahre]*
Anzeiger	indice *m* ['inditʃe] *[inditsche]*
anziehen	indossare [indos'sa:re] *[indossahre]*
anziehen	vestire *m* [ves'ti:re] *[vestihre]*
anziehend	avvenente [avve'nɛnte] *[avenänte]*
Apfel	mela *f* [me:la] *[mehla]*
Apfelbaum	melo *m* [me'lo] *[mehlo]*
April	aprile *m* [a'pri:le] *[aprihle]*
Äquator	equatore *m* [ekua'to:re] *[equatohre]*
Arbeit	daffare *m* [daf'fa:re] *[daffahre]*
Arbeitsanzug	tuta *f* ['tu:ta] *[tuhta]*
Arche	arca *f* ['arka] *[arka]*
Ärger	bile *f* ['bi:le] *[bihle]*
Arm	braccio *m* ['brattʃo] *[brattscho]*
arm	povero, -a [pɔ:vero, -a] *[pohwero, -a]*
Armband	bracciale *m* [brat'tʃa:le] *[bratschahle]*
Armbinde	bracciale *m* [brat'tʃa:le] *[bratschahle]*
armieren	armare [ar'ma:re] *[armahre]*
Arnika	arnica *f* ['arnika] *[arnika]*
Arroganz	burbanza *f* [bur'bantsa] *[burbanza]*
Arsch	culo *m* ['ku:lo] *[kuhlo]*
Arschbacke	natica *f* ['na:tika] *[nahtika]*
Art	umore *m* [u'mo:re] *[umohre]*
Art und Weise	guisa *f* ['gui:za] *[guwihsa]*

asphaltieren	asfaltare [asfal'ta:re] *[asfaltahre]*
Asyl	asilo *m* [a'zi:lo] *[asihlo]*
atmen	fiatare [fia'ta:re] *[fiatahre]*
Attacke	carica *f* ['kari:ka] *[karihka]*
attraktiv	avvenente [avve'nɛnte] *[avenänte]*
Aubergine	melanzana *f* [melan'tsa:na] *[melansahna]*
auch	anche [aŋ'ke] *[angke]*
Audiokassette	cassetta *f* [kas'setta] *[kassetta]*
auffüllen	colmare [kol'ma:re] *[kolmahre]*
aufgeben	smettere ['zmettere] *[smettere]*
aufgehend	nascente [naʃ'ʃɛnte] *[naschänte]*
Aufgeld	aggio *m* ['addʒo] *[addscho]*
aufgeregt	impaziente [impat'tsiɛnte] *[impaziänte]*
Aufguss (Kräutertee)	infuso *m* [in'fu:zo] *[infuhso]*
aufhalten (sich)	stare ['sta:re] *[stahre]*
aufheben	elidere [e'li:dere] *[elihdere]*
aufhören	smettere ['zmettere] *[smettere]*
aufmachen	aprire [a'pri:re] *[aprihre]*
aufmerksam	attento, -a [at'tɛnto, -a] *[attänto, -a]*
Aufmerksamkeit	cura *f* ['ku:ra] *[kuhra]*
aufpassen	badare [ba'da:re] *[badahre]*
aufregen	emozionare [emottsio'na:re] *[emotzionahre]*
Aufregung	emozione *f* [emot'tsio:ne] *[emotzione]*
aufreibend	logorante [logo'rante] *[logorante]*
aufrichtig	retto, -a ['rɛtto, -a] *[rätto, -a]*
Aufschneider	trombone *m* [trom'bo:ne] *[trombohne]*
Aufschnitt	affettato *m* [affet'ta:to] *[affetahto]*
aufschreiben (etwas)	annotare [anno'ta:re] *[annotahre]*
aufschreiben	notare [no'ta:re] *[notahre]*
Aufsehen	clamore *m* [kla'mo:re] *[klamohre]*
Aufseher(in)	custode *mf* [kus'tɔ:de] *[kustohde]*
aufstellen	disporre [dis'porre] *[disporre]*

auftauchen	sbucare [zbuˈksaːre] *[sbukahre]*
aufteilen	spartire [sparˈtiːre] *[spartihre]*
auftischen	imbandire [imbanˈdiːre] *[imbandihre]*
Auftrag vergeben/annehmen	appaltare [appalˈtaːre] *[appaltahre]*
aufwecken	destare [desˈtaːre] *[destahre]*
aufzählen	numerare [numeˈraːre] *[numerahre]*
aufzäumen	bardare [barˈdaːre] *[bardahre]*
aufziehen	allevare [alleˈvaːre] *[allewahre]*
aufziehen	tirare [tiˈraːre] *[tirahre]*
Augenblick	istante *m* [isˈtante] *[istante]*
Augenlicht	vista *f* [ˈvista] *[wista]*
Augenlinse	lente *f* [ˈlɛnte] *[lente]*
aus den Fugen geraten	dissestare [dissesˈtaːre] *[dissestahre]*
ausbreiten	esporre [esˈporre] *[esporre]*
ausdrücklich	espresso, -a *m* [esˈprɛsso] *[esprässo]*
auserlesen	lauto, -a [ˈlaːuto, -a] *[lauto, -a]*
Ausfahrt	uscita *f* [uʃˈʃiːta] *[uschihta]*
Ausflügler(in)	gitante *mf* [dʒiˈtante] *[tschitante]*
Ausflug	gita *f* [ˈdʒiːta] *[dschihta]*
Ausgang	fine *f* [ˈfiːne] *[fihne]*
Ausgang	uscita *f* [uʃˈʃiːta] *[uschihta]*
ausgedehnt	lato, -a [ˈlaːto, -a] *[lato, -a]*
ausgereift	maturo, -a [maˈtuːro, -a] *[matuhro, -a]*
ausgetrocknet	secco, -a [ˈsekko, -a] *[sekko, -a]*
Ausguck	coffa *f* [ˈkɔffa] *[koffa]*
aushöhlen	incavare [iŋkaˈvaːre] *[ingkawahre]*
ausklopfen	battere [ˈbattere] *[battere]*
auskuppeln	disinnestare [dizinnesˈtaːre] *[disinnestahre]*
auslegen	esporre [esˈporre] *[esporre]*
ausnehmen	mungere [ˈmundʒere] *[mundschere]*
auspacken	spacchettare [spakketˈtaːre] *[spacketahre]*
auspfeifen	zittire [tsitˈtiːre] *[zitihre]*

ausrauben	predare [pre'da:re] *[predahre]*
ausreichen	bastare [bas'ta:re] *[bastahre]*
ausrichten	orientare [orien'ta:re] *[orientahre]*
ausrüsten (mit)	fornire [for'ni:re] *[fornihre]*
Ausrüstung	allestimento *m* [allesti'mento] *[allestimento]*
ausscheiden	espellere [es'pɛllere] *[espällere]*
Ausschnitt (Kleidung)	scollatura *f* [skolla'tu:ra] *[skollatuhra]*
ausschreiben	bandire [ban'di:re] *[bandihre]*
äußerst	altamente [alt'amente] *[altamente]*
aussetzen	esporre [es'porre] *[esporre]*
ausspeien	eruttare [erut'ta:re] *[erutahre]*
ausstatten	fornire [for'ni:re] *[fornihre]*
Ausstattung	allestimento *m* [allesti'mento] *[allestimento]*
Aussteller(in)	standista *mf* [stan'dista] *[standista]*
Aussteuer	dotale [do'ta:le] *[dotahle]*
ausstoßen	eruttare [erut'ta:re] *[erutahre]*
ausstoßen	espellere [es'pɛllere] *[espällere]*
austeilen	spartire [spar'ti:re] *[spartihre]*
austrocknen	ardere ['ardere] *[ardere]*
austrocknen	disseccare [disse'ka:re] *[dissekahre]*
austrocknen	essiccare [essik'ka:re] *[essikahre]*
austrocknen	insecchire [insek'ki:re] *[insekihre]*
ausweisen	espellere [es'pɛllere] *[espällere]*
auswringen	torcere ['tɔrtʃere] *[tortschere]*
auszahlen	pagare [pa'ga:re] *[pagahre]*
auszischen	zittire [tsit'ti:re] *[zitihre]*
Autokennzeichen	targa *f* ['targa] *[targa]*

Bach	rio *m* ['ri:o] *[riho]*
Bach	ruscello *m* [ruʃ'ʃello] *[ruschällo]*
Backenbart	fedine *f* [fe'di:ne] *[fedihne]*

Backstein	mattone *m* [mat'to:ne] *[mattohne]*
Bad	bagno *m* [baŋ'ŋo] *[banjo]*
Badezimmer	bagno *m* [baŋ'ŋo] *[banjo]*
Bagger	baghero *m* [ba'ge:ro] *[bagehro]*
Baggerführer(in)	ruspista *mf* [rus'pista] *[ruspista]*
Bahre	bara *f* [ba'ra] *[bahra]*
bald	presto ['prɛsto] *[prästo]*
Ball	palla *f* ['palla] *[palla]*
Bammel	fifa *f* ['fi:fa] *[fihfa]*
Banane	banana *f* [ba'na:na] *[banahna]*
Band (Buch)	tomo *m* ['tɔ:mo] *[tohmo]*
Band	banda *f* ['banda] *[banda]*
Bande	combriccola *f* [kom'brikkola] *[kombrikkola]*
Bande	combutta *f* [kom'butta] *[kombutta]*
Bank (Sitzbank)	banco *m* ['baŋko] *[bangko]*
Bank	sedile *m* [se'di:le] *[sedihle]*
Banner	banner *m* ['banner] *[banner]*
Bannerträger	alfiere *m* [al'fiɛ:re] *[alfiehre]*
Bar	bar *m* [bar] *[bar]*
Bar-	contante *m* [kon'tante] *[kontante]*
Baracke	baracca *f* [ba'rakka] *[baracka]*
Barfrau	barista *mf* [ba'rista] *[barista]*
Bargeld	contante *m* [kon'tante] *[kontante]*
Barkeeper	barista *mf* [ba'rista] *[barista]*
Barock-	barocco,-a [ba'rɔ:kko, -a] *[barokka]*
Barren	barra *f* ['barra] *[barra]*
barsch	rude ['ru:de] *[ruhde]*
Bart	barba *f* ['barba] *[barba]*
Bart, langer -	barbone *m* [bar'bo:ne] *[barbohne]*
bartlos	glabro, -a ['gla:bro, -a] *[glahbro, -a]*
Bartstoppel	pelo *m* ['pɛ:lo] *[pählo]*
basieren	basare [ba'za:re] *[basahre]*

Basis	base f [ˈbaːze] *[bahse]*
Batterie	batteria m [batteˈriːa] *[batteriha]*
Bauch	pancia f [ˈpantʃa] *[pantscha]*
baufällig	cadente [kaˈdɛnte] *[kadänte]*
Baum	albero m [ˈalbero] *[albero]*
Baumstumpf	ciocco m [ˈtʃɔkko] *[tschokko]*
Baumwolle	cotone m [koˈtoːne] *[kotohne]*
Baumwollstoff	cotone m [koˈtoːne] *[kotohne]*
Baustelle	cantiere f [kanˈtiɛːre] *[kantiehre]*
beachten	badare [baˈdaːre] *[badahre]*
Becher	coppa m [ˈkoppa] *[koppa]*
bechern	trincare [triŋˈkaːre] *[trinkahre]*
bedächtig	piano² [ˈpiaːno] *[piahno]*
bedeutend	importante [imporˈtante] *[importante]*
Bedienung	colf f [kɔlf] *[kolf]*
bedrängen	urgere [ˈurdʒere] *[urdschere]*
Beere	bacca f [ˈbakka] *[baka]*
befestigen	armare [arˈmaːre] *[armahre]*
befinden (sich)	stare [ˈstaːre] *[stahre]*
befreit	esente [eˈzɛnte] *[essänte]*
befriedigend	esauriente [ezauˈriɛnte] *[esauriänte]*
befriedigt	pago, -a [ˈpaːgo, -a] *[pahgo, -a]*
befühlen	tastare [tasˈtaːre] *[tastahre]*
Befugnis	potestà f [potesˈta] *[potesta]*
Begierde	voglia f [ˈvɔʎʎa] *[woija]*
begierig	impaziente [impatˈtsiɛnte] *[impaziänte]*
begreifen	capire [kaˈpiːre] *[kapihre]*
begründen (auf etwas)	basare [baˈzaːre] *[basahre]*
behaglich	soft [sɔft] *[soft]*
Behälter	vessel m [ˈvesəl] *[vesel]*
behandeln	curare [kuˈraːre] *[kurahre]*
Behandlung	trattamento m [trattaˈmento] *[trattamento]*

Behörde	ente *m* [ˈɛnte] *[ente]*
beide	ambo, -a [ˈambo, -a] *[ambo, -a]*
beifügen	allegare [alleˈgaːre] *[allegahre]*
beiliegen	allegare [alleˈgaːre] *[allegahre]*
Bein (Tier)	zampa *f* [ˈtsampa] *[zampa]*
Bein	gamba *f* [ˈgamba] *[gamba]*
Beinschiene	schiniere *m* [skiˈniɛːre] *[skiniähre]*
bekannt	illustre [ilˈlustre] *[illustre]*
belästigen	tediare [teˈdiaːre] *[tediahre]*
beleben	animare [aniˈmaːre] *[animahre]*
belecken	lambire [lamˈbiːre] *[lambihre]*
benötigen	bisognare [bizoɲˈɲaːre] *[bisonjahre]*
benutzbar	utile [uːtile] *[uhtile]*
berauschen	oppiare [opˈpiaːre] *[opiahre]*
bereitstellen	apprestare [appresˈtaːre] *[apprestahre]*
Berg	monte *m* [ˈmonte] *[monte]*
berüchtigt	noto, -a [ˈnɔːto, -a] *[nohto, -a]*
berühmt	illustre [ilˈlustre] *[illustre]*
berühmt	noto, -a [ˈnɔːto, -a] *[nohto, -a]*
berühren	toccare [tokˈkaːre] *[tockahre]*
Beruf	mestiere *m* [mesˈtiɛːre] *[mestiähre]*
beruhigen	abbonire [abboˈniːre] *[abbonihre]*
beruhigen	calmare [kalˈmaːre] *[kallmahre]*
besänftigen	abbonire [abboˈniːre] *[abbonihre]*
besänftigen	ammansire [ammanˈsiːre] *[ammansihre]*
besänftigen	calmare [kalˈmaːre] *[kallmahre]*
beschädigen	ledere [ˈlɛːdere] *[lehdere]*
beschädigt	leso, -a [ˈleːzo] *[lehso]*
Beschäftigte(r)	dipendente *mf* [dipenˈdɛnte] *[dipendänte]*
beschatten	pedinare [pediˈnaːre] *[pedinaːre]*
beschlagen	ferrare [ferˈraːre] *[ferrahre]*
beschließen	disporre [disˈporre] *[disporre]*

beschmutzen	lordare [lorˈdare] *[lordare]*
beschnuppern	annusare [annuˈsaːre] *[annusahre]*
beschreiben	disengnare [disenˈɲaːre] *[disenjahre]*
beschützen	proteggere [proˈtɛddʒere] *[prodädschere]*
beschwichtigen	ammansire [ammanˈsiːre] *[ammansihre]*
beschwipst	brillo, -a [ˈbrillo, -a] *[brillo, -a]*
beseitigen	eliminare [elimiˈnaːre] *[eliminahre]*
Besetzung	cast *m* [kaːst] *[kahst]*
besiegen	vincere [ˈvintʃere] *[wintschere]*
Besitzer(in)	padrone, -a *mf* [paˈdroːne] *[paˈdrohne]*
bespitzeln	pedinare [pediˈnaːre] *[pedinaːre]*
Bespringen (das)	monta *f* [ˈmonta] *[monta]*
bespringen	montare [monˈtaːre] *[montahre]*
besser noch	anzi [ˈantsi] *[antsi]*
besser sein	convenire [konveˈniːre] *[konvenihre]*
Besserwisser(in)	saccente *mf* [satˈtʃɛnte] *[sattschente]*
bestehen	constare [konsˈtaːre] *[konstahre]*
bestehen	esistere [eˈzistere] *[esistere]*
Bestellung	commessa *f* [komˈmessa] *[kommessa]*
bestimmte Anzahl	tot [tɔt] *[tot]*
bestimmte Summe	tot [tɔt] *[tot]*
besudeln	lordare [lorˈdare] *[lordare]*
betasten	tastare [tasˈtaːre] *[tastahre]*
betäuben	oppiare [opˈpiaːre] *[opiahre]*
Betrag	somma *f* [ˈsomma] *[somma]*
betreiben	gestire [dʒesˈtiːre] *[tschestihre]*
Betreuer(in)	badante *mf* [baˈdante] *[badante]*
betroffen	affeto, -a [afˈfɛto, -a] *[affeto]*
betrügen	defraudare [defrauˈdaːre] *[defraudahre]*
Bettler(in)	pezzente *mf* [petˈtsɛnte] *[petsente]*
beugen	flettere [ˈflɛttere] *[flettere]*
beugen	piegare [pieˈgaːre] *[piägahre]*

Beutel	bustina *f* [busˈtiːna] *[bustihna]*
Beutel	sacca *f* [ˈsakka] *[sakka]*
Bevölkerung	popolo *m* [ˈpɔːpolo] *[pohpolo]*
bewegen	animare [aniˈmaːre] *[animahre]*
bewegen	emozionare [emottsioˈnaːre] *[emotzionahre]*
beweglich	mobile *m* [ˈmɔːbile] *[mohbile]*
Bewegung	mossa *f* [mɔssa] *[mossa]*
bewirken	operare [opeˈraːre] *[operahre]*
bewirken	recare [reˈkaːre] *[rekahre]*
bewirken	sortire [sorˈtiːre] *[sortihre]*
Bewohner(in)	abitante [abiˈtante] *[abitante]*
Bewusstsein	senso *m* [ˈsɛnso] *[sänso]*
bezahlen	pagare [paˈgaːre] *[pagahre]*
biegen	flettere [ˈflɛttere] *[flettere]*
biegen	piegare [pieˈgaːre] *[piägahre]*
biegsam	molle [ˈmɔlle] *[molle]*
Biene	ape *f* [aːpe] *[ahpe]*
Bier	birra *f* [ˈbirra] *[birra]*
Bieter(in)	offerente *mf* [offeˈrɛnte] *[offeränte]*
Bild	immagine *f* [imˈmaːdʒine] *[immahdschine]*
Bild	quadro *m* [ˈkuaːdro] *[kuahdro]*
Bilderrahmen	cornice *f* [korˈniːtʃe] *[kornihtsche]*
Bilderrätsel	rebus *m* [ˈrɛːbus] *[rähbus]*
Birke	betulla *f* [betˈulla] *[betulla]*
Birne	pera *f* [ˈpeːra] *[pehra]*
bis	finché [fiŋˈke] *[finke]*
Bison	bisonte *m* [biˈzonte] *[bissonte]*
bitter	bitter [ˈbitter] *[bittä]*
Blase	bolla *f* [ˈbolla] *[bolla]*
Blase	galla *f* [ˈgalla] *[galla]*
blasen	soffiare [sofˈfiaːre] *[soffiahre]*
blau	blu [blu] *[blu]*

bleiben	restare [res'ta:re] *[restahre]*
bleiben	stare ['sta:re] *[stahre]*
Blindenschrift	braille *m* [braj] *[brei]*
blinzeln	ammiccare [ammik'ka:re] *[ammikahre]*
Blitz	lampo *m* ['lampo] *[lampo]*
blockieren	bloccare [blok'ka:re] *[blokahre]*
Blödmann	cazzone *m* [kat'tso:ne] *[katsohne]*
Blumenkrone	corolla *f* [ko'rɔlla] *[korolla]*
Bluse	blusa *f* ['blu:za] *[bluhsa]*
Blutlache	pozza *f* ['pottsa] *[pottsa]*
Boa	boa *mf* ['bɔ:a] *[boha]*
Boden	fondo *m* ['fondo] *[fondo]*
Boje	boa *mf* ['bɔ:a] *[boha]*
Bombe	bomba *f* ['bomba] *[bomba]*
Bonbon	caramella *m* [kara'mɛlla] *[karamälla]*
Bonbon	chicca *f* ['kikka] *[kikka]*
Boot	barca *f* ['barka] *[barka]*
Bordell	casino *m* [ka'si:no] *[kasihno]*
Böse (das)	male *m* ['ma:le] *[mahle]*
Böses	male *m* ['ma:le] *[mahle]*
Bosheit	dispetto *m* [dis'petto] *[dispetto]*
Boss	boss *m* ['bɔs] *[bos]*
boxen	boxare [bok'sa:re] *[boksahre]*
Bratpfanne	padella *f* [pa'dɛlla] *[padälla]*
Bratrost	griglia *f* ['griʎʎa] *[grija]*
brauchbar	utile [u:tile] *[uhtile]*
brauchen	bisognare [bizoŋ'ɲa:re] *[bisonjahre]*
braun	bruno ['bru:no] *[bruhno]*
breit	grande ['grande] *[grande]*
brennen	ardere ['ardere] *[ardere]*
Brennklotz	ciocco *m* ['tʃɔkko] *[tschokko]*
Brett	asse *f* ['asse] *[asse]*

Briefumschlag	busta *f* [ˈbusta] *[busta]*
bringen	recare [reˈkaːre] *[rekahre]*
Brise	brezza *f* [ˈbreddza] *[bredza]*
britisch	inglese *mf* [iŋˈgleːse] *[inglehse]*
Brot	pane *m* [ˈpaːne] *[pahne]*
Brotsuppe	pappa *f* [ˈpappa] *[pappa]*
Brotzeit	merenda *f* [meˈrɛnda] *[merända]*
Brücke	ponte *m* [ˈponte] *[ponte]*
brüllen	sbraitare [zbraiˈtaːre] *[sbraitahre]*
Brust	poppa *f* [ˈpoppa] *[poppa]*
Brust	seno *m* [ˈseːno] *[sehno]*
Brut	cova *f* [ˈkoːva] *[kohwa]*
Brutzeit	cova *f* [ˈkoːva] *[kohwa]*
Buch	libro *m* [ˈliːbro] *[lihbro]*
Bucht	baia *f* [ˈbaiːa] *[bahia]*
Bucht	cala *f* [ˈkaːla] *[kahla]*
Buckel	gibbo *m* [ˈdʒibbo] *[dschibbo]*
Buckel	gobba *f* [ˈgɔbba] *[gobba]*
Bude	casotto *m* [kaˈsɔtto] *[kasotto]*
Büchse	boccola *f* [ˈbokkola] *[bokkola]*
Büffelkuh	bufala *f* [buːfala] *[buhfala]*
Bügel	asta *f* [ˈasta] *[asta]*
Bühne	scena *f* [ˈʃɛːna] *[schähna]*
Bürger-	borghese [borˈgeːse] *[borgehse]*
bürgerlich	borghese [borˈgeːse] *[borgehse]*
Bürste	bruschino *m* [brusˈkiːno] *[bruskihno]*
Büste	busto *m* [ˈbusto] *[busto]*
Bulle (Polizist)	caramba *m* [kaˈramba] *[karamba]*
Bus	bus *m* [bʌs] *[bus]*
Busen	seno *m* [ˈseːno] *[sehno]*
Busen	tetta *f* [ˈtetta] *[tetta]*
Butter	burro *m* [ˈburro] *[burro]*

Cello	cello *m* [ˈtʃɛllo] *[tschello]*
Chaos	babele *f* [baˈbɛːle] *[babähle]*
Charakter	carattere *m* [kaˈrattere] *[karattere]*
Charakter	umore *m* [uˈmoːre] *[umohre]*
Charme	garbo *m* [ˈgarbo] *[garbo]*
Chef	capo *m* [ˈkaːpo] *[kahpo]*
Chor	corale *f* [koˈraːle] *[korahle]*
Choral	corale *f* [koˈraːle] *[korahle]*
Christus	cristo *m* [ˈkristo] *[kristo]*
Clique	combriccola *f* [komˈbrikkola] *[kombrikkola]*
Collage	collage *m* [koˈlaːʒ] *[kolahsch]*

da	ecco [ˈɛkko] *[ekko]*
da kommt	ecco [ˈɛkko] *[ekko]*
Dach	tetto *m* [ˈtetto] *[tetto]*
Dahlie	dalia *f* [daːlia] *[dahlia]*
Dame	dama *f* [ˈdaːma] *[dama]*
Damenrock	gonna *f* [ˈgonna] *[gonna]*
Damm	diga *f* [ˈdiːga] *[dihga]*
daneben	appresso [apˈprɛsso] *[apprässo]*
Dank	paga *f* [ˈpaːga] *[pahga]*
darbieten	porgere [ˈpɔrdʒere] *[pordschere]*
darbringen	porgere [ˈpɔrdʒere] *[pordschere]*
Darm	budello, -a *mf* [buˈdɛllo] *[budälo]*
Dasein	essere *m* [ˈɛssere] *[ässere]*
dazwischenlegen	interporre [interˈporre] *[interporre]*
Debütant(in)	deb *mf* [deb] *[deb]*
Decken (das)	monta *f* [ˈmonta] *[monta]*
decken	montare [monˈtaːre] *[montahre]*
Degen	lama[1] *f* [ˈlaːma] *[lahma]*
Deich	diga *f* [ˈdiːga] *[dihga]*

Dekan	decano *m* [deˈkaːno] *[dekahno]*
Dekolleté	scollatura *f* [skollaˈtuːra] *[skollatuhra]*
Dekorierung	allestimento *m* [allestiˈmento] *[allestimento]*
den Mund aufmachen	fiatare [fiaˈtaːre] *[fiatahre]*
dental	dental [denˈtaːle] *[dentahle]*
der Nächste	prossimo *m* [ˈprɔssimo] *[prossimo]*
derb	rude [ˈruːde] *[ruhde]*
derjenige	chi [ki] *[ki]*
Desinfektionsmittel	disinfettante *m* [dizinfetˈtante] *[disinfettante]*
desinfizierend	disinfettante *m* [dizinfetˈtante] *[disinfettante]*
desolat	desolante [dezoˈlante] *[desolante]*
Diamant	diamante *m* [diaˈmante] *[diamante]*
dicht an	rasente [raˈzɛnte] *[rasänte]*
dicht	falto, -a [ˈfalto, -a] *[falto, -a]*
dicht	folto, -a *m* [ˈfolto, -a] *[folto, -a]*
dichte Staubwolke	polverone *m* [polverˈoːne] *[polwerohne]*
Dichter	cantore *m* [kanˈtoːre] *[kantohre]*
Dichter	vate *m* [ˈvaːte] *[wahte]*
dick	grasso, -a [ˈgrasso, -a] *[grasso, -a]*
Dickbauch	trippa *f* [ˈtrippa] *[trippa]*
Dickicht	folto, -a *m* [ˈfolto, -a] *[folto, -a]*
Dickkopf	testone *m* [tesˈtoːne] *[testohne]*
die Fünfte (z. B. Symphonie)	quinta *f* [ˈkuinta] *[kwinta]*
Dienst	servizio *m* [serˈvittsio] *[servittsio]*
diese(r,s)	quello, -a [kuello, -a] *[kuello, -a]*
Dinge	roba *f* [ˈrɔːba] *[rohba]*
Dingsbums	coso *m* [ˈkɔːso] *[kohso]*
Dingsda	coso *m* [ˈkɔːso] *[kohso]*
Diplom	diploma *m* [diˈplɔːma] *[diplohma]*
direkt	diritto [diˈritto] *[diritto]*
Direktübertragung	diretta *f* [diˈrɛtta] *[diretta]*
dirigieren	dirigere [diˈriːdʒere] *[dirihdschere]*

Disco	disco *m* [disko] *[disko]*
diskret	discretamente [diskreta'mente] *[diskretamente]*
Dolmetscher(in)	interprete *mf* [int'ɛrprete] *[intärprete]*
donnern (Wetter)	tonare [to'na:re] *[to'nahre]*
donnern	rombare [rom'ba:re] *[rombahre]*
Donnerwetter!	caramba *m* [ka'ramba] *[karamba]*
doppelt versteuern	ritasare [ritas'sa:re] *[ritasahre]*
Dorn	aculeo *m* [a'ku:leo] *[akuhleo]*
Dorn	pruno *m* ['pru:no] *[pruhno]*
Dorn	spina *f* ['spi:na] *[spihna]*
Dornbusch	pruno *m* ['pru:no] *[pruhno]*
dort	colà [ko'la] *[kola]*
dorthin	colà [ko'la] *[kola]*
Dosenöffner	apriscatole *m* [apris'ka:tole] *[apriskahtole]*
drängeln	premere ['prɛ:mere] *[prähmere]*
drängeln	urgere ['urdʒere] *[urdschere]*
drehen (sich)	rotare [ro'ta:re] *[rotahre]*
drehen	voltare [vol'ta:re] *[voltare]*
drei	tre *f* [tre] *[tre]*
dreißig	trenta *m* ['trenta] *[trenta]*
Dreizack	tridente *m* [tri'dɛnte] *[tridänte]*
dreschen	battere ['battere] *[battere]*
drohend	truce [tru:tʃe] *[truhtsche]*
dröhnen	rombare [rom'ba:re] *[rombahre]*
drücken	calcare [kal'ka:re] *[kalkahre]*
drücken	premere ['prɛ:mere] *[prähmere]*
Drunter und Drüber	casino *m* [ka'si:no] *[kasihno]*
Drunter und Drüber	casotto *m* [ka'sɔtto] *[kasotto]*
Dünger	ingrasso *m* [iŋ'grasso] *[ingrasso]*
Düngung	ingrasso *m* [iŋ'grasso] *[ingrasso]*
dünn	fine *f* ['fi:ne] *[fihne]*
düster	tetro, -a ['tɛ:tro, -a] *[tähtro, -a]*

duftend	fragrante [fraˈgrante] *[fragrante]*
Dummkopf	ciocco *m* [ˈtʃɔkko] *[tschokko]*
dunkel	vago, -a [vaːgo, -a] *[vahgo, -a]*
durchbringen	campare [kamˈpaːre] *[kammpahre]*
Durcheinander	babele *f* [baˈbɛːle] *[babähle]*
Durcheinander	casino *m* [kaˈsiːno] *[kasihno]*
Durcheinander	ridda *f* [ˈridda] *[ridda]*
durchfahren	passare [pasˈsaːre] *[passahre]*
durchfallen	cannare [kanˈnaːre] *[kannahre]*
durchführbar	possibile [posˈsiːbile] *[posihbille]*
durchgehen	passare [pasˈsaːre] *[passahre]*
durchlöchern	bucare [buˈkaːre] *[bukahre]*
durchnässen	inzuppare [intsupˈpaːre] *[intsuppahre]*
durchnässt	molle [ˈmɔlle] *[molle]*
durchschlagen (sich)	campare [kamˈpaːre] *[kammpahre]*
Durchschnitt(swert)	media *f* [mɛːdia] *[mähdia]*
durchseihen	colare [koˈlaːre] *[kolahre]*
Durchwahlnummer	interno *m* [inˈtɛrno] *[intärno]*
Durst	sete *f* [ˈseːte] *[sehte]*

eben	piano, -a [ˈpiaːno, -a] *[piahno, -a]*
Ebene	piano[1] *m* [ˈpiaːno] *[piahno]*
ebenfalls	anche [aŋˈke] *[angke]*
echt	vero, -a [ˈveːro, -a] *[wehra]*
Ehemann, Ehefrau	coniuge *mf* [ˈkɔniudʒe] *[koniudsche]*
Ehering	vera *f* [veːra] *[vehra]*
Ehre	lustro *m* [ˈlustro] *[lustro]*
ehrlich	francamente [fraŋkaˈmente] *[frankamente]*
Eifer	lena *f* [ˈleːna] *[lehna]*
Eigensinn	bizza *f* [ˈbiddza] *[biddsa]*
Eigentümer(in)	padrone, -a *mf* [paˈdroːne] *[paˈdrohne]*

ein bisschen	pochino (un) [po'ki:no] *[pokihno]*
ein paar	due ['du:e] *[duhe]*
ein/eine	una [u:na] *[uhna]*
einäschern	cremare [kre'ma:re] *[kremahre]*
einbauen	installare [instal'la:re] *[installahre]*
einbauen	montare [mon'ta:re] *[montahre]*
Einbildung	fisima *f* ['fi:zima] *[fihsima]*
eincremen	ungere ['undʒere] *[undschere]*
einfassen	cingere ['tʃindʒere] *[tschindschere]*
einflussreich	influente [influ'ɛnte] *[influänte]*
einführen	importare [impor'ta:re] *[importahre]*
einführen	impostare [impos'ta:re] *[impostahre]*
Eingangshalle	androne *m* [an'dro:ne] *[androhne]*
eingipsen	gessare [dʒes'sa:re] *[dschessahre]*
einheimisch	locale [lo'ka:le] *[lo'kahle]*
einheimsen	mietere [miɛ:tere] *[miähtere]*
Einkaufswagen	carello *m* [kar'ɛllo] *[karello]*
Einlage	versamento *m* [versa'mento] *[versamento]*
einlösen	adempiere [a'dempiere] *[adempiere]*
einölen	ungere ['undʒere] *[undschere]*
einreiben	ungere ['undʒere] *[undschere]*
einrichten	installare [instal'la:re] *[installahre]*
einsacken	insaccare [insak'ka:re] *[insakahre]*
einschmieren	ungere ['undʒere] *[undschere]*
eintauchen	inzuppare [intsup'pa:re] *[intsuppahre]*
eintausend	mille ['mille] *[mille]*
Eintopfen	invaso *m* [in'va:zo] *[invahso]*
einweichen	inzuppare [intsup'pa:re] *[intsuppahre]*
einwerfen	impostare [impos'ta:re] *[impostahre]*
einwickeln	irretire [irre'ti:re] *[irretihre]*
Einwohner(in)	abitante [abi'tante] *[abitante]*
einzahlen	pagare [pa'ga:re] *[pagahre]*

Einzahlung	versamento *m* [versaˈmento] *[versamento]*
Einzelteil	parte *f* [ˈparte] *[parte]*
Eisenbahnwagen	carrozza *f* [karˈɔttsa] *[karottsa]*
eisern	ferreo, -a [ˈfɛrreo, -a] *[ferreo, -a]*
Eitelkeit	vanità *f* [vaniˈta] *[wanita]*
Eiter	pus *m* [pus] *[pus]*
Elefant	elefante *m* [eleˈfante] *[elefante]*
elend	povero, -a [pɔːvero, -a] *[pohwero, -a]*
eliminieren	eliminare [elimiˈnaːre] *[eliminahre]*
Ellipse	ellisse *f* [elˈlisse] *[elisse]*
empfehlen (sich)	convenire [konveˈniːre] *[konvenihre]*
emporrichten	ergere [ˈɛrdʒere] *[ärdschere]*
Ende	fine *f* [ˈfiːne] *[fihne]*
Ende	termine *m* [ˈtɛrmine] *[tärmine]*
Entschädigung	ammenda *f* [amˈmɛnda] *[ammenda]*
eng anliegend	aderente [adeˈrɛnte] *[aderänte]*
Engländer(in)	inglese *mf* [iŋˈgleːse] *[inglehse]*
englisch	inglese *mf* [iŋˈgleːse] *[inglehse]*
entehren	disonorare [dizonoˈraːre] *[disonorahre]*
entfernen	discostare [diskosˈtaːre] *[diskostahre]*
entfernen	eliminare [elimiˈnaːre] *[eliminahre]*
entkuppeln	disinnestare [dizinnesˈtaːre] *[disinnestahre]*
entlassen	dimettere [diˈmettere] *[dimettere]*
entmündigen	interdire [interˈdiːre] *[interdihre]*
Entmündigung	interdizione *f* [interditˈtsioːne] *[interdizione]*
entschieden	netto, -a [ˈnetto] *[netto]*
Entsetzen	orrore *m* [orˈroːre] *[orrohre]*
Entspannung	relax *m* [reˈlaks] *[relax]*
entstellen	alterare [alteˈraːre] *[alterahre]*
enttäuschen	disilludere [dizilˈluːdere] *[disilluhdere]*
er	esso [ˈesso] *[esso]*
Erbe	erede *mf* [eˈrɛːde] *[erähde]*

erbeuten	predare [pre'da:re] *[predahre]*
Erbin	erede *mf* [e'rɛ:de] *[erähde]*
erbitten	impetrare [impe'tra:re] *[impe'tra:re]*
Erdbeere	fragola *f* ['fra:gola] *[frahgola]*
Erdboden	terra *f* ['tɛrra] *[tärra]*
Erde (Planet)	terra *f* ['tɛrra] *[tärra]*
Erde	mondo *m* ['mondo] *[mondo]*
Erdscholle	gleba *f* ['glɛ:ba] *[glähba]*
erflehen	impetrare [impe'tra:re] *[impe'tra:re]*
erfreuen (sich)	godere [go'de:re] *[godehre]*
erfüllen	adempiere [a'dempiere] *[adempiere*
ergeben (sich)	constare [kons'ta:re] *[konstahre]*
ergeben	ligio, -a ['li:dʒo, -a] *[lihdscho, -a]*
erheben	ergere ['ɛrdʒere] *[ärdschere]*
erheblich	altamente [alt'amente] *[altamente]*
erkranken	ammalare [amma'la:re] *[ammalahre]*
erlaubt	ammesso, -a [am'messo, -a] *[ammesso, -a]*
erleiden	patire [pa'ti:re] *[patihre]*
erleiden	soffriere [sof'fri:re] *[soffrihre]*
Erlöser	redentore *m* [reden'to:re] *[redentohre]*
Ermächtigung	delega *f* ['dɛ:lega] *[dählega]*
ernennen	nominare [nomi'na:re] *[nominahre]*
ernst	grave ['gra:ve] *[grave]*
Ernte	messe *f* [mɛsse] *[mässe]*
ernten	mietere [miɛ:tere] *[miähtere]*
ernüchtern	disilludere [dizil'lu:dere] *[disilluhdere]*
erraten	azzeccare [attsek'ka:re] *[azekahre]*
Erregung	emozione *f* [emot'tsio:ne] *[emotzione]*
erschaffen	creare [kre'a:re] *[kreahre]*
erschöpfend	esauriente [ezau'riɛnte] *[esauriänte]*
erschrecken	atterrire [atter'ri:re] *[atterihre]*
Erstaunen	meraviglia *f* [mera'viʎʎa] *[merawija]*

ertragen	patire [pa'ti:re] *[patihre]*
ertragen	soffriere [sof'fri:re] *[soffrihre]*
erwecken	destare [des'ta:re] *[destahre]*
erzählen	dire [di:re] *[dihre]*
Erzeugnis	prodotto *m* [pro'dotto] *[prodotto]*
erzielen	sortire [sor'ti:re] *[sortihre]*
es	esso ['esso] *[esso]*
Espresso	espresso, -a *m* [es'prɛsso] *[esprässo]*
Essen	mangiare *f* [man'dʒa:re] *[mandschahre]*
Essen	pasto *m* ['pasto] *[pasto]*
Etage	piano[1] *m* ['pia:no] *[piahno]*
Eule	gufo *m* ['gu:fo] *[guhfo]*
existent	esistente [ezis'tɛnte] *[esistänte]*
existieren	esistere [e'zistere] *[esistere]*
extra	apposta [ap'pɔsta] *[apposta]*

Fabrik	fabbrica *f* ['fabbrika] *[fabbrika]*
Fachgebiet	branca *f* ['braŋka] *[branka]*
Fäden ziehen	filare [fi'la:re] *[filahre]*
Fagott	fagotto *m* [fa'gɔtto] *[fagotto]*
fähig	atto, -a ['atto, -a] *[atto, -a]*
Fahnenstange	pennone *m* [pen'no:ne] *[pennohne]*
Fahnenträger	alfiere *m* [al'fiɛ:re] *[alfiehre]*
fahren	camminare [kammi'na:re] *[kamminahre]*
Fahrrad	bici *f* ['bi:tʃi] *[bitschi]*
Fahrt	corsa *f* ['korsa] *[korsa]*
Fährte	peste[2] *f* ['peste] *[peste]*
Fahrzeug	vettura *m* [vet'tu:ra] *[wettuhra]*
Fäkalien	feci *f* ['fɛ:tʃi] *[fehtschi]*
Faktor	proto *m* ['prɔ:to] *[proto]*
Falke	falco *m* ['falko] *[falko]*

fallen	calare [kaˈlaːre] *[kalahre]*
fallen	cascare [kasˈkaːre] *[kaskahre]*
fälschen	alterare [alteˈraːre] *[alterahre]*
Falte	grinza *f* [ˈgrintsa] *[grintsa]*
Farbe	tinta *f* [ˈtinta] *[tinta]*
Farn	felce *f* [ˈfeltʃe] *[feltsche]*
Fass	botte *f* [ˈbotte] *[botte]*
faulen	putrefare [putreˈfaːre] *[putrefahre]*
Fauxpas	gaffe *f* [gaˈfe] *[gafe]*
Feder	penna *f* [ˈpenna] *[penna]*
Fee	fata *f* [ˈfaːta] *[fahta]*
Fehler	fallo *m* [ˈfallo] *[fallo]*
Fehler	pecca *f* [ˈpɛkka] *[päcka]*
Feier	festa *f* [ˈfɛsta] *[festa]*
Feiertag	festa *f* [ˈfɛsta] *[festa]*
Feige	fico *m* [ˈfiːko] *[fihko]*
feige	imbelle [imˈbɛlle] *[imbälle]*
feige	vile [ˈviːle] *[wihle]*
Feile	lima *f* [ˈliːma] *[lihma]*
fein (elegant)	fine *f* [ˈfiːne] *[fihne]*
Feingebäck	pastina *n* [pasˈtiːna] *[pastihna]*
Feld	campo *m* [ˈkampo] *[ˈkampo]*
Fenster und Türen	serramenti *mf* [serraˈmenti] *[serramenti]*
Ferien	ferie *f* [ˈfɛːrie] *[fährie]*
fern	distante [disˈtante] *[distante]*
Ferse	tallone *m* [talˈloːne] *[tallohne]*
fesch	lindo, -a [ˈlindo, -a] *[lindo, -a]*
Fest	festa *f* [ˈfɛsta] *[festa]*
festhalten	reggere [ˈrɛddʒere] *[redschere]*
festlich herrichten	imbandire [imbanˈdiːre] *[imbandihre]*
festnehmen	arrestare [arresˈtaːre] *[arrestahre]*
Festung	rocca *f* [ˈrɔkka] *[rocka]*

Fete	bisboccia *f* [biz'bɔttʃa] *[bissbotscha]*
Fett	grasso *m* ['grasso] *[grasso]*
fett	grasso, -a ['grasso, -a] *[grasso, -a]*
fettig	unto, -a ['unto, -a] *[unto, -a]*
Fettnäpfchen	gaffe *f* [ga'fe] *[gafe]*
Fetzen	pezza *f* ['pεttsa] *[pettsa]*
Feuer	brache *f* ['bra:tʃe] *[brahtsche]*
Feuerwehrauto	autopompa *f* [auto'pompa] *[autopompa]*
feurig	bollente [bol'lεnte] *[bollente]*
Fiasko	fiasco *m* ['fiasko] *[fiasko]*
Figur	figura *f* [fi'gu:ra] *[figuhra]*
Figur	immagine *f* [im'ma:dʒine] *[immahdschine]*
Figur	pedina *f* [pe'di:na] *[pedihna]*
Film	film *m* [film] *[film]*
filtern	colare [ko'la:re] *[kolahre]*
Finanzen	finanza *f* [fi'nantsa] *[finanza]*
Finanzwesen	finanza *f* [fi'nantsa] *[finanza]*
finster	tetro, -a ['tε:tro, -a] *[tähtro, -a]*
finster	truce [tru:tʃe] *[truhtsche]*
Fisch	pesce *m* ['peʃʃe] *[pesche]*
fixe Idee	fisima *f* ['fi:zima] *[fihsima]*
Flachs	lino *n* ['li:no] *[lihno]*
Flamme	vampa *f* ['vampa] *[wampa]*
Fläschchen	ampolla *f* [am'polla] *[ampolla]*
Flasche (strohumflochtene)	fiasco *m* ['fiasko] *[fiasko]*
Fleisch	carne *f* ['karne] *[karne]*
Fleischermesser	coltella *f* [kol'tεlla] *[koltälla]*
Fliege (die am Hals)	farfalla *f* [far'falla] *[farfalla]*
Fliege (Insekt)	mosca *f* ['moska] *[moska]*
fliegen	volare [vo'la:re] *[wolahre]*
Fliegen	volo *m* ['vo:lo] *[wohlo]*
fliegend	volante [vo'lante] *[volante]*

fließend	corrente [kor'rɛnte] *[korente]*
Flittchen	cagna *f* ['kaɲɲa] *[kannja]*
Flotte	flotta *f* ['flɔtta] *[flotta]*
Fluch	anatema *m* [ana'tɛːma] *[anatähma]*
Flucht	fuga *f* ['fuːga] *[fuhga]*
Flug	volante [vo'lante] *[volante]*
Flug	volo *m* ['voːlo] *[wohlo]*
Fluss	flusso *m* ['flusso] *[flusso]*
Flussschleife	ansa *f* ['ansa] *[ansa]*
Flut	onda *f* ['onda] *[onda]*
Folge	fila *f* ['fiːla] *[fihla]*
folgern	dedurre [de'durre] *[dedurre]*
folglich	dunque ['duŋkue] *[dunkwe]*
formal	formale [for'maːle] *[formahle]*
Formel	formula *f* ['fɔrmula] *[formula]*
fortschreiten	camminare [kammi'naːre] *[kamminahre]*
Frau	donna *f* ['dɔnna] *[donna]*
Frau	monna *f* ['mɔnna] *[monna]*
frei	esente [e'zɛnte] *[essänte]*
frei	liberamente [libera'mente] *[liberamente]*
Freiheit	libertà *f* [liber'ta] *[liberta]*
freimütig	liberamente [libera'mente] *[liberamente]*
Freskenmaler(in)	freschista *mf* [fres'kista] *[freskista]*
fressen	ingozzare [iŋgot'tsaːre] *[ingotsahre]*
fressen	rodere ['roːdere] *[rohdere]*
Freund(in)	amico, -a *mf* [a'miːko] *[amihko]*
Frieden	pace *f* ['paːtʃe] *[pahtsche]*
frisch	fresco *m* ['fresko] *[fresko]*
Frische	fresco *m* ['fresko] *[fresko]*
frisieren	pettinare [petti'naːre] *[pettinahre]*
Fruchtfleisch	carne *f* ['karne] *[karne]*
Frühstück	colazione *f* [kolat'tsioːne] *[kolazione]*

fühlen	risentire [risen'ti:re] *[risentihre]*
führen	dirigere [di'ri:dʒere] *[dirihdschere]*
führen	gestire [dʒes'ti:re] *[tschestihre]*
führen	reggere ['rɛddʒere] *[redschere]*
Führer	duce *m* ['du:tʃe] *[duhtsche]*
Führer	leader *mf* ['li:də] *[lihdä]*
füllen	colmare [kol'ma:re] *[kolmahre]*
füllen	empire [em'pi:re] *[empihre]*
fünf	cinque ['tʃiŋkue] *[tschinkwe]*
für würdig halten	degnare [deɲ'ɲa:re] *[dennjahre]*
fürstlich	regale [re'ga:le] *[regahle]*
Fuge	crepa *f* ['krɛ:pa] *[krähpa]*
Fundament	base *f* ['ba:ze] *[bahse]*
fungieren als	fungere ['fundʒere] *[fundschere]*
funkeln	luccicare [luttʃi'ka:re] *[lutschikahre]*
Furcht	timore *m* [ti'mo:re] *[timohre]*
Fußgänger	pedone *m* [pe'do:ne] *[pedohne]*
Fußpfleger(in)	callista *mf* [kal'lista] *[kallista]*
Futter	cibo *m* ['tʃi:bo] *[tschihbo]*

Gabe	regalo *m* [re'ga:lo] *[regahlo]*
Galeere	galera *f* [ga'lɛ:ra] *[galähra]*
Galgen	forca *f* ['forka] *[forka]*
Galle	bile *f* ['bi:le] *[bihle]*
galoppieren	galoppare [galop'pa:re] *[galoppahre]*
gängig	andante [an'dante] *[andante]*
ganz	interamente [intera'mente] *[interamente]*
Garten	giardino *m* [dʒar'di:no] *[dschardihno]*
Gasarbeiter(in)	gassista *mf* [gas'sista] *[gassista]*
Gasse	calle *f* ['kalle] *[kalle]*
Gasse	vico *m* ['vi:ko] *[vihko]*

Gatte, Gattin	coniuge *mf* [ˈkɔniudʒe] *[koniudsche]*
Gebärde	mossa *f* [mɔssa] *[mossa]*
gebeugt	chino, -a [ˈkiːno, -a] *[kihno, -a]*
gebildet	dotto, -a [dɔtto, -a] *[dotto, -a]*
Gebirgsjäger	alpino *m* [alˈpiːno] *[alpihno]*
Geblüt	stirpe *f* [ˈstirpe] *[stirpe]*
gebrauchen	usare [uˈzaːre] *[usahre]*
gebrechlich	cadente [kaˈdɛnte] *[kadänte]*
gebückt	chino, -a [ˈkiːno, -a] *[kihno, -a]*
Gebühr	tassa *f* [ˈtassa] *[tassa]*
gedämpft	soft [sɔft] *[soft]*
Gedärm	budello, -a *mf* [buˈdɛllo] *[budälo]*
Gedränge	pressa *f* [ˈprɛssa] *[prässa]*
geeignet	atto, -a [ˈatto, -a] *[atto, -a]*
gefällig	avvenente [avveˈnɛnte] *[avenänte]*
gefällig	gradevole [gradeːvole] *[gradehvole]*
Gefäß	vessel *m* [ˈvesəl] *[vesel]*
Gefieder	penna *f* [ˈpenna] *[penna]*
gefleckt	macchiato, -a [makˈkiaːto] *[mackiahto]*
Gefühl	emozione *f* [emotˈtsioːne] *[emotzione]*
gegenüberliegen	antistante [antisˈtante] *[antistante]*
gegenwärtig	presente [preˈzɛnte] *[presänte]*
gehen	camminare [kammiˈnaːre] *[kamminahre]*
Gehör	ascolto *m* [asˈkolto] *[askolto]*
geistlich	sacro, -a [ˈsaːkro, -a] *[sahkro, -a]*
geizig	parco, -a [ˈparko] *[parko]*
gekränkt	leso, -a [ˈleːzo] *[lehso]*
Gelächter	riso *m* [ˈriːso] *[rihso]*
Gelder	finanza *f* [fiˈnantsa] *[finanza]*
Geldstrafe	ammenda *f* [amˈmɛnda] *[ammenda]*
Geldwesen	finanza *f* [fiˈnantsa] *[finanza]*
gelehrt	dotto, -a [dɔtto, -a] *[dotto, -a]*

Gelehrter	dotto, -a [dɔtto, -a] *[dotto, -a]*
gelenkig	dinoccolato, -a [dinokkoˈla:to, -a] *[dinokolahto, -a]*
Geliebte	amorosa *f* [amoˈro:sa] *[amorosa]*
Gelöbnis	voto *m* [ˈvo:to] *[vohto]*
gelten	valere [vaˈle:re] *[walehre]*
Gelübde	voto *m* [ˈvo:to] *[vohto]*
gemächlich	lemme lemme [ˈlɛmme ˈlɛmme] *[lemme lemme]*
Gemälde	quadro *m* [ˈkua:dro] *[kuahdro]*
gemäß	giusta [ˈdʒusta] *[tschusta]*
gemein	vile [ˈvi:le] *[wihle]*
gemeinschaftlich	corale *f* [koˈra:le] *[korahle]*
Gemisch	miscela *f* [miʃˈʃɛ:la] *[mischähla]*
gemischt	misto, -a [misto, -a] *[misto]*
Gemüse	verdura *f* [verˈdu:ra] *[verduhra]*
Genehmigung	patente *f* [paˈtɛnte] *[patänte]*
geneigt	pendente [penˈdɛnte] *[pendänte]*
Genick	nuca *f* [ˈnu:ka] *[nuhka]*
genießen	godere [goˈde:re] *[godehre]*
genügen	bastare [basˈta:re] *[bastahre]*
genügsam	parco, -a [ˈparko] *[parko]*
geradeaus	diritto [diˈritto] *[diritto]*
Geräusch	rumore *m* [ruˈmo:re] *[rumohre]*
gerecht	equanime [eˈkua:nime] *[equanihme]*
Gerichtshof	corte *f* [ˈkorte] *[korte]*
gern geschehen	prego [ˈprɛgo] *[prehgo]*
gern mögen	gradire [graˈdi:re] *[gradihre]*
Geruch	odore *m* [oˈdo:re] *[odohre]*
Gesäß	natica *f* [ˈna:tika] *[nahtika]*
gesäubert	mondo, -a [ˈmondo, -a] *[mondo, -a]*
Geschäftsführer	gestore *m* [dʒesˈto:re] *[tschestohre]*
Geschaftsführer(in)	gerente *mf* [dʒeˈrɛnte] *[dscheränte]*
geschehen	avvenire *f* [avveˈni:re] *[avenihre]*

Geschenk	regalo *m* [reˈgaːlo] *[regahlo]*
Geschlecht	sesso *m* [ˈsɛsso] *[sässo]*
Geschlecht	stripe *f* [ˈstripe] *[stripe]*
geschmeidig	molle [ˈmɔlle] *[molle]*
gesegnet	benedetto, -a [beneˈdetto] *[benedetto]*
gesenkt	chino, -a [ˈkiːno, -a] *[kihno, -a]*
Gesetz	legge *f* [ˈleddʒe] *[leddsche]*
Gesicht	viso *m* [ˈviːso] *[wihso]*
Gestalt	immagine *f* [imˈmaːdʒine] *[immahdschine]*
Gestank	fetore *m* [feˈtoːre] *[fetohre]*
Gestank	puzza *f* [ˈputtsa] *[putsa]*
Geste	atto *mf* [ˈatto] *[atto]*
Geste	mossa *f* [mɔssa] *[mossa]*
gestern	iere [ˈiɛːri] *[jähri]*
gestikulieren	gestire [dʒesˈtiːre] *[tschestihre]*
Gestirn	astro *m* [ˈastro] *[astro]*
gesund	sano, -a [ˈsaːno, -a] *[sahno, -a]*
Getränk	bibita *f* [ˈbiːbita] *[bihbita]*
Getreide-	cereale [tʃereˈaːle] *[tschereahle]*
Getreide	messe *f* [mɛsse] *[mässe]*
Getümmel	bailamme *m* [baiˈlamme] *[bailamme]*
Gewalt	potestà *f* [potesˈta] *[potesta]*
Gewalt	riffa *f* [ˈriffa] *[riffa]*
Gewand	veste *f* [ˈvɛste] *[veste]*
geweiht	benedetto, -a [beneˈdetto] *[benedetto]*
gewendet	volto, -a [ˈvɔlto, -a] *[volto, -a]*
gewinnen	vincere [ˈvintʃere] *[wintschere]*
Gewirr	ridda *f* [ˈridda] *[ridda]*
gewissenhaft	attento, -a [atˈtɛnto, -a] *[attänto, -a]*
gewöhnen	avvezzare [avvetˈtsaːre] *[awettsahre]*
Gewohnheit	vezzo *m* [ˈvettso] *[wettso]*
Gewürze	spezie *f* [ˈspettsie] *[spezie]*

Gewürzmischung	spezie *f* ['spɛttsie] *[spezie]*
Gicht	gotta *f* ['gotta] *[gotta]*
Gipfel	auge *f* ['au:ge] *[auge]*
Gipfel	punta *f* ['punta] *[punta]*
Gips	gesso *m* ['dʒɛsso] *[dschässo]*
Gipsverband	gesso *m* ['dʒɛsso] *[dschässo]*
Girlande	festone *m* [fes'to:ne] *[festohne]*
Gitter	grata *f* ['gra:ta] *[grahta]*
Gittertür	cancello *m* [kan'tʃɛllo] *[kantschello]*
glaciert	glacé [gla'se] *[glase]*
Glanz	lustro *m* ['lustro] *[lustro]*
glänzen	brillare [bril'la:re] *[brillahre]*
Glas (Trinkglas)	bicchiere *m* [bik'kiɛ:re] *[bikiähre]*
glatt	piano, -a ['pia:no, -a] *[piahno, -a]*
glauben	credere ['kre:dere] *[kredehre]*
Glauben	fede *f* ['fe:de] *[fehde]*
gläubig	credente *mf* [kre'dɛnte] *[kredänte]*
Gläubige(r)	credente *mf* [kre'dɛnte] *[kredänte]*
gleichmachen	uniformare [unifor'ma:re] *[uniformahre]*
gleich	pari ['pa:ri] *[pahri]*
gleichförmig gestalten	uniformare [unifor'ma:re] *[uniformahre]*
Glied	pene *m* ['pɛ:ne] *[pähne]*
Glosse	glossa *f* ['glɔssa] *[glossa]*
Glück	fortuna *f* [for'tu:na] *[fortuhna]*
Glück	ventura *f* [ven'tu:ra] *[ventuhra]*
glühen	ardere ['ardere] *[ardere]*
Glut	brache *f* ['bra:tʃe] *[brahtsche]*
Glut	vampa *f* ['vampa] *[wampa]*
gnädig	clemente [kle'mɛnte] *[klemänte]*
Gorilla	gorilla *m* [go'rilla] *[gorilla]*
Gottesanbeterin (Heuschrecke)	mantide *f* ['mantide] *[mantide]*
Grad	grado *m* ['gra:do] *[grahdo]*

Graf	conte *m* [ˈkonte] *[konnte]*
Gramm	grammo *m* [ˈgrammo] *[grammo]*
Granulat	granulato *m* [granuˈlaːto] *[granulahto]*
Gras	erba *f* [ˈɛrba] *[erba]*
Gras-	erboso, -a [erˈboːso] *[erbohso]*
grasbewachsen	erboso, -a [erˈboːso] *[erbohso]*
Gräte	spina *f* [ˈspiːna] *[spihna]*
gratis	gratis [ˈgraːtis] *[grahtis]*
gratis	ufo (a) [a uːfo] *[a uhfo]*
Grenze	limite *m* [ˈliːmite] *[lihmite]*
Grenze	termine *m* [ˈtɛrmine] *[tärmine]*
Grenzlinie	termine *m* [ˈtɛrmine] *[tärmine]*
Grenzstein	termine *m* [ˈtɛrmine] *[tärmine]*
Grießsuppe	pappa *f* [ˈpappa] *[pappa]*
Griff	ansa *f* [ˈansa] *[ansa]*
Griff	grip *m* [grip] *[grip]*
Griff	presa *f* [ˈpreːsa] *[prehsa]*
Grill	graticola *f* [graˈtiːkola] *[gratihkola]*
Grill	griglia *f* [ˈgriʎʎa] *[grija]*
Grille	grillo *m* [ˈgrillo] *[grillo]*
grob	rude [ˈruːde] *[ruhde]*
groß	grande [ˈgrande] *[grande]*
groß	possente [posˈsɛnte] *[posänte]*
großartig	imponente [impoˈnɛnte] *[imponente]*
großer Ball	pallone *m* [palˈloːne] *[pallohne]*
großer Kopf	testone *m* [tesˈtoːne] *[testohne]*
größer	maggiore [madˈdʒoːre] *[madschohre]*
Großonkel	prozio, -a *mf* [ˈprɔtˈtsiːo] *[prottsiho]*
Großtante	prozio, -a *mf* [ˈprɔtˈtsiːo] *[prottsiho]*
Grube	buca *f* [ˈbuːka] *[buhka]*
Grubengas	grisou *m* [griˈzu] *[grisuh]*
grün	verde [ˈverde] *[werde]*

gründen	creare [kreˈaːre] *[kreahre]*
Grund	fondo *m* [ˈfondo] *[fondo]*
Grundbesitzer(in)	possidente *mf* [possiˈdɛnte] *[possidänte]*
Gruppe	gruppo *m* [ˈgruppo] *[gruppo]*
gültig	operante [opeˈrante] *[operante]*
gütig	clemente [kleˈmɛnte] *[klemänte]*
Gummi	gomma *f* [ˈgomma] *[gomma]*
Gurke	nappa *f* [ˈnappa] *[nappa]*
Guru	guru *m* [ˈguːru] *[guːru]*
Gusseisen	ghisa *f* [giːza] *[gihsa]*
gut	bene [ˈbɛːne] *[behne]*
gut	fine *f* [ˈfiːne] *[fihne]*

Haar	capello *m* [kaˈpello] *[kapello]*
Haar	pelo *m* [ˈpɛːlo] *[pählo]*
haben	avere [aˈveːre] *[awehre]*
Habicht	astore *m* [asˈtoːre] *[astohre]*
Hacke	zappa *f* [ˈtsappa] *[zappa]*
Haferl	tazza *f* [ˈtattsa] *[tattsa]*
haftend	aderente [adeˈrɛnte] *[aderänte]*
Hahn	gallo *m* [ˈgallo] *[gallo]*
Hähnchen	pollo *m* [ˈpollo] *[pollo]*
Hahnenkamm	cresta *f* [ˈkresta] *[kresta]*
halbieren	bisecare [biseˈkaːre] *[bisekahre]*
Hälfte	mezzo *m* [ˈmɛddzo] *[medzo]*
hallo! (Telefon)	pronto [ˈpronto] *[pronto]*
Hals	collo *m* [ˈkɔllo] *[kollo]*
Hals	gola *f* [ˈgoːla] *[gohla]*
Halskette	vezzo *m* [ˈvettso] *[wettso]*
haltbar machen	conservare [konserˈvaːre] *[konserwahre]*
halten	adempiere [aˈdempiere] *[adempiere]*

halten für	credere [ˈkreːdere] *[kredehre]*
halten	reggere [ˈrɛddʒere] *[redschere]*
Hamsterkauf	incetta *f* [inˈtʃetta] *[intschetta]*
Hand	mano *f* [maːno] *[mahno]*
Handel	mercato *m* [merˈkaːto] *[merkahto]*
Handgelenk	polso *m* [ˈpolso] *[polso]*
Händler(in)	merkante,-essa *mf* [merˈkante, -essa] *[merkante, -essa]*
Handlung	atto *mf* [ˈatto] *[atto]*
Handspiel	mano *f* [maːno] *[mahno]*
Handwerk	mestiere *m* [mesˈtiɛːre] *[mestiähre]*
Handwurzel	carpo *m* [ˈkarpo] *[karpo]*
Hang	falda *f* [ˈfalda] *[falda]*
Hängematte	amaca *f* [aˈmaːka] *[amahka]*
hängend	pendente [penˈdɛnte] *[pendänte]*
Harpune	rampone *m* [ramˈpoːne] *[rampohne]*
hart an	rasente [raˈzɛnte] *[rasänte]*
hart	duro, -a [ˈduːro] *[duhro]*
Härte	austerità *f* [austeriˈta] *[austerita]*
Hase	lepre *f* [ˈlɛːpre] *[lähpre]*
Hässliche (das)	brutto *m* [brutto] *[brutto]*
hässlicher Mensch	brutta *f* [ˈbrutta] *[brutta]*
hasten	galoppare [galopˈpaːre] *[galoppahre]*
Haube	cuffia *f* [ˈkuffia] *[kuffia]*
haufenweise	gogò (a) [goˈgɔ] *[gogo]*
Haus	casa *f* [ˈkaːsa] *[kahsa]*
Hausbesitzer(in)	possidente *mf* [possiˈdɛnte] *[possidänte]*
Häuschen	casotto *m* [kaˈsɔtto] *[kasotto]*
Hausflur	androne *m* [anˈdroːne] *[androhne]*
Haushaltshilfe	colf *f* [kɔlf] *[kolf]*
Hausschuh	ciabatta *f* [tʃaˈbatta] *[tschabatta]*
Hauszelt	casetta *f* [kaˈsetta] *[kasätta]*

Haut	pelle *f* [ˈpɛlle] *[pälle]*
Häutung	muta *f* [ˈmuːta] *[muhta]*
Heck	poppa *f* [ˈpoppa] *[poppa]*
heften	imbastire [imbasˈtiːre] *[imbastihre]*
Heide	landa *f* [ˈlanda] *[landa]*
Heideland	landa *f* [ˈlanda] *[landa]*
Heiland	redentore *m* [redenˈtoːre] *[redentohre]*
heilig	sacro, -a [ˈsaːkro, -a] *[sahkro, -a]*
Heiligenschein	alone *m* [aˈloːne] *[alohne]*
Heiltrank	pozione *f* [potˈtsioːne] *[potsiohne]*
heiser	roco, -a [ˈrɔːko, -a] *[rohko, -a]*
heiß	bollente [bolˈlɛnte] *[bollente]*
heiß	caldo, -a [ˈkaldo, -a] *[kaldo, -a]*
heiter	sereno, -a [seˈreːno, -a] *[serehno, -a]*
Held	prode *m* [ˈprɔːde] *[prohde]*
Heldentaten	gesta *f* [ˈdʒɛsta] *[dschästa]*
Helfershelfer	compare *m* [komˈpaːre] *[kompahre]*
Helm	casco *m* [ˈkasko] *[kasko]*
Hendl	pollo *m* [ˈpollo] *[pollo]*
Henkel	ansa *f* [ˈansa] *[ansa]*
herablassen	calare [kaˈlaːre] *[kalahre]*
herausgeben	pubblicare [pubbliˈkaːre] *[pubblikahre]*
herauskommen	sbucare [zbuˈksaːre] *[sbukahre]*
herausputzen (sich)	bardare [barˈdaːre] *[bardahre]*
herausziehen	disinnestare [dizinnesˈtaːre] *[disinnestahre]*
herausziehen	tirare [tiˈraːre] *[tirahre]*
Herbheit	brusco *m* [ˈbrusko] *[brusko]*
Herde	gregge *m* [ˈgreddʒe] *[gredsche]*
Hering	aringa *f* [aˈriŋga] *[aringa]*
Herkules	maciste *m* [maˈtʃiste] *[matschiste]*
Herpes	erpete *m* [ˈɛrpete] *[erpete]*
Herrlichkeit	gloria *f* [ˈglɔːria] *[glohria]*

herumfuchteln	annaspare [annas'pa:re] *[annaspahre]*
herumgestikulieren	annaspare [annas'pa:re] *[annaspahre]*
herunter	giù [dʒu] *[dschu]*
hervorkommen	sbucare [zbu'ksa:re] *[sbukahre]*
Herz	cuore *m* ['kuɔ:re] *[kuohre]*
herzlich	caldamente [kalda'mente] *[kaldamente]*
Herzog	duca *m* ['du:ka] *[duhka]*
Hessen	Assia *f* ['assia] *[assia]*
Heugabel	forca *f* ['forka] *[forka]*
hier	ecco ['ɛkko] *[ekko]*
hinauf	insù [in'su] *[insu]*
hinfallen	cadere [ka'de:re] *[kadehre]*
hinreißen	travolgere [tra'vɔldʒere] *[travoldschere]*
hinunterfallen	cadere [ka'de:re] *[kadehre]*
Hirte	pastore, -a *mf* [pas'to:re, -a] *[pastohre, -a]*
Hirtin	pastore, -a *mf* [pas'to:re, -a] *[pastohre, -a]*
hissen	issare [is'sa:re] *[is'sa:re]*
Hitze	calore *m* [ka'lo:re] *[kallohre]*
hitzig	bollente [bol'lɛnte] *[bollente]*
Hochebene	altopiano *m* [alto'pia:no] *[altopiahno]*
hochgradig	altamente [alt'amente] *[altamente]*
hochheben	issare [is'sa:re] *[is'sa:re]*
hochkant	ritto, -a ['ritto, -a] *[ritto, -a]*
Hochmut	burbanza *f* [bur'bantsa] *[burbanza]*
Hochnäsigkeit	burbanza *f* [bur'bantsa] *[burbanza]*
Hochweide	alpe *f* ['alpe] *[alpe]*
Hochzeit	nozze *f* ['nɔttse] *[nottse]*
Höcker	gibbo *m* ['dʒibbo] *[dschibbo]*
Höcker	gobba *f* ['gɔbba] *[gobba]*
Hof	corte *f* ['korte] *[korte]*
Hofhaltung	corte *f* ['korte] *[korte]*
Höhepunkt	auge *f* ['au:ge] *[auge]*

höher	maggiore [mad'dʒoːre] *[madschohre]*
Höhle	antro *m* ['antro] *[antro]*
Höhle	caverna *f* [ka'vɛrna] *[kavärna]*
Holland	Olanda *f* [o'landa] *[olanda]*
Holz	legno *m* ['leɲɲo] *[lenjo]*
Holzscheit	legno *m* ['leɲɲo] *[lenjo]*
Honig	miele *m* ['miɛːle] *[miähle]*
hören	sentire [sen'tiːre] *[sentihre]*
hören	udire [u'diːre] *[udihre]*
Hornhaut	callo *m* ['kallo] *[kallo]*
Hornist(in)	cornista *mf* [kor'nista] *[kornista]*
Hose	braca *f* ['braːka] *[brahka]*
Hostie	particola *f* [par'tiːkola] *[partihkola]*
Hotellerie	alberghi *m* [al'bergi] *[albergi]*
Hüfte	anca *f* ['aŋka] *[angka]*
Hügel	colle *m* ['kɔlle] *[kolle]*
Hühnerauge	callo *m* ['kallo] *[kallo]*
Hühnermagen	magone *m* [ma'goːne] *[magohne]*
Hündin	cagna *f* ['kaɲɲa] *[kannja]*
Hütte	abituro *m* [abi'tuːro] *[abituhro]*
Huhn	pollo *m* ['pollo] *[pollo]*
Hund	cane *m* ['kaːne] *[kahne]*
Hundehütte	cuccia *f* ['kuttʃa] *[kutscha]*
Hure	puttana *f* [put'taːna] *[puttahna]*
Hure	troia *f* ['trɔːia] *[trohia]*
Hure	vacca *f* ['vakka] *[wacka]*
Husten	tosse *m* ['tosse] *[tosse]*
Hut	cappello *m* [kap'pɛllo] *[kappällo]*
Hutkrempe	tesa *f* ['teːsa] *[tehsa]*
illegal	illegale [ille'gaːle] *[illegahle]*
im Delirium	delirante [deli'rante] *[delirante]*
im Gegenteil	anzi ['antsi] *[antsi]*

im Inneren	internamente [interna'mente] *[internamente]*
im Netz fangen	irretire [irre'ti:re] *[irretihre]*
im Wald verstecken	imboscare [imbos'ka:re] *[imboskahre]*
Imbiss	merenda *f* [me'rɛnda] *[merända]*
imitieren	imitare [imi'ta:re] *[imitahre]*
importieren	importare [impor'ta:re] *[importahre]*
imposant	imponente [impo'nɛnte] *[imponente]*
in aller Gemütsruhe	lemme lemme ['lɛmme 'lɛmme] *[lemme lemme]*
in der Lage sein	potere [po'te:re] *[potehre]*
in der Nähe	presso ['prɛsso] *[prässo]*
in Ordnung bringen	sistemare [siste'ma:re] *[sistemahre]*
in Säcke füllen	insaccare [insak'ka:re] *[insakahre]*
in übler Weise	malamente [mala'mente] *[malamente]*
in Unordnung bringen	dissestare [disses'ta:re] *[dissestahre]*
in Zusammenhang bringen	connettere [kon'nɛttere] *[konettere]*
infizieren	infettare [infet'ta:re] *[infettahre]*
innen	internamente [interna'mente] *[internamente]*
Installateur	tubista *mf* [tu'bista] *[tubista]*
installieren	installare [instal'la:re] *[installahre]*
Institut	ente *m* ['ɛnte] *[ente]*
Interesse	interesse *m* [inte'rɛsse] *[interässe]*
Internat	internato *m* [inter'na:to] *[internahto]*
Internes	interno *m* [in'tɛrno] *[intärno]*
Internet	Internet *f* [inter'net] *[internet]*
Internist(in)	internista *mf* [inter'nista] *[internista]*
Irrläufer	diguido *m* [diz'gui:do] *[disguihdo]*
irrsinnig	delirante [deli'rante] *[delirante]*
Irrtum	fallo *m* ['fallo] *[fallo]*
Jacke	giacca *f* ['dʒakka] *[dschakka]*
Jacke	giubba *f* ['dʒubba] *[dschubba]*

Jackett	giacca *f* [ˈdʒakka] *[dschakka]*
Jagd	caccia *f* [ˈkattʃa] *[katscha]*
Jahr	annata *m* [anˈnaːta] *[anahta]*
Jahrgang	annata *m* [anˈnaːta] *[anahta]*
Jahrgangsstufe	interclasse *f* [interˈklasse] *[interklasse]*
Jause	merenda *f* [meˈrɛnda] *[merända]*
jemandem Opium geben	oppiare [opˈpiaːre] *[opiahre]*
jemanden die Tasche wegreißen	scippare [ʃipˈpaːre] *[schippahre]*
jene(r,s)	quello, -a [kuello, -a] *[kuello, -a]*
Joker	matta *f* [ˈmatta] *[matta]*
jucken	prudere [ˈpruːdere] *[pruhdere]*
Jugendliche	ragazza *f* [raˈgattsa] *[ragazza]*
jung	verde [ˈverde] *[werde]*
Junge	bambino *mf* [bamˈbiːno, -a] *[bambihno, -a]*
junge Frau	ragazza *f* [raˈgattsa] *[ragazza]*

Kabine	cabina *f* [kaˈbiːna] *[kabihna]*
Kacke	cacca *f* [ˈkakka] *[kaka]*
kacken	cacare [kaˈkaːre] *[kakahre]*
Käfig, in einen ... sperren	ingabbiare [iŋgabˈbiaːre] *[ingabbiahre]*
kahl	brullo, -a [ˈbrullo, -a] *[brullo, -a]*
Kahn, großer	barcone *m* [barˈkoːne] *[barkohne]*
Kai	banchina *f* [baŋˈkiːna] *[bankihna]*
Kajüte	cabina *f* [kaˈbiːna] *[kabihna]*
Kaktus	cactus *m* [ˈkaktus] *[kaktus]*
Kamin	camino *m* [kaˈmiːno] *[kamihno]*
kämmen	cardare [karˈdaːre] *[kardahre]*
kämmen	pettinare [pettiˈnaːre] *[pettinahre]*
Kampf	lotta *f* [ˈlɔtta] *[lotta]*
kämpfen	combattere [komˈbattere] *[kombattere]*
Kämpfer(in)	combattente *mf* [kombatˈtɛnte] *[kombatänte]*

Kampfgeist	mordente *m* [mor'dɛnte] *[mordänte]*
kandiert	glacé [gla'se] *[glase]*
Kanne	brocca *f* ['brɔkka] *[brocka]*
Kanne	cuccuma *f* ['kukkuma] *[kukuma]*
Kantor	cantore *m* [kan'to:re] *[kantohre]*
Kapelle	cappella *f* [kap'pɛlla] *[kapälla]*
Karotte	carota *f* [ka'rɔta] *[karohta]*
Karpfen	carpa *f* ['karpa] *[karpa]*
Karte	cartina *f* [kar'ti:na] *[kartihna]*
Karton	cartone *m* [kar'to:ne] *[kartohne]*
Kasino	casino *m* [ka'si:no] *[kasihno]*
kassieren	incassare [iŋkas'sa:re] *[inkassahre]*
Kästchen	cassetta *f* [kas'setta] *[kassetta]*
Kaste	casta *f* ['kasta] *[kasta]*
Kasten	cassetta *f* [kas'setta] *[kassetta]*
kastrieren	castrare [kas'tra:re] *[kastrahre]*
Kater	gatto *m* ['gatto] *[gatto]*
Katze	gatta *f* ['gatta] *[gatta]*
Kehle	gola *f* ['go:la] *[gohla]*
Kelch	coppa *m* ['koppa] *[koppa]*
Keller	cantina *f* [kan'ti:na] *[kantihna]*
kennen	conoscere [ko'noʃʃere] *[konotschere]*
kennenlernen	conoscere [ko'noʃʃere] *[konotschere]*
Kerbe	tacca *f* ['takka] *[tacka]*
Keule	clava *f* ['kla:va] *[klahwa]*
Keule	coscia *m* ['kɔʃʃa] *[koscha]*
Kieselstein	selce *f* ['seltʃe] *[seltsche]*
Kind	bambino, -a *mf* [bam'bi:no, -a] *[bambihno, -a]*
Kinn	mento *m* ['mento] *[mento]*
Kino	cine *m* ['tʃi:ne] *[tschihne]*
Kiste	cassetta *f* [kas'setta] *[kassetta]*
Kisten, in ... verpacken	incassare [iŋkas'sa:re] *[inkassahre]*

Klaps	pacca *f* [ˈpakka] *[packa]*
klar	netto, -a [ˈnetto] *[netto]*
Klarspüler	brillantante *m* [brillanˈtante] *[brillantante]*
Klarspülmittel	brillantante *m* [brillanˈtante] *[brillantante]*
Klasse	classe *f* [ˈklasse] *[klasse]*
Klaue	branca *f* [ˈbraŋka] *[branka]*
klebend	aderente [adeˈrɛnte] *[aderänte]*
Klebstoff	colla *f* [ˈkɔlla] *[kolla]*
Kleid	veste *f* [ˈvɛste] *[veste]*
Kleidung	veste *f* [ˈvɛste] *[veste]*
Kleidung	vestire *m* [vesˈtiːre] *[vestihre]*
klein	piccolo, -a [ˈpikkolo] *[pikkolo]*
kleine Schaufel	paletta *f* [paˈletta] *[paletta]*
kleiner Schwächling	mezzasega *mf* [meddzaˈseːga] *[meddzasehga]*
kleines Gebäck	pastina *n* [pasˈtiːna] *[pastihna]*
Klima	clima *m* [ˈkliːma] *[klihma]*
Klinge	lametta *f* [laˈmetta] *[lametta]*
klopfen	battere [ˈbattere] *[battere]*
klopfen	bussare [busˈsaːre] *[busahre]*
kneten	impastare [impasˈtaːre] *[impastahre]*
Kniescheibe	rotella *f* [roˈtɛlla] *[rotälla]*
Kobra	cobra *f* [ˈkɔːbra] *[kobra]*
Kobra	copra *f* [ˈkɔːpra] *[kopra]*
kochend	bollente [bolˈlɛnte] *[bollente]*
Köder	esca *f* [ˈeska] *[eska]*
Koffein	caffeina *f* [kaffeˈiːna] *[kaffeihna]*
Kohle	carbone *m* [karˈboːne] *[karbohne]*
Kojote	coyote *m* [koˈjote] *[kojote]*
Kolibri	colibrì *m* [koliˈbri] *[kolibri]*
Kollaps	collasso *m* [kolˈlasso] *[kolasso]*
Koller	bizza *f* [ˈbiddza] *[biddsa]*
Komparsin	comparsa *f* [komˈparsa] *[komparsa]*

Kompass	compasso *m* [kom'passo] *[kompasso]*
Kompresse	impacco *m* [im'pakko] *[impacko]*
komprimieren	compattare [kompat'ta:re] *[kompatahre]*
Kondom	condom *m* ['kɔndom] *[kondom]*
königlich	reale [re'a:le] *[reahle]*
königlich	regale [re'ga:le] *[regahle]*
Königreich	regno *m* ['reŋŋo] *[renjo]*
Königs-	reale [re'a:le] *[reahle]*
konkurrieren	competere [kom'pɛ:tere] *[kompätere]*
können	potere [po'te:re] *[potehre]*
konservieren	conservare [konser'va:re] *[konserwahre]*
konsumieren	consumare [konsu'ma:re] *[konsumahre]*
Kontext	contesto *m* [kon'tɛsto] *[kontesto]*
Kontrolle	controllo *m* [kon'trɔllo] *[kontrollo]*
konvertieren	convertire [konver'ti:re] *[konvertihre]*
Kopf	capa *m* ['ka:pa] *[kahpa]*
Kopf	capo *m* ['ka:po] *[kahpo]*
Kopf	testa *f* ['tɛsta] *[tästa]*
Korb	paniere *m* [pa'niɛ:re] *[paniähre]*
Korn	messe *f* [mɛsse] *[mässe]*
Körperflüssigkeit	umore *m* [u'mo:re] *[umohre]*
Körperhaar	pelo *m* ['pɛ:lo] *[pählo]*
körperlich	corporale [korpo'ra:le] *[korporahle]*
Körperteil	parte *f* ['parte] *[parte]*
korrekt	retto, -a ['rɛtto, -a] *[rätto, -a]*
Korsett	busto *m* ['busto] *[busto]*
kostenlos	gratis ['gra:tis] *[grahtis]*
Koteletten	fedine *f* [fe'di:ne] *[fedihne]*
Krach	rumore *m* [ru'mo:re] *[rumohre]*
Kraft	forza *f* ['fɔrtsa] *[fortsa]*
Kraft	lena *f* ['le:na] *[lehna]*
kräftig	forte ['fɔrte] *[forte]*

kräftig	potente [po'tɛnte] *[potente]*
kräftig	vibrante [vi'braːnte] *[vibrahnte]*
kraftlos	cascante [kas'kante] *[kaskante]*
kraftlos	debole *f* ['deːbole] *[dehbole]*
Kralle	branca *f* ['braŋka] *[branka]*
Kran	gru *f* [gru] *[gru]*
Kranich	gru *f* [gru] *[gru]*
Krankenpfleger	nottante *mf* [not'tante] *[nottante]*
Krankheit	morbo *m* ['mɔrbo] *[morbo]*
Krapfen	krapfen *m* ['krapfən] *[krapfen]*
kratzen	grattare [grat'taːre] *[grattahre]*
Kraut	erba *f* ['ɛrba] *[erba]*
Kreide	creta *f* ['kreːta] *[krehta]*
Kreide	gesso *m* ['dʒɛsso] *[dschässo]*
kreieren	creare [kre'aːre] *[kreahre]*
Kreislauf	ciclo *m* ['tʃiːklo] *[tschihklo]*
Krempe	tesa *f* ['teːsa] *[tehsa]*
Kreuz	croce *f* [kroːtʃe] *[krohtsche]*
Krieg	guerra *f* ['guɛrra] *[guärra]*
kriegen	buscare [bus'kaːre] *[buskahre]*
Kriminelle(r)	bandito *m* [ban'diːto] *[bandito]*
Krise	crisi *f* ['kriːzi] *[krihsi]*
Kritik	critica *f* ['kriːtika] *[krihtika]*
Krokodil	croco *m* ['krɔːko] *[krohko]*
krümmen	piegare [pie'gaːre] *[piägahre]*
krümmen	torcere ['tɔrtʃere] *[tortschere]*
Krug	boccale *m* [bok'kaːle] *[bokahle]*
Krug	brocca *f* ['brɔkka] *[brocka]*
Kuchen	torta *f* ['tɔrta] *[torta]*
Küche	cucina *f* [ku'tʃiːna] *[kutschihna]*
kühn	prode *m* ['prɔːde] *[prohde]*
künftig	avvenire *f* [avve'niːre] *[avenihre]*

Kürbis	zucca *f* [ˈtsukka] *[zukka]*
küssen	baciare [baˈtʃaːre] *[batschahre]*
Küste	costa *f* [ˈkɔsta] *[kosta]*
Kugel	palla *f* [ˈpalla] *[palla]*
Kugel	sfera *f* [sfɛːra] *[sfähra]*
Kuh (Tier)	vacca *f* [ˈvakka] *[wacka]*
Kuh	mucca *f* [ˈmukka] *[mucka]*
Kulisse	quinta *f* [ˈkuinta] *[kwinta]*
Kummer	magone *m* [maˈgoːne] *[magohne]*
Kumpan	compare *m* [komˈpaːre] *[kompahre]*
Kumpel	compare *m* [komˈpaːre] *[kompahre]*
Kunststoff	plastica *f* [ˈplastika] *[plastika]*
Kupfer	rame *m* [ˈraːme] *[rahme]*
Kurie	curia *f* [ˈkuːria] *[ˈkuhria]*
Kurve	curva *f* [ˈkurva] *[kurva]*
kurz	breve [ˈbrɛːve] *[bräve]*
Kutsche	carrozza *f* [karˈɔttsa] *[karottsa]*
Kuvert	busta *f* [ˈbusta] *[busta]*
lachen	ridere [ˈriːdere] *[rihdere]*
Lachen	riso *m* [ˈriːso] *[rihso]*
Lack	lacca *m* [ˈlakka] *[lacka]*
Lack	vernice *f* [verˈniːtʃe] *[wernihtsche]*
Lama	lama² *f* [ˈlaːma] *[lahma]*
Lampe	lampada *f* [ˈlampada] *[lampada]*
Lampe	lume *m* [ˈluːme] *[luhme]*
Land	campagna *f* [kamˈpaɲɲa] *[kampanija]*
Landhaus	villa *f* [ˈvilla] *[willa]*
Landkarte	cartina *f* [karˈtiːna] *[kartihna]*
lange Latte	cazzone *m* [katˈtsoːne] *[katsohne]*
lange	molto [ˈmolto] *[molto]*

langsam	piano² [ˈpiaːno] *[piahno]*
langweilen	annoiare [annoˈiaːre] *[annojahre]*
langweilen	tediare [teˈdiaːre] *[tediahre]*
Lanze	asta *f* [ˈasta] *[asta]*
Lanze	lancia *f* [ˈlantʃa] *[lantscha]*
Lärm	bailamme *m* [baiˈlamme] *[bailamme]*
Lärm	clamore *m* [klaˈmoːre] *[klamohre]*
Lärm	rumore *m* [ruˈmoːre] *[rumohre]*
Larve	larva *f* [ˈlarva] *[larwa]*
Lastkahn	barcone *m* [barˈkoːne] *[barkohne]*
Lauf	corsa *f* [ˈkorsa] *[korsa]*
laufen	camminare [kammiˈnaːre] *[kamminahre]*
laufend	andante [anˈdante] *[andante]*
laut	forte [ˈfɔrte] *[forte]*
laut	giusta [ˈdʒusta] *[tschusta]*
Lawine	slavina *f* [zlaˈviːna] *[slawihna]*
leben	campare [kamˈpaːre] *[kammpahre]*
Leben	vita *f* [ˈviːta] *[wihta]*
leben	vivere *m* [ˈviːvere] *[wihwere]*
Leben	vivere *m* [ˈviːvere] *[wihwere]*
lebend	vivente [viˈvɛnte] *[wihwente]*
lebend	vivo, -a [ˈviːvo, -a] *[vihvo, -a]*
lebendig	vivo, -a [ˈviːvo, -a] *[vihvo, -a]*
Leberfleck	neo *m* [ˈnɛːo] *[näho]*
Lebewesen	animale *m* [aniˈmaːle] *[animahle]*
Lebewesen	essere *m* [ˈɛssere] *[ässere]*
leblos	esanime [eˈzaːnime] *[esahnime]*
leck mich (am Arsch)	vaffa [ˈvaffa] *[waffa]*
lecken	lambire [lamˈbiːre] *[lambihre]*
legen	deporre [deˈporre] *[deporre]*
legen	porre [ˈporre] *[porre]*
Leichentuch	sindone *f* [ˈsindone] *[sindohne]*

leiden an	soffriere [sofˈfriːre] *[soffrihre]*
leiden	patire [paˈtiːre] *[patihre]*
Leim	colla *f* [ˈkɔlla] *[kolla]*
Lein	lino *n* [ˈliːno] *[lihno]*
Leinen	lino *n* [ˈliːno] *[lihno]*
leise	soft [sɔft] *[soft]*
leiten	dirigere [diˈriːdʒere] *[dirihdschere]*
leiten	reggere [ˈrɛddʒere] *[redschere]*
lenken	dirigere [diˈriːdʒere] *[dirihdschere]*
lesen	leggere [ˈlɛddʒere] *[ledschere]*
Leuchte	lampada *f* [ˈlampada] *[lampada]*
Leuchte	lume *m* [ˈluːme] *[luhme]*
leuchten	brillare [brilˈlaːre] *[brillahre]*
leuchten	luccicare [luttʃiˈkaːre] *[lutschikahre]*
Liane	liana *f* [liˈaːna] *[liahna]*
Licht	luce *f* [luːtʃe] *[luhtsche]*
Lichthof	alone *m* [aˈloːne] *[alohne]*
lieb	caro, -a [ˈkaːro] *[kahro]*
Liebe	amore *m* [aˈmoːre] *[amohre]*
liebenswert	caro, -a [ˈkaːro] *[kahro]*
Liebkosung	coccola *f* [koˈkkola] *[kokola]*
lieblich	soave [soˈaːwe] *[soahwe]*
Liebling	cocco, -a *mf* [kɔkko, -a] *[kokko, -a]*
Liebling	coccola *f* [koˈkkola] *[kokola]*
Lied	canzone *f* [kanˈtsoːne] *[kantsohne]*
Linie	linea *f* [ˈliːnea] *[lihnea]*
Linie	riga *f* [ˈriːga] *[rihga]*
Linse	lente *f* [ˈlɛnte] *[lente]*
Liste	lista *f* [ˈlista] *[lista]*
live	diretta *f* [diˈrɛtta] *[diretta]*
Lizenz	patente *f* [paˈtɛnte] *[patänte]*
loben	lodare [loˈdaːre] *[lodahre]*

Lobgesang	lauda *f* [ˈlaːuda] *[lauda]*
Loch	antro *m* [ˈantro] *[antro]*
Loch	buca *f* [ˈbuːka] *[buhka]*
Loch	foro *m* [ˈfoːro] *[fohro]*
Lochung	foro *m* [ˈfoːro] *[fohro]*
Lohn	paga *f* [ˈpaːga] *[pahga]*
los	alé [aˈle] *[alle]*
Los	ventura *f* [venˈtuːra] *[ventuhra]*
losgehen	partire [parˈtiːre] *[partihre]*
Luft	aere *m* [ˈaːere] *[ahere]*
Luftblase	bolla *f* [ˈbolla] *[bolla]*
Lust	voglia *f* [ˈvɔʎʎa] *[woija]*
Lutscher	lecca lecca *m* [lekkaˈlekka] *[lekkalekka]*
machen	fare [ˈfaːre] *[fahre]*
mächtig	possente [posˈsɛnte] *[posänte]*
machtlos	impotente [impoˈtɛnte] *[impotänte]*
Mädchen	bambina *mf* [bamˈbiːno, -a] *[bambihno, -a]*
Mädchen	ragazza *f* [raˈgattsa] *[ragazza]*
mager	magro [maːgro] *[mahgro]*
magerer Teil	magro [maːgro] *[mahgro]*
Magma	magma *f* [ˈmagma] *[magma]*
mähen	mietere [miɛːtere] *[miähtere]*
Mahlzeit	pasto *m* [ˈpasto] *[pasto]*
Mai	maggio *m* [ˈmaddʒo] *[madscho]*
Makel	pecca *f* [ˈpɛkka] *[päcka]*
Mal	volta *f* [ˈvɔlta] *[wolta]*
Malerei	pittura *f* [pitˈtuːra] *[pittura]*
Mammut	mammut *m* [mamˈmut] *[mammut]*
Mangel	difetto *m* [diˈfetto] *[difetto]*
mangelhaft	carente [kaˈrɛnte] *[karente]*

mannhaft	aitante [aiˈtante] *[eitante]*
Mantel	cappa *f* [ˈkappa] *[kappa]*
Mantel	gabbana *f* [gabˈbaːna] *[gabahna]*
Märchen (Lügen-)	balla *f* [ˈballa] *[balla]*
Marke	griffe *f* [ˈgrifˑfe] *[griffe]*
Marke	marca *f* [ˈmarka] *[marka]*
Markenzeichen	griffe *f* [ˈgrifˑfe] *[griffe]*
markieren	marcar [marˈkaːre] *[markare]*
Markt	mercato *m* [merˈkaːto] *[merkahto]*
Mars	coffa *f* [ˈkɔffa] *[koffa]*
Mars	Marte *m* [marte] *[ˈmarte]*
Maschinengewehr	mitra *m* [ˈmiːtra] *[mihtra]*
Maß	misura *f* [miˈzuːra] *[misuhra]*
Masse	gregge *m* [ˈgreddʒe] *[gredsche]*
maßlos	intemperante [intempeˈrante] *[intempeˈrante]*
Maßstab	canone *m* [kaˈnoːne] *[kanohne]*
Maßstab	norma *f* [ˈnɔrma] *[norma]*
Mast	ingrasso *m* [inˈgrasso] *[ingrasso]*
Mastkorb	coffa *f* [ˈkɔffa] *[koffa]*
Maul	muso *m* [ˈmuːzo] *[muhso]*
Mauser	muta *f* [ˈmuːta] *[muhta]*
Medizin	medicina *f* [mediˈtʃiːna] *[meditschihna]*
Meerschweinchen	cavia *f* [ˈkaːvia] *[kahvia]*
meistern	vincere [ˈvintʃere] *[wintschere]*
melken	mungere [ˈmundʒere] *[mundschere]*
Melone (Hut)	bombetta *f* [bombeˈtta] *[bombetta]*
Menge	dose *f* [ˈdɔːze] *[dohse]*
Menge	schiera *f* [skiˈɛːra] *[skiähra]*
Mensa	mensa *f* [ˈmɛnsa] *[mänsa]*
Mensch	essere *m* [ˈɛssere] *[ässere]*
Mensch	omo *m* [ˈɔːmo] *[ohmo]*
Merkmal	nota *f* [nɔːta] *[nohta]*

Messe (Religion)	messa *f* [ˈmessa] *[messa]*
Messerklinge	lama¹ *f* [ˈlaːma] *[lahma]*
Meter	metro *m* [ˈmɛːtro] *[mehtro]*
Metermaß	metro *m* [ˈmɛːtro] *[mehtro]*
Mieder	busto *m* [ˈbusto] *[busto]*
Miesmuschel	cozza *f* [ˈkɔttsa] *[kottsa]*
Milch	latte *m* [ˈlatte] *[latte]*
mild	clemente [kleˈmɛnte] *[klemänte]*
milde	mite [ˈmiːte] *[mihte]*
Militärzeit	ferma *f* [ˈferma] *[ferma]*
Minen legen	minare [miˈnaːre] *[minahre]*
Minensuchgerät	cercamine *m* [tʃerkaˈmiːne] *[tscherkamihne]*
mischen	impastare [impasˈtaːre] *[impastahre]*
Mischung	miscela *f* [miʃˈʃɛːla] *[mischähla]*
Missetat	malefatta *f* [maleˈfatta] *[malefatta]*
Missverständnis	diguido *m* [dizˈguiːdo] *[disguihdo]*
Mist	cazzata *f* [katˈtsaːta] *[kattsahta]*
Mistgrube	letamaio *m* [letaˈmaːio] *[letamahio]*
Misthaufen	letamaio *m* [letaˈmaːio] *[letamahio]*
mit einer Anmerkung versehen	annotare [annoˈtaːre] *[annotahre]*
mit Flecken	macchiato, -a [makˈkiaːto] *[mackiahto]*
Mitgift	dotale [doˈtaːle] *[dotahle]*
mitmachen	fare [ˈfaːre] *[fahre]*
Mitmensch	prossimo *m* [ˈprɔssimo] *[prossimo]*
Mitra	mitra *m* [ˈmiːtra] *[mihtra]*
Mitschuldige(r)	correo, -a *mf* [korˈrɛːo, -a] *[koreho, -a]*
Mitte	mezzo *m* [ˈmɛddzo] *[medzo]*
Möbel(stück)	mobile *m* [ˈmɔːbile] *[mohbile]*
mobil	mobile *m* [ˈmɔːbile] *[mohbile]*
Mode	moda *f* [ˈmɔːda] *[mohda]*
Modell	modello *m* [moˈdɛllo] *[modällo]*
möglich	possibile [posˈsiːbile] *[posihbille]*

Mole	banchina *f* [baŋˈkiːna] *[bankihna]*
Moment	istante *m* [isˈtante] *[istante]*
Moment	momento *m* [moˈmento] *[momento]*
Monat	mese *m* [ˈmeːse] *[mehse]*
Mond	luna *f* [ˈluːna] *[luhna]*
Montagekran	derrick *m* [ˈderik] *[derik]*
montieren	montare [monˈtaːre] *[montahre]*
Moral	morale *f* [moˈraːle] *[morahle]*
Morgen	mattina *m* [matˈtiːna] *[mattihna]*
Morgendämmerung	alba *f* [ˈalba] *[alba]*
Morgengrauen	alba *f* [ˈalba] *[alba]*
Morgenröte	aurora *f* [auˈrɔːra] *[aurohra]*
Mörtel	malta *f* [ˈmalta] *[malta]*
Möse	mona *mf* [ˈmoːna] *[mohna]*
Moskau	mosca *f* [ˈmoska] *[moska]*
Motocross	cross *m* [krɔs] *[kros]*
Motor	motore *m* [moˈtoːre] *[motohre]*
Müdigkeit	fiacca *f* [ˈfiakka] *[fiakka]*
Mühe	briga *f* [ˈbriːga] *[brihga]*
Mühe	fatica *f* [faˈtiːka] *[fatihka]*
Mühlbach	gora *f* [ˈgɔːra] *[gohra]*
Münze	zecca *f* [ˈtsekka] *[zeka]*
Mumm	mordente *m* [morˈdɛnte] *[mordänte]*
Mund-	boccale *m* [bokˈkaːle] *[bokahle]*
Mundvoll	boccata *f* [bokˈkaːta] *[bockahta]*
Muse	musa *f* [ˈmuːza] *[muhsa]*
Musik	musica *f* [ˈmuːzika] *[muhsika]*
Musikkapelle	banda *f* [ˈbanda] *[banda]*
Mut	virtù *f* [virˈtu] *[virtu]*
mutieren	mutare [muˈtaːre] *[mutahre]*
mutlos	imbelle [imˈbɛlle] *[imbälle]*
Muttermal	neo *m* [ˈnɛːo] *[näho]*
Muttersöhnchen	cocco, -a *mf* [kɔkko, -a] *[kokko, -a]*

nach	giusta [ˈdʒusta] *[tschusta]*
nach oben	insù [inˈsu] *[insu]*
nachschlagen	cercare [tʃerˈkaːre] *[tscherkahre]*
nachsichtig	clemente [kleˈmɛnte] *[klemänte]*
nachsichtig	mite [ˈmiːte] *[mihte]*
nächste(r, s)	entrante [enˈtrante] *[entrante]*
Nacht	notte *f* [ˈnɔtte] *[notte]*
Nachtschwester	nottante *mf* [notˈtante] *[nottante]*
Nacken	nuca *f* [ˈnuːka] *[nuhka]*
Nackenstütze für die Haarwäsche (Friseur)	lavatesta *f* [lavaˈtɛsta] *[lawatesta]*
Nagellack	lacca *m* [ˈlakka] *[lacka]*
nagen	rodere [ˈroːdere] *[rohdere]*
nahe an	presso [ˈprɛsso] *[prässo]*
nahe bei	appresso [apˈprɛsso] *[apprässo]*
nahe bei	presso [ˈprɛsso] *[prässo]*
nähen	cucire [kuˈtʃiːre] *[kutschihre]*
Nahrung	cibo *m* [ˈtʃiːbo] *[tschihbo]*
Napfschnecke	patella *f* [paˈtɛlla] *[patälla]*
närrisch	folle [ˈfɔlle] *[folle]*
naschhaft	ghiotto, -a [ˈgiotto] *[giotto]*
Nase	nappa *f* [ˈnappa] *[nappa]*
Nase	naso *f* [ˈnaːso] *[nahso]*
nass	molle [ˈmɔlle] *[molle]*
Natur	natura *f* [naˈtuːra] *[natura]*
Nebelbildung	annebbiamento *m* [annebbiaˈmento] *[annebbiamento]*
negieren	negare [neˈgaːre] *[negahre]*
nehmen	prendere [ˈprɛndere] *[prändere]*
netto	netto, -a [ˈnetto] *[netto]*
Netz	rete *f* [ˈreːte] *[rehte]*
neun	nove *m* [ˈnɔːve] *[nohve]*

nicht geschlechtsreif	impubere [im'pu:bere] *[impuhbere]*
nicht geschlechtsspezifisch	unisex ['u:niseks] *[unisex]*
nicht sagen	tacere [ta'tʃe:re] *[tatschehre]*
nicht sehr	poco [pɔ:ko] *[pohko]*
nicht so viel	meno ['me:no] *[mehno]*
nichts	niente [niɛnte] *[niänte]*
nie	mai ['ma:i] *[mahi]*
Niederlassung	sede *f* ['sɛ:de] *[sähde]*
niederträchtig	vile ['vi:le] *[wihle]*
niemals	mai ['ma:i] *[mahi]*
Niere	rene *m* [rɛ:ne] *[rähne]*
Nikotin	nicotina *f* [niko'ti:na] *[nikotihna]*
Nil	nilo *m* ['ni:lo] *[nihlo]*
Nimbus	alone *m* [a'lo:ne] *[alohne]*
Niveau	piano¹ *m* ['pia:no] *[piahno]*
noch einmal	ancora *f* [aŋ'ko:ra] *[ankohra]*
nominieren	nominare [nomi'na:re] *[nominahre]*
Nord(en)	nord [nɔrd] *[nord]*
Norm	norma *f* ['nɔrma] *[norma]*
notieren	notare [no'ta:re] *[notahre]*
Notiz	nota *f* [nɔ:ta] *[nohta]*
Notschalter	interblocco *m* [inter'blɔkko] *[interblocko]*
Nudeln	pasta *f* ['pasta] *[pasta]*
nützlich	utile [u:tile] *[uhtile]*
nummerieren	numerare [nume'ra:re] *[numerahre]*
Nummernschild	targa *f* ['targa] *[targa]*
nun also	dunque ['duŋkue] *[dunkwe]*
nun gut	ebbene [eb'bɛ:ne] *[ebähne]*
Nutte	puttana *f* [put'ta:na] *[puttahna]*
Nutte	troia *f* ['trɔ:ia] *[trohia]*
Oberarm-	brachiale [bra'kia:le] *[brakiahle]*
Oberhaupt	capo *m* ['ka:po] *[kahpo]*

Oberkörper	busto *m* [ˈbusto] *[busto]*
Oboe	oboe *m* [ˈɔːboe] *[ohboe]*
Ochse	bue *m* [ˈbuːe] *[buhe]*
öde	brullo, -a [ˈbrullo, -a] *[brullo, -a]*
Ofen	stufa *f* [stuːfa] *[stuhfa]*
offen (heraus)	francamente [fraŋkaˈmente] *[frankamente]*
offen	liberamente [liberaˈmente] *[liberamente]*
öffnen	aprire [aˈpriːre] *[aprihre]*
oft	molto [ˈmolto] *[molto]*
ohne	senza [ˈsɛntsa] *[sänza]*
Ohrring	boccola *f* [ˈbokkola] *[bokkola]*
Olive	oliva *f* [oˈliːva] *[olihwa]*
Oma	nonna *f* [ˈnɔnna] *[nonna]*
Opal	opale *m* [oˈpaːle] *[opahle]*
operieren	operare [opeˈraːre] *[operahre]*
Opfer	vittima *f* [ˈvittima] *[wittima]*
ordentlich	lindo, -a [ˈlindo, -a] *[lindo, -a]*
ordnen	sistemare [sisteˈmaːre] *[sistemahre]*
Organ	organo *m* [ˈɔrgano] *[organo]*
Orgel	organo *m* [ˈɔrgano] *[organo]*
Orgie	orgia *f* [ˈɔrdʒa] *[ordscha]*
orientieren	orientare [orienˈtaːre] *[orientahre]*
Ort	posto *m* [ˈpɔsto] *[posto]*
örtlich	locale [loˈkaːle] *[loˈkahle]*
ortsansässig	locale [loˈkaːle] *[loˈkahle]*
Ortschaft	borgata *f* [borˈgaːta] *[borgahta]*
Osten	est *m* [ɛst] *[est]*
Overall	tuta *f* [ˈtuːta] *[tuhta]*

paarig	pari [ˈpaːri] *[pahri]*
Päckchen	bustina *f* [busˈtiːna] *[bustihna]*

panieren	panare [paˈnaːre] *[panahre]*
Panne	panne *f* [ˈpanne] *[panne]*
Pantoffel	ciabatta *f* [tʃaˈbatta] *[tschabatta]*
panzern	blindare [blinˈdaːre] *[blindahre]*
Papier	carta *f* [ˈkarta] *[karta]*
Pappe	cartone *m* [karˈtoːne] *[kartohne]*
Papst	papa *m* [ˈpaːpa] *[pahpa]*
Parka	eskimo *mf* [ˈɛskimo] *[eskimo]*
Pass	colle *m* [ˈkɔlle] *[kolle]*
passieren	avvenire *f* [avveˈniːre] *[avenihre]*
Pastor	pastore, -a *mf* [pasˈtoːre, -a] *[pastohre, -a]*
Pech	iella *f* [ˈiɛlla] *[jälla]*
Pedal	pedale *m* [peˈdaːle] *[pedahle]*
Peitsche	frusta *f* [ˈfrusta] *[frusta]*
Pelikan	pellicano *m* [␣elliˈkaːno] *[pellikahno]*
Penis	pene *m* [ˈpɛːne] *[pähne]*
Pest	peste¹ *f* [ˈpeste] *[peste]*
Pfanne	padella *f* [paˈdɛlla] *[padälla]*
Pfeiler	montante *m* [monˈtante] *[montante]*
Pferd	cavallo *m* [kaˈvallo] *[kavallo]*
Pflanzensaft	umore *m* [uˈmoːre] *[umohre]*
Pflasterstein	selce *f* [ˈseltʃe] *[seltsche]*
Pflaume	prugna *f* [ˈpruɲɲa] *[prunija]*
Pflege	cura *f* [ˈkuːra] *[kuhra]*
pflegen	accudire [akkuˈdiːre] *[akkudihre]*
Pflicht	dovere *m* [doˈveːre] *[dovehre]*
Pflugschar	vomere *m* [ˈvɔːmere] *[vohmere]*
Pfosten	montante *m* [monˈtante] *[montante]*
Pfote	zampa *f* [ˈtsampa] *[zampa]*
Pfütze	pozza *f* [ˈpottsa] *[pottsa]*
Philosoph(in)	filosofo, -a *mf* [filɔːzofo, -a] *[filohsofo, -a]*
pikant	piccante [pikˈkante] *[pikkante]*

Pille (große)	bolo *m* [ˈbɔːlo] *[bohlo]*
pinkeln	urinare [uriˈnaːre] *[urinahre]*
pissen	urinare [uriˈnaːre] *[urinahre]*
Plage	morbo *m* [ˈmɔrbo] *[morbo]*
Plakette	targa *f* [ˈtarga] *[targa]*
planen	disengnare [disɛŋˈnaːre] *[disenjahre]*
plappern	balbettare [balbetˈtaːre] *[balbettahre]*
Plastik	plastica *f* [ˈplastika] *[plastika]*
Plateau	plateau *m* [plaˈto] *[plato]*
Platz	plaza *f* [ˈplaza] *[plaza]*
Platz	posto *m* [ˈpɔsto] *[posto]*
plötzliche Übelkeit	malore *m* [maˈloːre] *[malohre]*
plündern	predare [preˈdaːre] *[predahre]*
Plüsch	felpa *f* [ˈfelpa] *[felpa]*
Pobacke	natica *f* [ˈnaːtika] *[nahtika]*
pochen	bussare [busˈsaːre] *[busahre]*
Pol	polo *m* [ˈpɔːlo] *[pohlo]*
Poliermittel	lucidante *m* [lutʃiˈdante] *[lutschidante]*
polstern	imbottiere [imbotˈtiːre] *[imbottihre]*
Poltergeist	poltergeist *m* [ˈpolterrgaist] *[poltergeist]*
Popel	caccola *m* [ˈkakkola] *[kakkola]*
Posaune	trombone *m* [tromˈboːne] *[trombohne]*
praktisch	praticamente [pratikaˈmente] *[pratikamente]*
Pranger	berlina *f* [berˈliːna] *[berlihna]*
Pranke	branca *f* [ˈbraŋka] *[branka]*
Prärie	prateria *f* [prateˈriːa] *[prateriha]*
Predigt	sermone *m* [serˈmoːne] *[sermohne]*
Preis	prezzo *m* [ˈprettso] *[prättso]*
Preisschild	prezzo *m* [ˈprettso] *[prättso]*
Presse (Technik)	pressa *f* [ˈprɛssa] *[prässa]*
pressen	compattare [kompatˈtaːre] *[kompatahre]*
Prise	presa *f* [ˈpreːsa] *[prehsa]*

Prisma	prisma *m* [ˈprizma] *[prisma]*
Produkt	prodotto *m* [proˈdotto] *[prodotto]*
Profil	sagoma *f* [ˈsa:goma] *[sahgoma]*
protestieren	protestare [protesˈta:re] *[protestahre]*
Provision	aggio *m* [ˈaddʒo] *[addscho]*
provozieren	provocare [provoˈka:re] *[provokahre]*
Prüfung	prova *f* [ˈprɔ:va] *[prohva]*
Prügel	busse *f* [ˈbusse] *[busse]*
Psyche	psiche *f* [ˈpsi:ke] *[psihke]*
publizieren	pubblicare [pubbliˈka:re] *[pubblikahre]*
Puff	casotto *m* [kaˈsɔtto] *[kasotto]*
pulsieren	pulsare [pulˈsa:re] *[pulsahre]*
Pumpe	pompa *f* [ˈpompa] *[pompa]*
Punkt	punto *m* [ˈpunto] *[punto]*
Pustekuchen	macché [makˈke] *[macke]*
pusten	soffiare [sofˈfia:re] *[soffiahre]*
putzen	pulire [puˈli:re] *[pulihre]*
Quadrant	quadrante *m* [kuaˈdrante] *[kuadrante]*
Quadrat	quadrato *m* [kuaˈdra:to] *[quadrahto]*
quadratisch	quadro *m* [ˈkua:dro] *[kuahdro]*
Qualle	medusa *f* [meˈdu:za] *[meduhsa]*
Quantum	dose *f* [ˈdɔ:ze] *[dohse]*
Quelle	polla *f* [ˈpolla] *[polla]*
Queue	stecca *f* [stekka] *[stecka]*
Radar	radar *m* [ˈra:dar] *[radar]*
Rädchen	rotella *f* [roˈtɛlla] *[rotälla]*
Radiosender	emittende *f* [emitˈtɛnte] *[emitänte]*
Rahmen	cornice *f* [korˈni:tʃe] *[kornihtsche]*

Rand	lembo *m* [ˈembo] *[lembo]*
rasches Durchlesen	letta *f* [ˈlɛtta] *[letta]*
rasen	volare [voˈlaːre] *[wolahre]*
rasieren	rasare [raˈsaːre] *[rasahre]*
Rasierklinge	lametta *f* [laˈmetta] *[lametta]*
rasiert	glabro, -a [ˈglaːbro, -a] *[glahbro, -a]*
Ration	dose *f* [ˈdɔːze] *[dohse]*
Ratte	ratto *m* [ˈratto] *[ratto]*
rau	roco, -a [ˈrɔːko, -a] *[rohko, -a]*
Raub	rapina *f* [raˈpiːna] *[rapihna]*
rauben	predare [preˈdaːre] *[predahre]*
Räuber	predone *m* [preˈdoːne] *[predohne]*
Raubüberfall	rapina *f* [raˈpiːna] *[rapihna]*
Rauferei	zuffa *f* [ˈtsuffa] *[zuffa]*
Raum	cabina *f* [kaˈbiːna] *[kabihna]*
Raum	camera [ˈkaːmera] *[kahmera]*
Raum	stanza *f* [ˈstantsa] *[stanza]*
Raupe	baco *mf* [ˈbaːko] *[bahko]*
Raureif	brina *f* [ˈbriːna] *[brihna]*
Rebus	rebus *m* [ˈrɛːbus] *[rähbus]*
Rechnung	conto *m* [ˈkonto] *[konnto]*
rechte(r, s)	destro, -a [ˈdɛstro, -a] *[destro, -a]*
Rechtsanwalt	avvocato *m* [avvoˈkaːto] *[avokahto]*
Rechtsbruch	vulnus *m* [ˈvulnus] *[vulnus]*
redegewandt	eloquente [eloˈkuɛnte] *[eloquänte]*
reden	dire [diːre] *[dihre]*
reden	parlare [parˈlaːre] *[parlahre]*
redlich	retto, -a [ˈrɛtto, -a] *[rätto, -a]*
Regal	scansia *f* [skanˈsiːa] *[skansiha]*
Regel	canone *m* [kaˈnoːne] *[kanohne]*
Regel	legge *f* [ˈleddʒe] *[leddsche]*
Regel	norma *f* [ˈnɔrma] *[norma]*

Regel	regola *f* [ˈrɛːgola] *[rähgola]*
Regenschauer	acquata *f* [akˈkuaːta] *[aquahta]*
reiben	grattare [gratˈtaːre] *[grattahre]*
Reich	regno *m* [ˈreɲɲo] *[renjo]*
reichen	porgere [ˈpɔrdʒere] *[pordschere]*
reichlich	abbondante [abbonˈdante] *[abbondante]*
reif	maturo, -a [maˈtuːro, -a] *[matuhro, -a]*
Reifen	boucle *m* [bukl] *[bukl]*
Reigen	carola *f* [karˈɔːla] *[karohla]*
Reihe	fila *f* [ˈfiːla] *[fihla]*
rein	fine *f* [ˈfiːne] *[fihne]*
rein	mondo, -a [ˈmondo, -a] *[mondo, -a]*
rein	netto, -a [ˈnetto] *[netto]*
reinigen	pulire [puˈliːre] *[pulihre]*
reinlegen	cuccare [kukˈkaːre] *[kukahre]*
reinlich	lindo, -a [ˈlindo, -a] *[lindo, -a]*
Reisetasche	sacca *f* [ˈsakka] *[sakka]* e
Reißzwecke	bulletta *f* [bulˈletta] *[bulletta]*
Ren(tier)	renna *f* [ˈrɛnna] *[ränna]*
Rest	resto *m* [ˈrɛsto] *[rästo]*
Rhein	Reno *m* [ˈrɛːno] *[rähno]*
richten	volgere [ˈvɔldʒere] *[wolldschere]*
richtig	vero, -a [ˈveːro, -a] *[wehra]*
Richtschnur	norma *f* [ˈnɔrma] *[norma]*
Riegel	barra *f* [ˈbarra] *[barra]*
riesig	immane [imˈmaːne] *[immahne]*
Ring	boccola *f* [ˈbokkola] *[bokkola]*
Ring	boucle *m* [bukl] *[bukl]*
Rippe	costa *f* [ˈkɔsta] *[kosta]*
Riss	crepa *f* [ˈkrɛːpa] *[krähpa]*
Rivale, Rivalin	rivale *mf* [riˈvaːle] *[rivahle]*
Robe	toga *f* [ˈtɔːga] *[tohga]*

Roboter	automa *m* [auˈtɔːma] *[autohma]*
Rohrleger(in)	tubista *mf* [tuˈbista] *[tubista]*
Rose	rosa *f* [rɔːza] *[rohsa]*
Rosenstock	rosa *f* [rɔːza] *[rohsa]*
Rost	graticola *f* [graˈtiːkola] *[gratihkola]*
rösten	tostare [tosˈtaːre] *[tostahre]*
rot	rosso *m* [ˈrosso] *[rosso]*
rotieren	rotare [roˈtaːre] *[rotahre]*
Rouge	fard *m* [fard] *[fard]*
Rücken	dorso *m* [ˈdɔrso] *[dorso]*
Rückgrat	rachide *f* [ˈraːkide] *[rahkide]*
rüde	rude [ˈruːde] *[ruhde]*
Ruf	fama *f* [ˈfaːma] *[fahma]*
Ruhm	gloria *f* [ˈglɔːria] *[glohria]*
Ruhm	lustro *m* [ˈlustro] *[lustro]*
Ruin	abisso [aˈbisso] *[abisso]*
Rum	rum *m* [rum] *[rum]*
Runde	girata *f* [dʒiˈraːta] *[dschirahta]*
Rundgang	girata *f* [dʒiˈraːta] *[dschirahta]*
rundherum	attorno [atˈtorno] *[attorno]*
Rundreise	giro *m* [ˈdʒiːro] *[tschihro]*
Runzel	grinza *f* [ˈgrintsa] *[grintsa]*
Sache	affare *m* [afˈfaːre] *[affahre]*
Sachen	roba *f* [ˈrɔːba] *[rohba]*
sachlich	equanime [eˈkuaːnime] *[equanihme]*
Sack	sacco *m* [ˈsakko] *[sakko]*
Sack(voll)	saccata *f* [sakˈkaːta] *[sackkahta]*
Safari	safari *f* [saˈfaːri] *[safahri]*
Saft	succo *m* [ˈsukko] *[sucko]*
Sage	saga *f* [saːga] *[sahga]*

sagen	dire [diːre] *[dihre]*
Sahne	crema *f* [ˈkrɛːma] *[krehma]*
Sahne	panna *f* [ˈpanna] *[panna]*
Sakko	giacca *f* [ˈdʒakka] *[dschakka]*
Salz	sale *m* [saːle] *[sahle]*
salzig	salato, -a [saˈlaːto, -a] *[salahto, -a]*
Sand	arena *f* [aˈreːna] *[arehna]*
Sand	rena *f* [ˈreːna] *[rehna]*
Sandale	sandalo *m* [ˈsandalo] *[sandalo]*
sanftmütig	mite [ˈmiːte] *[mihte]*
Sänger	cantore *m* [kanˈtoːre] *[kantohre]*
Sänger(in)	cantante *mf* [kanˈtante] *[kantante]*
Sarg	bara *f* [baˈra] *[bahra]*
satteln	insellare [inselˈlaːre] *[inselahre]*
Sau (Tier)	troia *f* [ˈtrɔːia] *[trohia]*
sauber	lindo, -a [ˈlindo, -a] *[lindo, -a]*
sauber machen	pulire [puˈliːre] *[pulihre]*
sauber	mondo, -a [ˈmondo, -a] *[mondo, -a]*
sauber	netto, -a [ˈnetto] *[netto]*
Sauerkraut	crauti *m* [ˈkraːuti] *[krahuti]*
saufen	bere [ˈbeːre] *[behre]*
saufen	trincare [triŋˈkaːre] *[trinkahre]*
saugend	aspirante [aspiˈrante] *[aspirante]*
Saum	lembo *m* [ˈembo] *[lembo]*
Säure	brusco *m* [ˈbrusko] *[brusko]*
sausen	volare [voˈlaːre] *[wolahre]*
Schablone	sagoma *f* [ˈsaːgoma] *[sahgoma]*
Schädel-	cranico, -a [ˈkraːniko, -a] *[krahnico, -a]*
schaden	colpire [kolˈpiːre] *[kolpihre]*
Schaden	danno *m* [ˈdanno] *[danno]*
schädigen	ledere [ˈlɛːdere] *[lehdere]*
Schäfer	pastore, -a *mf* [pasˈtoːre, -a] *[pastohre, -a]*

Schale	tazza *f* [ˈtattsa] *[tattsa]*
Schalter	bancone *m* [baŋˈkoːne] *[bankohne]*
schänden	violare [vioˈlaːre] *[wiolahre]*
Schar	schiera *f* [skiˈɛːra] *[skiähra]*
scharf gewürzt	piccante [pikˈkante] *[pikkante]*
Scharte	tacca *f* [ˈtakka] *[tacka]*
Schatten	ombra *f* [ˈombra] *[ombra]*
Schätzchen	cocco, -a *mf* [kɔkko, -a] *[kokko, -a]*
schätzen	valere [vaˈleːre] *[walehre]*
schauen	vedere [veˈdeːre] *[wedehre]*
Schaufel	badile *m* [baˈdiːle] *[badiele]*
Schaufel	pala *f* [ˈpaːla] *[pahla]*
Scheibe	disco *m* [disko] *[disko]*
Scheibe	fetta *f* [ˈfetta] *[fetta]*
Scheiß	cazzata *f* [katˈtsaːta] *[kattsahta]*
Scheiße	merda *f* [ˈmɛrda] *[märda]*
Scheiterhaufen	pira *f* [ˈpiːra] *[pihra]*
Schelm	birba *f* [ˈbirba] *[birba]*
Schenkel	coscia *m* [ˈkɔʃʃa] *[koscha]*
Schicht	falda *f* [ˈfalda] *[falda]*
Schicksal	fortuna *f* [forˈtuːna] *[fortuhna]*
Schicksal	ventura *f* [venˈtuːra] *[ventuhra]*
schief	pendente [penˈdɛnte] *[pendänte]*
schienen (Bein)	steccare [stekˈkaːre] *[steckahre]*
Schimmel	muffa *f* [ˈmuffa] *[muffa]*
Schinken	prosciutto *m* [proʃˈʃutto] *[proschutto]*
Schippe	pala *f* [ˈpaːla] *[pahla]*
Schirmherr(in)	patrono, -a *mf* [paˈtrɔːno, -a] *[patrohno, -a]*
Schiss	fifa *f* [ˈfiːfa] *[fihfa]*
schlaff	cascante [kasˈkante] *[kaskante]*
schlaflos	insonne [inˈsɔnne] *[insonne]*
Schlag	colpo *m* [ˈkolpo] *[kolpo]*

schlagen	battere [ˈbattere] *[battere]*
Schläger	maglio *m* [ˈmaλλo] *[maijo]*
Schlagzeug	batteria *m* [batteˈriːa] *[batteriha]*
Schlamm	limo *m* [ˈliːmo] *[lihmo]*
Schlange	serpente *m* [serˈpɛnte] *[serpänte]*
Schlauch	budello, -a *mf* [buˈdɛllo] *[budälo]*
Schlauch	manichetta *f* [maniˈketta] *[maniketta]*
Schlaufe	tirante *m* [tiˈrante] *[tirante]*
schlecht	malamente [malaˈmente] *[malamente]*
Schlechte (das)	brutto *m* [brutto] *[brutto]*
schlechter Ruf	taccia *f* [ˈtattʃa] *[tatscha]*
Schlechtes	male *m* [ˈmaːle] *[mahle]*
schleifen	arrotare [arroˈtaːre] *[arrotahre]*
Schleppkahn	barcone *m* [barˈkoːne] *[barkohne]*
Schlick	limo *m* [ˈliːmo] *[lihmo]*
Schlimme (das)	brutto *m* [brutto] *[brutto]*
Schlitten	carello *m* [karˈɛllo] *[karello]*
Schluck	boccata *f* [bokˈkaːta] *[bockahta]*
Schlüsselbein	clavicola *f* [klaˈviːkola] *[klavihkola]*
Schluss	basta [ˈbasta] *[basta]*
Schluss	fine *f* [ˈfiːne] *[fihne]*
Schmalz	grasso *m* [ˈgrasso] *[grasso]*
schmeißen	buttare [butˈtaːre] *[buttahre]*
schmeißen	schiaffare [skiafˈfaːre] *[skiaffahre]*
Schmerz	dolore *m* [doˈloːre] *[dolohre]*
Schmetterling	farfalla *f* [farˈfalla] *[farfalla]*
schmierig	unto, -a [ˈunto, -a] *[unto, -a]*
schminken	truccare [trukˈkaːre] *[truckahre]*
schmücken	adornare [adorˈnaːre] *[adornahre]*
schnarchen	russare [rusˈsaːre] *[russare]*
Schnauze	muso *m* [ˈmuːzo] *[muhso]*
Schnee	neve *f* [ˈneːve] *[nehwe]*

schneebedeckt	nivale [niˈvaːle] *[nivahle]*
Schneebesen	frusta *f* [ˈfrusta] *[frusta]*
Schneeflocke	falda *f* [ˈfalda] *[falda]*
schneeig	nivale [niˈvaːle] *[nivahle]*
schneeweiß	niveo, -a [ˈniːveo, -a] *[nihveo, -a]*
Schnellboot	mas *m* [mas] *[mas]*
Schnellzug	espresso, -a *m* [esˈprɛsso] *[esprässo]*
schnuppern	annusare [annuˈsaːre] *[annusahre]*
Schnur	corda *f* [ˈkɔrda] *[korda]*
schnurstracks	diritto [diˈritto] *[diritto]*
Schnute	muso *m* [ˈmuːzo] *[muhso]*
Scholle	gleba *f* [ˈglɛːba] *[glähba]*
Schöne(s)	bello *m* [ˈbɛllo] *[bello]*
Schönheit	bello *m* [ˈbɛllo] *[bello]*
Schotter	breccia *m* [ˈbrettʃa] *[brettscha]*
Schraubenmutter	dado *m* [daːdo] *[dahdo]*
Schraubstock	morsa *f* [ˈmɔrsa] *[morsa]*
Schrecken	orrore *m* [orˈroːre] *[orrohre]*
schreien	sbraitare [zbraiˈtaːre] *[sbraitahre]*
Schub	spinta *f* [ˈspinta] *[spinta]*
schützen	proteggere [proˈtɛddʒere] *[prodädschere]*
Schuhabsatz	tacco *m* [ˈtakko] *[tacko]*
Schuhputzer	sciuscià *m* [ʃuʃˈʃa] *[schuscha]*
Schuld	dovuto *m* [doˈvuːto] *[dovuːto]*
Schulranzen	cartella *f* [karˈtɛlla] *[kartälla]*
Schultertuch	scialle *m* [ˈʃalle] *[schalle]*
Schuss	tiro *m* [ˈtiːro] *[tihro]*
Schutzpatron(in)	patrono, -a *mf* [paˈtrɔːno, -a] *[patrohno, -a]*
schwach	cascante [kasˈkante] *[kaskante]*
schwach	debole *f* [ˈdeːbole] *[dehbole]*
schwach	vago, -a [vaːgo, -a] *[vahgo, -a]*
Schwäche	debole *f* [ˈdeːbole] *[dehbole]*

Schwangere	gestante *f* [dʒesˈtante] *[tschestante]*
Schwank	lazzo *m* [ˈlattso] *[lattso]*
Schwanz	coda *m* [ˈcoːda] *[kohda]*
schwarz	nero [ˈneːro] *[nehro]*
Schwein	puzzone, -a *mf* [putˈtsoːne, -a] *[puttsohne, -a]*
schwer	grave [ˈgraːve] *[grave]*
schwerer Hammer	maglio *m* [ˈmaʎʎo] *[maijo]*
Schwert	lama¹ *f* [ˈlaːma] *[lahma]*
schwerwiegend	grave [ˈgraːve] *[grave]*
Schwiele	callo *m* [ˈkallo] *[kallo]*
Schwung	verve *f* [vɛːrve] *[währve]*
See	lago *m* [laːgo] *[lahgo]*
Segelstange	pennone *m* [penˈnoːne] *[pennohne]*
sehen	vedere [veˈdeːre] *[wedehre]*
sehgeschädigt	videoleso, -a [videoˈleːzo, -a] *[videolehso, -a]*
Sehgeschädigte(r)	videoleso, -a [videoˈleːzo, -a] *[videolehso, -a]*
sehr	molto [ˈmolto] *[molto]*
Seide	seta *f* [ˈseːta] *[sehta]*
Seil	corda *f* [ˈkɔrda] *[korda]*
sein	essere *m* [ˈɛssere] *[ässere]*
Sein	essere *m* [ˈɛssere] *[ässere]*
sein	stare [ˈstaːre] *[stahre]*
seine(r)	ne [ne] *[ne]*
seit	dacché [dakˈke] *[dacke]*
seitdem	dacché [dakˈke] *[dacke]*
Selbstgefälligkeit	vanità *f* [vaniˈta] *[wanita]*
Sender	emittende *f* [emitˈtɛnte] *[emitänte]*
senken	calare [kaˈlaːre] *[kalahre]*
senkrecht	ritto, -a [ˈritto, -a] *[ritto, -a]*
Sense	falce *f* [ˈfaltʃe] *[faltsche]*
Sensenmann	morte *f* [ˈmɔrte] *[morte]*
Serie	fila *f* [ˈfiːla] *[fihla]*

setzen	porre [ˈporre] *[porre]*
Sex	sesso *m* [ˈsɛsso] *[sässo]*
Sexprotz	stallone *m* [stalˈloːne] *[stallohne]*
sich lohnen	meritare [meriˈtaːre] *[meritahre]*
Sichel	falce *f* [ˈfaltʃe] *[faltsche]*
Sicht	vista *f* [ˈvista] *[wista]*
sie	esso [ˈesso] *[esso]*
siedend	bollente [bolˈlɛnte] *[bollente]*
singen	cantare [kanˈtaːre] *[kantahre]*
sinken	calare [kaˈlaːre] *[kalahre]*
Sinn	senso *m* [ˈsɛnso] *[sänso]*
Sinne	senso *m* [ˈsɛnso] *[sänso]*
Sitz	sede *f* [ˈsɛːde] *[sähde]*
Sitz	sedile *m* [seˈdiːle] *[sedihle]*
Sitzung	tornata *f* [torˈnaːta] *[tornahta]*
skizzieren	disengnare [diseŋˈɲaːre] *[disenjahre]*
so lange bis	sinché [siŋˈke] *[sinke]*
Sockel	balza *f* [ˈbaltsa] *[baltsa]*
sodass	sicché [sikˈke] *[sikke]*
Sofa	sofà *m* [soˈfa] *[sofa]*
sofort	immantinente [immantiˈnɛnte] *[immantinänte]*
sogar	anche [aŋˈke] *[angke]*
solange	finché [fiŋˈke] *[finke]*
solch ein	tale [ˈtaːle] *[tahle]*
solche(r,s)	tale [ˈtaːle] *[tahle]*
somit	insomma [inˈsomma] *[insomma]*
Sommer	estate *f* [esˈtaːte] *[estahte]*
Sonne	sole *m* [ˈsole] *[sohle]*
Sonntag	domenica *m* [doˈmeːnika] *[domehnika]*
Sorge	cura *f* [ˈkuːra] *[kuhra]*
Sorge	magone *m* [maˈgoːne] *[magohne]*
sorgfältig	attento, -a [atˈtɛnto, -a] *[attänto, -a]*

soundso viel	tot [tɔt] *[tot]*
Spaziergang	giro *m* [ˈdʒiːro] *[tschihro]*
Speer	asta *f* [ˈasta] *[asta]*
Speise	cibo *m* [ˈtʃiːbo] *[tschihbo]*
Speise	mangiare *f* [manˈdʒaːre] *[mandschahre]*
spicken (Braten)	steccare [stekˈkaːre] *[steckahre]*
Spiel	gioco *m* [dʒɔːko] *[dschohko]*
Spielhölle	bisca *f* [ˈbiska] *[biska]*
Spielkasino	bisca *f* [ˈbiska] *[biska]*
Spielstein	pedina *f* [peˈdiːna] *[pedihna]*
Spielzeug	balocco *m* [baˈlɔkko] *[balocko]*
Spielzeug	gioco *m* [dʒɔːko] *[dschohko]*
Spindel	fuso *m* [ˈfuːzo] *[fuhso]*
spinnen	filare [fiˈlaːre] *[filahre]*
Spirale	spirale *f* [spiˈraːle] *[spirahle]*
Spitzbube	birba *f* [ˈbirba] *[birba]*
Spitze	punta *f* [ˈpunta] *[punta]*
Splitt	breccia *m* [ˈbrettʃa] *[brettscha]*
sprechen	dire [diːre] *[dihre]*
sprechen	fiatare [fiaˈtaːre] *[fiatahre]*
sprechen	parlare [parˈlaːre] *[parlahre]*
Spross	getto *m* [ˈdʒetto] *[dschetto]*
Sprung	crepa *f* [ˈkrɛːpa] *[krähpa]*
Spülbecken	lavello *m* [laˈvɛllo] *[lavello]*
Spuren	peste[2] *f* [ˈpeste] *[peste]*
Stab	asta *f* [ˈasta] *[asta]*
Stab	barra *f* [ˈbarra] *[barra]*
Stab	stecca *f* [stekka] *[stecka]*
Stachel	aculeo *m* [aˈkuːleo] *[akuhleo]*
Stachel	spina *f* [ˈspiːna] *[spihna]*
Stadt	città *f* [tʃitˈta] *[tschitta]*
Stadtplan	cartina *f* [karˈtiːna] *[kartihna]*

Stamm	stripe *f* [ˈstripe] *[stripe]*
stammeln	balbettare [balbetˈtaːre] *[balbettahre]*
Stammvater	padre *m* [ˈpaːdre] *[pahdre]*
stampfen	calcare [kalˈkaːre] *[kalkahre]*
Standpauke	predicozzo *m* [prediˈkɔttso] *[predikottso]*
Stange	asta *f* [ˈasta] *[asta]*
Stange	barra *f* [ˈbarra] *[barra]*
Stange	stecca *f* [stekka] *[stecka]*
stark	forte [ˈfɔrte] *[forte]*
stark	potente [poˈtɛnte] *[potente]*
Stärke	forza *f* [ˈfɔrtsa] *[fortsa]*
Statistin	comparsa *f* [komˈparsa] *[komparsa]*
stattlich	aitante [aiˈtante] *[eitante]*
stattlich	prestante [presˈtante] *[prestante]*
Stauung	stasi *f* [staːzi] *[stahsi]*
stechender Schmerz	fitta *f* [ˈfitta] *[fitta]*
Steckdose	presa *f* [ˈpreːsa] *[prehsa]*
steif	duro, -a [ˈduːro] *[duhro]*
Steige	scala *f* [ˈskaːla] *[skahla]*
Steigung	erta *f* [ˈerta] *[erta]*
Steilhang	balza *f* [ˈbaltsa] *[baltsa]*
Stein	pietra *f* [ˈpiɛːtra] *[piähtra]*
steinigen	lapidare [lapiˈdaːre] *[lapidahre]*
Stelle	posto *m* [ˈpɔsto] *[posto]*
stellen	porre [ˈporre] *[porre]*
Stelze	trampolo *m* [ˈtrampolo] *[trampolo]*
stemmen	issare [isˈsaːre] *[isˈsaːre]*
stemmen	puntare [punˈtaːre] *[puntahre]*
sterbend	morente [moˈrɛnte] *[moränte]*
sterblich	mortale [morˈtaːle] *[mortahle]*
Stern	astro *m* [ˈastro] *[astro]*
Steuer	gabella *f* [gaˈbɛlla] *[gabella]*

Steuer	imposta *f* [im'pɔsta] *[imposta]*
Steuer	tassa *f* ['tassa] *[tassa]*
steuerfrei	esentasse [ezen'tasse] *[essentasse]*
Stickarbeit	broderie *f* [brɔ'dri] *[brodri]*
Stickerei	broderie *f* [brɔ'dri] *[brodri]*
Stiefel	scarpone *m* [skar'po:ne] *[skarpohne]*
Stierkampfarena	plaza *f* ['plaza] *[plaza]*
Stillstand	stasi *f* [sta:zi] *[stahsi]*
Stinker	puzzone, -a *mf* [put'tso:ne, -a] *[puttsohne, -a]*
Stock	stecca *f* [stekka] *[stecka]*
Stockhieb	cannata *f* [kan'na:ta] *[kanahta]*
Stockschlag	cannata *f* [kan'na:ta] *[kanahta]*
Stockung	stasi *f* [sta:zi] *[stahsi]*
Stoffballen	pezza *f* ['pɛttsa] *[pettsa]*
Stolz	gloria *f* ['glɔ:ria] *[glohria]*
stolz machen	insuperbire [insuper'bi:re] *[insuperbihre]*
Störung (medizin.)	turba *f* ['turba] *[turba]*
Stoß	colpo *m* ['kolpo] *[kolpo]*
stottern	balbettare [balbet'ta:re] *[balbettahre]*
Strafe	pena *f* ['pe:na] *[pehna]*
Strafpredigt	predicozzo *m* [predi'kɔttso] *[predikottso]*
strahlen	brillare [bril'la:re] *[brillahre]*
strahlend	radiante [ra'diante] *[radiante]*
Strahlen-	radiante [ra'diante] *[radiante]*
Strahlungs-	radiante [ra'diante] *[radiante]*
Strandkleid	prendisole *m* [prendi'sole] *[prendisohle]*
Straße	calle *f* ['kalle] *[kalle]*
streben nach	cercare [tʃer'ka:re] *[tscherkahre]*
streichen	elidere [e'li:dere] *[elihdere]*
Streifen	lembo *m* ['embo] *[lembo]*
Streifen	riga *f* ['ri:ga] *[rihga]*
streifend	radente [ra'dɛnte] *[radänte]*

streiten	altercare [alterˈkaːre] *[alterkahre]*
Strenge	austerità *f* [austeriˈta] *[austerita]*
Strich	linea *f* [ˈliːnea] *[lihnea]*
Strich	riga *f* [ˈriːga] *[rihga]*
Striegel	bruschino *m* [brusˈkiːno] *[bruskihno]*
Strom	flusso *m* [ˈflusso] *[flusso]*
Stück	pezzo *m* [ˈpettso] *[pettso]*
stützen	armare [arˈmaːre] *[armahre]*
stützen	puntare [punˈtaːre] *[puntahre]*
Stufe	piano[1] *m* [ˈpiaːno] *[piahno]*
Stunde	ora *f* [oːra] *[ohra]*
Sturzbach	torrente *m* [torˈrɛnte] *[torränte]*
Stuss	balla *f* [ˈballa] *[balla]*
Stute	cavalla *f* [kaˈvalla] *[kavalla]*
suchen	cercare [tʃerˈkaːre] *[tscherkahre]*
Süden	austro *m* [ˈaːustro] *[ahustro]*
Süden	sud *m* [sud] *[sud]*
süß	soave [soˈaːwe] *[soahwe]*
Süßes	chicca *f* [ˈkikka] *[kikka]*
Süßigkeit	chicca *f* [ˈkikka] *[kikka]*
Summe (Mathematik)	somma *f* [ˈsomma] *[somma]*
Sweatshirt	felpa *f* [ˈfelpa] *[felpa]*
System	sistema *m* [sisˈtɛːma] *[sistehma]*
Tablett	plateau *m* [plaˈto] *[plato]*
Tafel	plateau *m* [plaˈto] *[plato]*
Tagung	tornata *f* [torˈnaːta] *[tornahta]*
taktvoll	discretamente [diskretaˈmente] *[diskretamente]*
Tal	valle *f* [ˈvalle] *[walle]*
Talar	toga *f* [ˈtɔːga] *[tohga]*
Tanne	abete *m* [aˈbeːte] *[abehte]*

tanzen	ballare [bal'la:re] *[ballahre]*
tapfer	aitante [ai'tante] *[eitante]*
tapfer	prode *m* ['prɔ:de] *[prohde]*
tapferer Recke	prode *m* ['prɔ:de] *[prohde]*
Tapferkeit	virtù *f* [vir'tu] *[virtu]*
Tasche	sacca *f* ['sakka] *[sakka]*
Tasse	tazza *f* ['tattsa] *[tattsa]*
Tat	atto *mf* ['atto] *[atto]*
tatsächlich	veramente [vera'mente] *[veramente]*
Tatze	zampa *f* ['tsampa] *[zampa]*
Taucher(in)	sub *mf* [sub] *[sub]*
Taucheranzug	muta *f* ['mu:ta] *[muhta]*
Taufpate	compare *m* [kom'pa:re] *[kompahre]*
Tausch	cambio *m* ['kambio] *[kambio]*
tausend	mille ['mille] *[mille]*
Taxe	tassa *f* ['tassa] *[tassa]*
Tee	the *m* [tɛ] *[tä]*
Teig	pasta *f* ['pasta] *[pasta]*
Teil	parte *f* ['parte] *[parte]*
Teil	pezzo *m* ['pettso] *[pettso]*
Teilgebiet	branca *f* ['braŋka] *[branka]*
Teilnehmer(innen) an einem Trekking	trecker *mf* ['trɛckə] *[träckä]*
Tennis	tennis *m* ['tɛnnis] *[tännis]*
Teppich	tappeto *m* [tap'pe:to] *[tappehto]*
Termin	termine *m* ['tɛrmine] *[tärmine]*
Theke	bancone *m* [baŋ'ko:ne] *[bankohne]*
Thunfisch	tonno *m* ['tonno] *[tonno]*
tief	fondo, -a [fondo, -a] *[fondo, -a]*
Tier	animale *m* [ani'ma:le] *[animahle]*
Tier	bestia *f* ['bestia] *[bestia]*
Tierhaar	pelo *m* ['pɛ:lo] *[pählo]*

Tiger	tigre *f* [ˈtiːgre] *[tihgre]*
tilgen	elidere [eˈliːdere] *[elihdere]*
Tintenfass	calamaio *m* [kalaˈmaːio] *[kalamahjo]*
Tiramisu	tiramisù *m* [tiramiˈsu] *[tiramisu]*
Tischgenosse, -in	commensale *mf* [kommenˈsaːle] *[kommensahle]*
toasten	tostare [tosˈtaːre] *[tostahre]*
Tod	morte *f* [ˈmɔrte] *[morte]*
tödlich	mortale [morˈtaːle] *[mortahle]*
Toga	toga *f* [ˈtɔːga] *[tohga]*
Tomate	pummarola *f* [pummaˈrɔːla] *[pummarohla]*
Ton	creta *f* [ˈkreːta] *[krehta]*
Tongefäß	creta *f* [ˈkreːta] *[krehta]*
Tor	cancello *m* [kanˈtʃɛllo] *[kantschello]*
Torheit	folia *f* [folˈliːa] *[folliha]*
Torte	torta *f* [ˈtɔrta] *[torta]*
tot	esanime [eˈzaːnime] *[esahnime]*
Tote(r)	morto, -a *mf* [ˈmɔrto, -a] *[morto, -a]*
träge	inerte [iˈnɛrte] *[inärte]*
tragen	indossare [indosˈsaːre] *[indossahre]*
tragen	recare [reˈkaːre] *[rekahre]*
tragen	reggere [ˈrɛddʒere] *[redschere]*
tragen	vestire *m* [vesˈtiːre] *[vestihre]*
Trägerkleid	prendisole *m* [prendiˈsole] *[prendisohle]*
Trägheit	fiacca *f* [ˈfiakka] *[fiakka]*
Träne	lacrima *f* [laːkrima] *[lahkrima]*
Trauer	lutto *m* [ˈlutto] *[lutto]*
Trauerkleidung	lutto *m* [ˈlutto] *[lutto]*
Trauring	vera *f* [veːra] *[vehra]*
treffen	colpire [kolˈpiːre] *[kolpihre]*
Treibmittel	propellente *m* [propelˈlɛnte] *[propelänte]*
Treibstoff	propellente *m* [propelˈlɛnte] *[propelänte]*
Treppe	scala *f* [ˈskaːla] *[skahla]*

Tresen	bancone *m* [baŋˈkoːne] *[bankohne]*
treten	calcare [kalˈkaːre] *[kalkahre]*
treu	fedele *mf* [feˈdeːle] *[fedehle]*
treu	ligio, -a [ˈliːdʒo, -a] *[lihdscho, -a]*
Treue	fede *f* [ˈfeːde] *[fehde]*
Trieb	getto *m* [ˈdʒɛtto] *[dschetto]*
trinken	bere [ˈbeːre] *[behre]*
Trinkgeld	mancia *f* [ˈmantʃa] *[mantscha]*
trocken	secco, -a [ˈsekko, -a] *[sekko, -a]*
trockenlegen	essiccare [essikˈkaːre] *[essikahre]*
trocknen	disseccare [disseˈkaːre] *[dissekahre]*
Tropfen	goccia *f* [ˈgottʃa] *[gottscha]*
trostlos	desolante [dezoˈlante] *[desolante]*
trüben	velare [veˈlaːre] *[welahre]*
Truhe	arca *f* [ˈarka] *[arka]*
Tuba	tuba *f* [ˈtuːba] *[tuhba]*
Tuch	pezza *f* [ˈpɛttsa] *[pettsa]*
Tütchen	bustina *f* [busˈtiːna] *[bustihna]*
Tugend	virtù *f* [virˈtu] *[virtu]*
tun	fare [ˈfaːre] *[fahre]*
Tunnel	tunnel *m* [ˈtunnel] *[tunnel]*
Turban	turbante *m* [turˈbante] *[turbante]*
Turbine	turbina *f* [turˈbiːna] *[turbihna]*
Turm	torre *f* [ˈtɔrre] *[torre]*
Tusche	china *f* [ˈkiːna] *[kihna]*

Übel	morbo *m* [ˈmɔrbo] *[morbo]*
über ihn/ihr	ne [ne] *[ne]*
Überdenken	ripensamento *m* [ripensaˈmento] *[ripensamento]*
überfahren	travolgere [traˈvɔldʒere] *[travoldschere]*
Überfliegen	letta *f* [ˈlɛtta] *[letta]*

Überflüssige(s)	troppo *m* [ˈtrɔppo] *[troppo]*
Überlegen	ripensamento *m* [ripensaˈmento] *[ripensamento]*
Überlegung	ripensamento *m* [ripensaˈmento] *[ripensamento]*
Überraschung	meraviglia *f* [meraˈviʎʎa] *[merawija]*
Überweisung	versamento *m* [versaˈmento] *[versamento]*
übrig bleiben	restare [resˈtaːre] *[restahre]*
üppig	abbondante [abbonˈdante] *[abbondante]*
üppig	lauto, -a [ˈlaːuto, -a] *[lauto, -a]*
Ufer	ripa *f* [ˈriːpa] *[rihpa]*
Ufer	riva *f* [riːva] *[rihva]*
umarmen	cingere [ˈtʃindʒere] *[tschindschere]*
umblättern	voltare [volˈtaːre] *[voltare]*
umdrehen	torcere [ˈtɔrtʃere] *[tortschere]*
umfallen	cadere [kaˈdeːre] *[kadehre]*
umgedreht	volto, -a [ˈvɔlto, -a] *[volto, -a]*
Umhang	cappa *f* [ˈkappa] *[kappa]*
Umklammerung	presa *f* [ˈpreːsa] *[prehsa]*
umrennen	travolgere [traˈvɔldʒere] *[travoldschere]*
Umschlag	impacco *m* [imˈpakko] *[impacko]*
umschließen	cingere [ˈtʃindʒere] *[tschindschere]*
umsonst	ufo (a) [a uːfo] *[a uhfo]*
umwandeln	convertire [konverˈtiːre] *[konvertihre]*
Umweg	giro *m* [ˈdʒiːro] *[tschihro]*
umzäunen	steccare [stekˈkaːre] *[steckahre]*
Unannehmlichkeit	briga *f* [ˈbriːga] *[brihga]*
unberührt	intatto, -a [inˈtatto, -a] *[intatto, -a]*
unbeschwert	sereno, -a [seˈreːno, -a] *[serehno, -a]*
unbeständig	incostante [iŋkosˈtante] *[ingkostante]*
unerträglich	impossibile [imposˈsiːbile] *[impossihbile]*
unfähig	impotente [impoˈtɛnte] *[impotänte]*
unfähig	incapace [iŋkaˈpaːtʃe] *[ingkapahtsche]*
ungeduldig	impaziente [impatˈtsiɛnte] *[impaziänte]*

ungeheuer	immane [im'ma:ne] *[immahne]*
ungerade	impari ['impari] *[impari]*
unglaublich	impossibile [impos'si:bile] *[impossihbile]*
ungleich	impari ['impari] *[impari]*
Unglück	iella *f* ['iɛlla] *[jälla]*
Unkraut jähten/entfernen	diserbare [dizer'ba:re] *[diserbahre]*
unkriegerisch	imbelle [im'bɛlle] *[imbälle]*
unmäßig	intemperante [intempe'rante] *[intempe'rante]*
unmöglich	impossibile [impos'si:bile] *[impossihbile]*
unreif	verde ['verde] *[werde]*
uns	noi [no:i] *[nohi]*
unsympathisch	discostante [diskos'tante] *[diskostante]*
untätig	inerte [i'nɛrte] *[inärte]*
unten	dabbasso [da'basso] *[dabasso]*
unten	giù [dʒu] *[dschu]*
unter	tra [tra] *[tra]*
Unterbrechung	alt *m* [alt] *[alt]*
Unterhose	braca *f* ['bra:ka] *[brahka]*
Unterlegene(r)	perdente *mf* [per'dɛnte] *[perdente]*
untersagen	inibire [ini'bi:re] *[inibihre]*
untersagen	interdire [inter'di:re] *[interdihre]*
untersagen	proibire [proi'bi:re] *[proibihre]*
Unterschenkel	gamba *f* ['gamba] *[gamba]*
unterschlagen	defraudare [defrau'da:re] *[defraudahre]*
Unterschrift	firma *f* ['firma] *[firma]*
Unterwelt	abisso [a'bisso] *[abisso]*
Unterwelt	mala *f* ['ma:la] *[mahla]*
untüchtig	incapace [iŋka'pa:tʃe] *[ingkapahtsche]*
unversehrt	intatto, -a [in'tatto, -a] *[intatto, -a]*
unvoreingenommen	equanime [e'kua:nime] *[equanihme]*
unzureichend	carente [ka'rente] *[karente]*
urinieren	urinare [uri'na:re] *[urinahre]*

Urlaub	ferie *f* [ˈfɛːrie] *[fährie]*
Urne	urna *f* [ˈurna] *[urna]*

vage	vago, -a [vaːgo, -a] *[vahgo, -a]*
Vase	vaso *m* [ˈvaːzo] *[vahso]*
Vater	padre *m* [ˈpaːdre] *[pahdre]*
Veilchen (Blume)	viola *f* [viˈɔːla] *[wiohla]*
Vene	vena *f* [ˈveːna] *[wehna]*
verändern (sich)	mutare [muˈtaːre] *[mutahre]*
verändern	alterare [alteˈraːre] *[alterahre]*
verbannen	bandire [banˈdiːre] *[bandihre]*
verbieten	inibire [iniˈbiːre] *[inibihre]*
verbieten	interdire [interˈdiːre] *[interdihre]*
verbieten	proibire [proiˈbiːre] *[proibihre]*
verbinden	connettere [konˈnɛttere] *[konettere]*
Verbindung	unione *f* [uˈnioːne] *[uniohne]*
verblöden	inebetire [inebeˈtiːre] *[inebetihre]*
verborgen	latente [laˈtɛnte] *[latänte]*
Verbot	interdizione *f* [interditˈtsioːne] *[interdizione]*
verbrauchen	consumare [konsuˈmaːre] *[konsumahre]*
verdaulich	digerribile [didʒeˈriːbile] *[didscherihbile]*
Verdauungs-	digerente [didʒeˈrɛnte] *[didscherente]*
Verdeck	capote *f* [kaˈpɔte] *[kapote]*
Verdeck	tetto *m* [ˈtetto] *[tetto]*
verdecken	velare [veˈlaːre] *[welahre]*
verderben	sciupare [ʃuˈpaːre] *[schupahre]*
verdichten	compattare [kompatˈtaːre] *[kompatahre]*
verdienen	meritare [meriˈtaːre] *[meritahre]*
verdrehen	contorcere [konˈtɔrtʃere] *[kontortschere]*
verdrehen	torcere [ˈtɔrtʃere] *[tortschere]*
verdrücken (sich)	filare [fiˈlaːre] *[filahre]*

verdrücken	spazzare [spat'tsa:re] *[spattsahre]*
Vereinigung	unione *f* [u'nio:ne] *[uniohne]*
Verfehlung	malefatta *f* [male'fatta] *[malefatta]*
verführen	sedurre [se'durre] *[sedurre]*
Vergehen	malefatta *f* [male'fatta] *[malefatta]*
vergewaltigen	violare [vio'la:re] *[wiolahre]*
Vergütung	trattamento *m* [tratta'mento] *[trattamento]*
verhaften	arrestare [arres'ta:re] *[arrestahre]*
verhüllen	velare [ve'la:re] *[welahre]*
Verkäuferin	commessa *f* [kom'messa] *[kommessa]*
verkleiden	truccare [truk'ka:re] *[truckahre]*
verkratzen	grattare [grat'ta:re] *[grattahre]*
verkupfern	ramare [ra'ma:re] *[ramahre]*
Verlauf	ciclo *m* ['tʃi:klo] *[tschihklo]*
verletzen	colpire [kol'pi:re] *[kolpihre]*
verletzen	violare [vio'la:re] *[wiolahre]*
verletzt	leso, -a ['le:zo] *[lehso]*
Verliebtheit	cotta *f* [kɔtta] *[kotta]*
Verlierer(in)	perdente *mf* [per'dɛnte] *[perdente]*
Verlies	segreta *f* [se'gre:ta] *[segrehta]*
verlocken	sedurre [se'durre] *[sedurre]*
vermasseln	cannare [kan'na:re] *[kannahre]*
verminen	minare [mi'na:re] *[minahre]*
vermuten	supporre [sup'porre] *[supporre]*
Vernarrtheit	cotta *f* [kɔtta] *[kotta]*
vernehmen	udire [u'di:re] *[udihre]*
verneinen	negare [ne'ga:re] *[negahre]*
veröffentlichen	pubblicare [pubbli'ka:re] *[pubblikahre]*
verpatzen	cannare [kan'na:re] *[kannahre]*
verpesten	ammorbare [ammor'ba:re] *[ammorbahre]*
Verpflichtung	dovuto *m* [do'vu:to] *[dovu:to]*
verriegeln	bloccare [blok'ka:re] *[blokahre]*

verrückt	folle [ˈfɔlle] *[folle]*
verrückt	matto, -a [ˈmatto, -a] *[matto, -a]*
Verruf	taccia *f* [ˈtattʃa] *[tatscha]*
versammeln (sich)	convenire [konveˈniːre] *[konvenihre]*
verschleiern	velare [veˈlaːre] *[welahre]*
verschleißen	sciupare [ʃuˈpaːre] *[schupahre]*
verschlingen	ingozzare [iŋgotˈtsaːre] *[ingotsahre]*
verschweigen	tacere [taˈtʃeːre] *[tatschehre]*
Versehen	diguido *m* [dizˈguiːdo] *[disguihdo]*
versorgen	accudire [akkuˈdiːre] *[akkudihre]*
Versprechen	promessa *f* [proˈmessa] *[promessa]*
versteckt	latente [laˈtɛnte] *[latänte]*
verstehen	capire [kaˈpiːre] *[kapihre]*
verstoßen	bandire [banˈdiːre] *[bandihre]*
verstümmelt	mozzo, -a [ˈmottso, -a] *[mottso, -a]*
verteilen	spartire [sparˈtiːre] *[spartihre]*
Vertrauen	fede *f* [ˈfeːde] *[fehde]*
verunreinigen	lordare [lorˈdare] *[lordare]*
verursachen	recare [reˈkaːre] *[rekahre]*
verwalten	gestire [dʒesˈtiːre] *[tschestihre]*
verwandeln (sich)	mutare [muˈtaːre] *[mutahre]*
Verwandte(r)	parente *mf* [paˈrɛnte] *[paränte]*
verweisen	espellere [esˈpɛllere] *[espällere]*
verwenden	usare [uˈzaːre] *[usahre]*
verwesen	putrefare [putreˈfaːre] *[putrefahre]*
verzehren	consumare [konsuˈmaːre] *[konsumahre]*
verzieren	adornare [adorˈnaːre] *[adornahre]*
Vesper	vespro *m* [ˈvɛspro] *[vespro]*
Vieh	animale *m* [aniˈmaːle] *[animahle]*
viel	molto [ˈmolto] *[molto]*
vielmehr	anzi [ˈantsi] *[antsi]*
Viereck	quadro *m* [ˈkuaːdro] *[kuahdro]*

Villa	villa *f* [ˈvilla] *[willa]*
viral	virale [viˈraːle] *[wirahle]*
Virus	virus *m* [ˈviːrus] *[wihrus]*
Virus-	virale [viˈraːle] *[wirahle]*
Visier	alzo *m* [ˈaltso] *[alzo]*
Vollbart	barbone *m* [barˈboːne] *[barbohne]*
Volk	popolo *m* [ˈpɔːpolo] *[pohpolo]*
Vollmacht	delega *f* [ˈdɛːlega] *[dählega]*
vollständig	integrale [inteˈgraːle] *[integrahle]*
vollständig	interamente [interaˈmente] *[interamente]*
von ihm/ihr	ne [ne] *[ne]*
vorangestellt	anteporre [anteˈporre] *[anteporre]*
vorbereiten	apprestare [appresˈtaːre] *[apprestahre]*
vorbereitet	ammanniere [ammanˈniːre] *[ammanihre]*
vordatieren	antidatare [antiˈdataːre] *[antidatahre]*
vorenthalten	defraudare [defrauˈdaːre] *[defraudahre]*
vorgesetzt	anteporre [anteˈporre] *[anteporre]*
vorhanden	esistente [ezisˈtɛnte] *[esistänte]*
vornehm	illustre [ilˈlustre] *[illustre]*
Vorratskauf	incetta *f* [inˈtʃetta] *[intschetta]*
vorstellen (sich)	fingere [ˈfindʒere] *[findschere]*
Vorstellungen	volere *m* [voˈleːre] *[volehre]*
vortäuschen	fingere [ˈfindʒere] *[findschere]*
vorwärts	alé [aˈle] *[alle]*
wach	desto, -a [ˈdesto, -a] *[desto, -a]*
wach rütteln	destare [desˈtaːre] *[destahre]*
Wachs	cera *f* [ˈtʃeːra] *[tschera]*
wachsam	desto, -a [ˈdesto, -a] *[desto, -a]*
wachsend	nascente [naʃˈʃɛnte] *[naschänte]*
Wachstuch	ciré *m* [siˈre] *[sire]*

Wächter(in)	custode *mf* [kusˈtɔːde]	*[kustohde]*
Wagen	carello *m* [karˈɛllo]	*[karello]*
Wagen	carro *m* [ˈkarro]	*[karro]*
Wagen	vettura *m* [vetˈtuːra]	*[wettuhra]*
Wagenheber	cric *m* [krik]	*[krik]*
Waggon	carro *m* [ˈkarro]	*[karro]*
Wahlberechtigte(r)	votante *mf* [voˈtante]	*[votante]*
wählen	eleggere [eˈlɛddʒere]	*[eläddschere]*
wählen	nominare [nomiˈnaːre]	*[nominahre]*
Wahnsinn	folia *f* [folˈliːa]	*[folliha]*
wahnsinnig	matto, -a [ˈmatto, -a]	*[matto, -a]*
wahr	vero, -a [ˈveːro, -a]	*[wehra]*
während	durante [duˈrante]	*[durante]*
Wald	bosco *m* [ˈbɔsko]	*[bosko]*
Wald	selva *f* [ˈselva]	*[selwa]*
Walzer	valzer *m* [ˈvaltser]	*[walzer]*
wankelmütig	incostante [iŋkosˈtante]	*[ingkostante]*
wann	quando [ˈkuando]	*[kuando]*
Wanst	trippa *f* [ˈtrippa]	*[trippa]*
Wappen	arme *f* [ˈarme]	*[arme]*
Ware	roba *f* [ˈrɔːba]	*[rohba]*
warm	caldo, -a [ˈkaldo, -a]	*[kaldo, -a]*
Wärme	calore *m* [kaˈloːre]	*[kallohre]*
wärmstens	caldamente [kaldaˈmente]	*[kaldamente]*
warum	perché [perˈke]	*[perkeh]*
Waschbecken	lavabo *m* [laˈvaːbo]	*[lavahbo]*
Waschbecken	lavello *m* [laˈvɛllo]	*[lavello]*
Waschraum	lavabo *m* [laˈvaːbo]	*[lavahbo]*
Wasser	acqua *f* [ˈakkua]	*[aqua]*
wattieren	imbottiere [imbotˈtiːre]	*[imbottihre]*
Wechsel	cambio *m* [ˈkambio]	*[kambio]*
Wecken (das)	diana *f* [ˈdiaːna]	*[diahna]*

wecken	destare [des'ta:re] *[destahre]*
Weg, in die ...e leiten	incamminare [iŋkammi'na:re] *[ingkamminahre]*
Weg, sich auf den ... machen	incamminare [iŋkammi'na:re] *[ingkamminahre]*
weggehen	partire [par'ti:re] *[partihre]*
wegkehren	spazzare [spat'tsa:re] *[spattsahre]*
wegputzen	spazzare [spat'tsa:re] *[spattsahre]*
wegrücken	discostare [diskos'ta:re] *[diskostahre]*
Weh	dolore *m* [do'lo:re] *[dolohre]*
wehe	guai ['gua:i] *[gwai]*
wehen	soffiare [sof'fia:re] *[soffiahre]*
Wehrdienstzeit	ferma *f* ['ferma] *[ferma]*
weich	molle ['mɔlle] *[molle]*
weihen	dedicare [dedi'ka:re] *[dedikahre]*
weil	dacché [dak'ke] *[dacke]*
Weinkeller	cantina *f* [kan'ti:na] *[kantihna]*
Weinschenke	cantina *f* [kan'ti:na] *[kantihna]*
weiß	bianco, -a ['biaŋko, -a] *[bianko, -a]*
weit	distante [dis'tante] *[distante]*
weit entfernt	distante [dis'tante] *[distante]*
weit	grande ['grande] *[grande]*
weit	lato, -a ['la:to, -a] *[lato, -a]*
weiterhin	ancora *f* [aŋ'ko:ra] *[ankohra]*
welche(r, s)	chi [ki] *[ki]*
welche(r, s)	quale ['kua:le] *[huahle]*
Welle	onda *f* ['onda] *[onda]*
Welt	mondo *m* ['mondo] *[mondo]*
wem	chi [ki] *[ki]*
wen	chi [ki] *[ki]*
wenden	voltare [vol'ta:re] *[voltare]*
Wendung	formula *f* ['fɔrmula] *[formula]*
wenig	poco [pɔ:ko] *[pohko]*
weniger	meno ['me:no] *[mehno]*

wer	chi [ki] *[ki]*
werdende Mutter	gestante *f* [dʒesˈtante] *[tschestante]*
werfen	buttare [butˈtaːre] *[buttahre]*
werfen	schiaffare [skiafˈfaːre] *[skiaffahre]*
Werft	cantiere *f* [kanˈtiɛːre] *[kantiehre]*
wert sein	valere [vaˈleːre] *[walehre]*
Wesen	ente *m* [ˈɛnte] *[ente]*
weshalb	perché [perˈke] *[perkeh]*
Wespe	vespa *f* [ˈvɛspa] *[vespa]*
Westen	occidente *m* [ottʃiˈdɛnte] *[ottschidänte]*
westlich	occidente *m* [ottʃiˈdɛnte] *[ottschidänte]*
wettern	tonare [toˈnaːre] *[toˈnahre]*
Wettkampf	gara *f* [ˈgaːra] *[gahra]*
Wettstreit	gara *f* [ˈgaːra] *[gahra]*
wetzen	arrotare [arroˈtaːre] *[arrotahre]*
Wichse	cera *f* [ˈtʃeːra] *[tschera]*
wichtig	importante [imporˈtante] *[imporˈtante]*
Wickel	impacco *m* [imˈpakko] *[impacko]*
Widerling	puzzone, -a *mf* [putˈtsoːne, -a] *[puttsohne, -a]*
widmen	dedicare [dediˈkaːre] *[dedikahre]*
Wie bitte?	prego [ˈprɛgo] *[prehgo]*
wie?	come [ˈkoːme] *[kohme]*
wieder fühlen (hören, riechen etc.)	risentire [risenˈtiːre] *[risentihre]*
Wiege	culla *f* [ˈkulla] *[kulla]*
Wildbach	torrente *m* [torˈrɛnte] *[torränte]*
Wille	volere *m* [voˈleːre] *[volehre]*
Willensstärke	lena *f* [ˈleːna] *[lehna]*
Wimpern-	ciliare [tʃiˈliaːre] *[tschiliahre]*
Wind	brezza *f* [ˈbreddza] *[bredza]*
Winter	inverno *m* [inˈvɛrno] *[inferno]*
wir	noi [noːi] *[nohi]*

Wirbel	clamore m [klaˈmoːre] *[klamohre]*
Wirbelsäule	rachide f [ˈraːkide] *[rahkide]*
wirklich	veramente [veraˈmente] *[veramente]*
wirkungslos	inoperante [inopeˈrante] *[inoperante]*
Wissen	scibile m [ˈʃiːbile] *[schihbile]*
Wissenschaftler	dotto, -a [dɔtto, -a] *[dotto, -a]*
Witz	lazzo m [ˈlattso] *[lattso]*
Wodka	vodka f [ˈvɔdka] *[vodka]*
wohin	dove [ˈdoːve] *[dohve]*
wohl	bene [ˈbɛːne] *[behne]*
wohlriechend	fragrante [fraˈgrante] *[fragrante]*
wohnhaft	residente mf [resiˈdɛnte] *[residänte]*
Wohnungsnummer	interno m [inˈtɛrno] *[intärno]*
Wohnzimmer	salotto m [salɔtto] *[salotto]*
Wolf	lupo m [ˈluːpo] *[luhpo]*
Wölfin	lupa f [ˈluːpa] *[luhpa]*
wolkenlos	sereno, -a [seˈreːno, -a] *[serehno, -a]*
wollen	volere m [voˈleːre] *[volehre]*
Wünsche	volere m [voˈleːre] *[volehre]*
wünschen	cercare [tʃerˈkaːre] *[tscherkahre]*
würdigen	degnare [deɲˈɲaːre] *[dennjahre]*
Würfel	cubo m [ˈkuːbo] *[kuhbo]*
Würfel	dado m [daːdo] *[dahdo]*
wütend	furente [fuˈrɛnte] *[furente]*
Wurf	tiro m [ˈtiːro] *[tihro]*
Wurm	baco mf [ˈbaːko] *[bahko]*
Wurm	verme m [ˈvɛrme] *[verme]*
Wurst	insaccati f [insakˈkaːti] *[insackahti]*
Wurstwaren	insaccati f [insakˈkaːti] *[insackahti]*
Wurzel	radice f [raˈdiːtʃe] *[radihtsche]*
wurzeln	radicare [radiˈkaːre] *[radikahre]*
Wurzeln schlagen	radicare [radiˈkaːre] *[radikahre]*

Wut	bile *f* [ˈbiːle] *[bihle]*
Wut	collera *f* [ˈkɔllera] *[kollera]*
Zahn-	dental [denˈtaːle] *[dentahle]*
Zahn	dente *m* [dɛnte] *[dänte]*
zappeln	annaspare [annasˈpaːre] *[annaspahre]*
Zarge	cornice *f* [korˈniːtʃe] *[kornihtsche]*
Zauberin	maga *f* [ˈmaːga] *[mahga]*
Zaubertrank	pozione *f* [potˈtsioːne] *[potsiohne]*
Zebra	zebra *f* [ˈdzɛːbra] *[zäbra]*
Zeh, großer	alluce *m* [ˈallutʃe] *[allutsche]*
Zeichen	marca *f* [ˈmarka] *[marka]*
Zeichenkunst	pittura *f* [pitˈtuːra] *[pittura]*
zeichnen	disengnare [disenˈɲaːre] *[disenjahre]*
Zeigefinger	indice *m* [ˈinditʃe] *[inditsche]*
Zeiger	indice *m* [ˈinditʃe] *[inditsche]*
Zeile	linea *f* [ˈliːnea] *[lihnea]*
Zeilenabstand	interlinea *f* [interˈliːnea] *[interlihnea]*
Zeit	tempo *m* [ˈtɛmpo] *[tämpo]*
Zeitabschnitt	lasso di tempo *m* [ˈlasso di tempo] *[lasso di tempo]*
Zeitspanne	lasso di tempo *m* [ˈlasso di tempo] *[lasso di tempo]*
Zelle (Gefängnis)	cella *f* [ˈtʃɛlla] *[tschälla]*
zerfressen	rodere [ˈroːdere] *[rohdere]*
zermürbend	logorante [logoˈrante] *[logorante]*
zerschlagen	pesto, -a [ˈpesto, -a] *[pesto, -a]*
zerstoßen	pesto, -a [ˈpesto, -a] *[pesto, -a]*
Zeuge/Zeugin	teste *mf* [ˈtɛste] *[täste]*
Ziege	capra *f* [ˈkaːpra] *[kahpra]*
Ziegel (Dachziegel)	tegola *f* [ˈteːgola] *[tehgola]*
Ziegel(stein)	mattone *m* [matˈtoːne] *[mattohne]*
ziehen	tirare [tiˈraːre] *[tirahre]*

Ziel	meta *f* ['mɛ:ta] *[mähta]*
Ziel	mira *f* ['mira] *[mihra]*
Zifferblatt	quadrante *m* [kua'drante] *[kuadrante]*
Zigarette	sigaretta *f* [siga'retta] *[sigaretta]*
Zigarettenpapier	cartina *f* [kar'ti:na] *[kartihna]*
Zimmer	camera ['ka:mera] *[kahmera]*
Zimmer	stanza *f* ['stantsa] *[stanza]*
Zinken	nappa *f* ['nappa] *[nappa]*
Zins	interesse *m* [inte'rɛsse] *[interässe]*
Zinssatz	interesse *m* [inte'rɛsse] *[interässe]*
Zirkel	compasso *m* [kom'passo] *[kompasso]*
zischen	zittire [tsit'ti:re] *[zitihre]*
Zoll	gabella *f* [ga'bɛlla] *[gabella]*
Zoo	zoo *m* [dzɔ:o] *[zoho]*
zu Mittag essen	pranzare [pran'dza:re] *[pranzahre]*
zu vermieten	affittasi [affi'ta:si] *[affiitassi]*
zu viel	troppo *m* ['trɔppo] *[troppo]*
Zucchini	zucchina *f* [tzuk'ki:na] *[zukihna]*
Zuchthengst	stallone *m* [stal'lo:ne] *[stallohne]*
züchten	allevare [alle'va:re] *[allewahre]*
Zuflucht	asilo *m* [a'zi:lo] *[asihlo]*
zufrieden	pago, -a ['pa:go, -a] *[pahgo, -a]*
Zug	boccata *f* [bok'ka:ta] *[bockahta]*
Zug	tiro *m* ['ti:ro] *[tihro]*
Zug	treno *m* ['trɛ:no] *[trähno]*
Zugabe	bis *f* [bis] *[bis]*
zuhauf	gogò (a) [go'gɔ] *[gogo]*
zuhören	sentire [sen'ti:re] *[sentihre]*
Zuhörer	ascolto *m* [as'kolto] *[askolto]*
zukehren	volgere ['vɔldʒere] *[wolldschere]*
zukommen	competere [kom'pɛ:tere] *[kompätere]*
Zukunft	avvenire *f* [avve'ni:re] *[avenihre]*

zulässig	ammesso, -a [amˈmesso, -a] *[ammesso, -a]*
Zuneigung	affetto *m* [afˈfɛtto] *[affetto]*
zur Seite stellen	affiancare [affiaŋˈkaːre] *[affiangkahre]*
zurückdrängen	respingere [resˈpindʒere] *[respindschere]*
zurücktreten	abdicare [abdikaːre] *[abdikahre]*
Zusammenhang	contesto *m* [konˈtɛsto] *[kontesto]*
zusammenheften	imbastire [imbasˈtiːre] *[imbastihre]*
zusammenkommen	convenire [konveˈniːre] *[konvenihre]*
zuschütten	colmare [kolˈmaːre] *[kolmahre]*
zustehen	competere [komˈpɛːtere] *[kompätere]*
Zuviel (das)	troppo *m* [ˈtrɔppo] *[troppo]*
zuwenden	volgere [ˈvɔldʒere] *[wolldschere]*
zwanzig	venti *f* [ˈventi] *[wenti]*
Zweck	fine *f* [ˈfiːne] *[fihne]*
Zweck	intento *m* [inˈtɛnto] *[intänto]*
Zweck	meta *f* [ˈmɛːta] *[mähta]*
zwei	due [ˈduːe] *[duhe]*
Zwerg	nano, -a *mf* [ˈnaːno, -a] *[nahno, -a]*
zwergenhaft	nano, -a *mf* [ˈnaːno, -a] *[nahno, -a]*
zwinkern	ammiccare [ammikˈkaːre] *[ammikahre]*
Zwirn	refe *m* [ˈreːfe] *[rehfe]*
zwischen	tra [tra] *[tra]*
zwischenzeitlich	intercorrente [interˈkorrɛnte] *[interkorrente]*
Zyklus	ciclo *m* [ˈtʃiːklo] *[tschihklo]*
Zylinder (Hut)	bombetta *f* [bombeˈtta] *[bombetta]*

Lerntipps

Collagen

Wörter, die im Deutschen gleich oder ähnlich heißen, können zu einer Collage zusammengefasst werden. Diese Collage beinhaltet dann nur Wörter dieser Art.

Lesen Sie den folgenden Text aufmerksam durch und versuchen Sie sich dazu konkrete Bilder vorzustellen. Die Wörter, die im Deutschen ähnlich oder gleich heißen, sind fett markiert:

»Eine **Safari** mit dem **Bus** durch den **Zoo**

Im **Zoo** wohnt in einer **Villa** der **Gorilla**. Er ist unangefochten der **Boss**. Er steht an seiner **Bar** und trinkt abwechselnd mal **Wodka**, mal **Rum**. Für ihn allein bläst das **Mammut gratis** die **Tuba**, der **Karpfen** spielt die **Oboe** und das **Zebra** – auf einem **Sofa** sitzend – streicht das **Cello**, während der **Kojote** mit dem **Lama** dazu einen **Walzer** tanzt.«

So, und schon wieder 20 Vokabeln gelernt. Zugegeben, das war einfach, aber woher soll man wissen, welches Wort im Italienischen genauso heißt wie im Deutschen.

Jedes Mal, wenn Sie ein neues Wort als Bild in die Collage einbauen, wiederholen Sie notgedrungen das Gesamtbild, da Sie sich überlegen müssen, an welcher Stelle Sie den neuen Begriff als Bild ablegen oder einbauen. Sie kommen gar nicht umhin, die schon abgelegten Bilder zu wiederholen. Somit sind Wiederholungen nicht nur langweiliges Wiederkäuen, sondern ein wirklich kreativer Akt, der auch noch Spaß machen kann.

Beispiel: Sie möchten **ananas** = **Ananas** abspeichern. Sie merken: Das ist ein Wort, was im Italienischen dem deutschen Wort sehr ähnlich oder gleich ist. Sie betrachten Ihr Gesamtbild und überlegen sich, wohin Sie nun die **Ananas** platzieren möchten. Vielleicht tanzen der **Kojote** und das **Lama** um eine **Ananas** den **Walzer**, oder der **Gorilla** an der **Bar** hat eine **Ananas**scheibe am **Wodka**glas. Es liegt an Ihnen, was Sie sich vorstellen. Auch hier gilt: Die Gedanken sind frei. Lassen Sie sich am besten etwas Verrücktes einfallen.

Sie dürfen natürlich die Collage auch umstellen. Angenommen, Sie möchten **the** = **Tee** abspeichern. Dann können Sie sich jetzt einen **Gorilla** vorstellen, der einen **Tee** an der **Bar** trinkt. **Wodka** und **Rum** gibt es dann eben erst nach dem **Walzer** für den **Kojoten** und für das **Lama** usw.

Auch die folgenden Verbilderungen sind nur Vorschläge. Sie können auch von Anfang an anders zusammengestellt werden. Versuchen Sie aber bitte nicht, immer logisch zu sein. Die Bilder(geschichte) muss keinen Sinn ergeben. Je verrückter, umso merk-würdiger.

Are-ieren-Geschichte

»Are-ieren« sind Verben, die im Italienischen auf -are enden. Ersetzt man das -are am Ende durch -ieren, dann sind uns die Verben bekannt.

marcar/markieren
rasare/rasieren
urinare/urinieren
amputare/amputieren
pulsare/pulsieren
notare/notieren
montare/montieren
animare/animieren
panare/panieren
conservare/konservieren
numerare/nummerieren

1. Geben Sie der Tätigkeit ein Bild:
   marcar = mit einem Marker Text markieren
   rasare = mit einem Rasiermesser das Gesicht rasieren
   urinare = ins Urinal urinieren
   amputare = ein Bein amputieren
   pulsare = den Puls fühlen
   notare = auf einem Zettel etwas notieren
   montare = etwas mit Schrauben anmontieren
   animieren = Mund-zu-Mund-Beatmung
   panare = ein Schnitzel panieren
   conservare = in Dosen eindosen
   numerare = mit Zahlen durchnummerieren
2. Setzen Sie die Bilder zu einer Geschichte zusammen und verbildern Sie diese wieder.

Es reicht vollkommen aus, wenn Sie die Geschichte stichpunktartig abspeichern können:

Die Amputation

Arzt muss das richtige Bein **markieren**.
Muss vorher noch das Bein **rasieren**.
Muss selbst noch schnell mal **urinieren**.
Dann kann der Arzt erst **amputieren**.
Arzt fühlt den Puls **pulsieren**.
Den Puls auf einen Zettel **notieren**.
Wenn alles gut, dann neues Bein **montieren**.
Den Patienten mit Mund-zu-Mund-Beatmung **animieren**.
Aus dem Bein Koteletts machen und **panieren**.
Wenn es zu viele werden, kann man die Übrigen noch in Dosen **konservieren**.
Die Dosen dann noch durch**nummerieren**.

Probieren Sie es selbst einmal:
Andere Are-ieren, die Sie noch einbauen können.

operare/operieren	Bild: <u>z. B. Schnitt mit dem Skalpell</u>
asfaltare/asphaltieren	Bild: _____
basare/basieren	Bild: _____
bloccare/blockieren	Bild: _____
castrare/kastrieren	Bild: _____
consumare/konsumieren	Bild: _____
creare/kreieren	Bild: _____

eliminare/eliminieren   Bild: _____

imitare/imitieren   Bild: _____

mutare/mutieren   Bild: _____

negare/negieren   Bild: _____

nominare/nominieren   Bild: _____

orientare/orientieren   Bild: _____

protestare/protestieren Bild: _____

provocare/provozieren   Bild: _____

pubblicare/publizieren   Bild: _____

uniformare/uniformieren Bild: _____

Geschichte:

A-Nixen

A-Nixen sind Wörter, die im Italienischen nur noch mit einem
»A« enden, ansonsten aber gleich klingen und die gleiche Bedeutung haben wie im Deutschen.

Beispiel: Natura – Natur

Natur()-Verschandelung

Mitten in der **Natur()** steht eine **Fabrik()**, daneben eine riesige
Figur(), die Werbung für **Nikotin()** macht.

O-Nixen

O-Nixen sind Wörter, die im Italienischen nur noch mit einem
»O« enden, ansonsten aber gleich klingen und die gleiche Bedeutung haben wie im Deutschen.

Beispiel: Pellicano – Pelikan

Ein **Pelikan()**, der ein **Fagott()** bei sich trägt, ist unterwegs zu
seinem **Internat()**. Er muss nur im nahe gelegenen **Quadrat()**-
Park() den **Nil()** (mit Nilpferden) überqueren – schon ist er da.
Im **Internat()** angekommen, trocknet er sich einen **Moment()**
lang an dem 1000 **Grad()** heißen **Kamin()**. Danach nimmt er
sein **Organ()**-**Modell()**e und zerreibt es zu **Granulat()**. Mithilfe
eines **Bagger()**s wird das **Granulat()** zu kleinen 100-**Gramm()**-
Häufchen aufgeschüttet.

E-Nixen

E-Nixen sind Wörter, die im Italienischen nur noch mit einem »E« enden, ansonsten aber gleich klingen und die gleiche Bedeutung haben wie im Deutschen.

Beispiel: elefante – Elefant

Der Diamantenschmuggler

Am **Äquator** lebt ein **Elefant**. Er bewahrt **illegal** den größten **Opal** und den größten **Diamant**en der Welt in einem **Karton** auf, den er immer bei sich hat. Da die Steine für den **Elefant**en so schwer sind, ist er zusätzlich mit einem 1000-PS-**Motor** ausgestattet. Man könnte auch die **Pedale** benutzen, die an der Seite des Elefanten angebracht wurden.

O-E's

O-E's sind Wörter, die im Italienischen mit einem »O« enden. Ersetzt man das »O« am Ende durch ein »E«, dann sind uns die Wörter bekannt und haben die gleiche Bedeutung wie im Deutschen.

Beispiel: controllo – Kontrolle

*Die Lebensmittel**kontrolle***

Ein **Falk**e verspeist eine **Ratt**e. Eine **Grupp**e von **Grill**en, die sich immer in einer **Vas**e versteckt, macht regelmäßig Lebensmittel**kontroll**en.

A-E's

A-E's sind Wörter, die im Italienischen mit einem »A« enden. Ersetzt man das »A« am Ende durch ein »E«, dann sind uns die Wörter bekannt und haben die gleiche Bedeutung wie im Deutschen.

Beispiel: banana – Banane

*Die **Sage** von der **Urne***

Es war einmal eine **Mus**e, die einen ausgeprägten Sinn für **Mod**e hatte, jeden Tag eine andere **Blus**e trug und sich immer eine **Zigarett**e zwischen ihren Zähnen klemmte. Vom vielen Rauchen bekam sie letztendlich schlechte **Ven**en an ihren Beinen.

Eines Tages stahl sie in einer **Kapell**e eine **Urn**e mit **Kack**e, die sie erst einmal in einer **Barack**e versteckte. Die **Kack**e sollte nun in die **Kuri**e (Versammlungsgebäude des römischen Senats) nach Rom über das Mittelmeer transportiert werden.

Eine **Flott**e von **Galeer**en, die zusätzlich mit **Turbin**en ausgestattet war und eigentlich **Banan**en transportierte, sollte die **Urn**e mit der **Kack**e unbemerkt nach Italien schmuggeln. Auf der **List**e der Waren erschien die **Urn**e erst gar nicht.

In einer der **Kabin**en stand eine **Tort**e mit **Karott**en. Als die **Galeer**e eine **Kurv**e fuhr, kenterte sie. Mit einer **Lian**e versuchte man die gekenterte **Galeer**e wieder aufzurichten. Es gelang nicht. Die **Tort**e mit **Karott**en schwamm nun im Meer, während der Inhalt der **Urn**e unter Bergen von **Banan**en dahingammelte.

Am nächsten Tag las man lediglich eine **Gloss**e in der Zeitung. Als Taucher Jahre später die **Urn**e öffneten, wimmelte es von **Larv**en. Daraus entwickelten sich Außerirdische einer ganz besonderen **Kast**e.

Weiterhin viel Spaß beim Gestalten verrückter Bilder und Szenen.

Die ideale Ergänzung zum Buch

| Vokabelpaare | Community | Datenbank | Gewinnspiel |

LUTSCHE DAS LICHT

- Sie lernen online interaktiv 100 Italienisch-Vokabeln gratis
- Sie erhalten gratis die besten Gedächtnistipps und -tricks
- Nutzen Sie die sich ständig erweiternde Vokabel-Datenbank mit tausenden Vokabeln
- Gestalten Sie die Inhalte selbst durch Ihren eigenen Input mit
- Legen Sie Ihre eigene Vokabel-Datenbank an
- Profitieren Sie von den Tipps der anderen User
- Tauschen Sie sich in der Online-Community aus
- Gewinnen Sie wertvolle Preise bei Kreativ-Wettbewerben

Registrieren Sie sich jetzt auf www.lutsche-das-licht.de

Audio-DVD-Selbstlehrgang: das »Geisselhart Gedächtnis Paket«

20 Stunden investieren, ein Leben lang profitieren!

Mit dem »Geisselhart Gedächtnis Paket« sind Sie in der Lage, alles Erdenkliche sicher und zuverlässig in kürzester Zeit abzuspeichern und jederzeit zuverlässig wieder abrufen zu können. Nach dem Hören und dem Durcharbeiten der Übungen merken Sie sich tatsächlich alles, was Sie wollen: angefangen von To-do-Listen über PIN-Codes, Kennzahlen und Fachtexte bis hin zu Namen und Gesichtern. Sie lernen, wie Sie Reden frei halten, sich Argumente für Verhandlungsgespräche bereitlegen, Gesprächsdetails behalten und sich Daten und Fakten zu wichtigen Personen merken. Die Geisselhart-Technik ist für jeden geistig gesunden Menschen in erfreulich kurzer Zeit erlernbar und lässt sich vor allem absolut praxisbezogen umsetzen und anwenden. Dabei ist es gleich, ob Sie 20 oder 80 Jahre alt sind, ob Sie »intelligent« sind oder weniger.

14 Tage gratis testen! Gleich anfordern auf www.kopferfolg.de

PC-Seminar »Kopf oder Zettel?«

Ihr Gedächtnis kann wesentlich mehr, als Sie denken!

Schon nach einer halben Stunde erleben Sie erste große Fortschritte. Garantiert! Denn: Ihr Gedächtnis kann wesentlich mehr, als Sie denken!

Beweisen können Sie sich dies selbst mit der neuesten CD-ROM von Oliver Geisselhart, dem Gedächtnistrainer des Jahres. Die CD-ROM entspricht einem Drei-Tages-Seminar! In kurzweiligen Lektionen von je ca. 15 Minuten entfalten Sie interaktiv und spielerisch Ihr volles Gedächtnispotenzial. (Laufzeit, wenn Sie alle Übungen machen, ca. 20 bis 25 Stunden!)

Inhalt: Namen sofort merken; Fachinfos und Vokabeln speichern; Reden frei halten; Terminkalender im Kopf; Konzentration und Fantasie steigern; Selbstbewusstsein erhöhen; geistig fit bleiben; leichter lernen; Alltagsprobleme meistern.

14 Tage gratis testen! Gleich anfordern auf www.kopferfolg.de

Buch »Kopf oder Zettel?«

Ihr Gedächtnis kann wesentlich mehr, als Sie denken!

Sie lernen schnell, einfach und spielerisch:

sich Namen und Gesichter sofort zu merken; Fachliteratur und Infos zu speichern; Reden bzw. Vorträge frei zu halten; Vokabeln und Fachbegriffe sicher abzuspeichern; Argumente und Einwandbehandlung immer parat zu haben; Zahlen und Daten mit Leichtigkeit zu behalten; Ihren Terminkalender im Kopf zu haben; sich die besten Witze zu merken; Ihre Konzentration zu verbessern; Ihre Kreativität zu steigern.

Mit der beiliegenden CD-ROM trainieren Sie in drei lernfreundlichen 15-Minuten-Einheiten interaktiv am PC und erleben Oliver Geisselhart in einem Kurzvortrag live. Zusätzlich erhalten Sie auf der CD zahlreiche Praxis-Features zum Ausdrucken.

Helmut Lange

Diplom-Pädagoge und Diplom-Sozialpädagoge Helmut Lange ist Seminarleiter und Trainer in den Bereichen Teamcoaching, Selbstmanagement und Gedächtnistraining in Deutschland und Österreich. Er hat einen Lehrauftrag an der Universität Nürnberg. Als Veranstalter von Gedächtnismeisterschaften und als Gedächtnistrainer zeigt er jedes Mal auf beeindruckende Weise, wie mit nur wenigen Stunden Training die Gedächtnisleistung sprunghaft ansteigt.

Nach einem Besuch seiner Infotainment-Seminare sind 200 bis 400 Prozent Steigerung der Gedächtnisleistung an der Tagesordnung. Dabei vermittelt er Lernmethoden, die schon seit Hunderten von Jahren existieren und erst jetzt wieder zu neuem Leben erweckt werden.

Top-Seminare zum Thema:

Lernen wie die Gedächtnisweltmeister

Seminar für Lehrer: Wie trainiere ich meine Schüler?

Effektiver Umgang mit der Informationsflut

Seminar für Firmen: Informationen schneller und dauerhafter abspeichern

Kontakt:

Helmut Lange
Bamberger Str. 17a
96049 Bamberg
0171 4588027
info@lange-partner-online.de
www.schluesselwortmethode.de

Oliver Geisselhart,
Deutschlands Gedächtnistrainer Nr. 1, laut ZDF

Dipl.-Betrw. Oliver Geisselhart ist einer der erfolgreichsten Topreferenten und Gedächtnistrainer in ganz Europa. Er war bereits 1983, mit 16 Jahren, Europas jüngster Gedächtnistrainer. Der mehrfache Bestsellerautor ist Top 100 Speaker und Lehrbeauftragter der Wirtschaftsuniversität Seekirchen bei Salzburg. Seine »Geisselhart-Technik des Gedächtnis- und Mentaltrainings« gilt unter Experten als die praxisorientierteste. Der »Gedächtnis-Papst« (TV HH1) versteht es, in unnachahmlicher Weise mit Witz, Charme und Esprit seine Zuhörer zu begeistern, zu motivieren und zu Gedächtnisbenutzern zu machen. Dies brachte ihm schon im Jahr 2000 den Titel »Gedächtnistrainer des Jahres« ein.

Aufgrund seiner hervorragenden Speaker-Leistungen wurde ihm bereits dreimal in Folge (2008, 2009 und 2010) der Oscar der Kongress- und Veranstaltungsbranche, der »Conga Award«, verliehen.

Bekannt durch ARD, ZDF, RTL, VOX, HR3, SWR1, Bild, Capital, FAZ, Freundin, Die Welt usw., wird Oliver Geisselhart weltweit von Firmen wie Bosch, IBM, DekaBank, BASF, Microsoft, Lufthansa, BMW u. v. a. m. für Mitarbeiter- und Kundenveranstaltungen gebucht. Dabei fasziniert er die Teilnehmer in nahezu comedyhafter Vortragsweise.

Stimmen zu Oliver Geisselhart

»Ihr Vortrag war der beste, den ich je erlebte.« Stefan Janoske, INPERSO GmbH.

»Ich habe gelacht und gelernt. Und das mit über 2000 anderen, Kompliment.«
Massimo Gallo, Zeppelin University.

»... waren unsere 200 Verkäufer von Ihnen, dem Vortragsinhalt und Ihrer motivierend-entertainigen Art begeistert.« Detlef Schmidt-Wilkens, Tecis-Finanzdienstleistungen AG

»... die Teilnehmeranzahl von 1100 Personen hat alle vorherigen Veranstaltungen um 30 Prozent übertroffen. Diese beeindruckende Steigerung hat sicher mit Ihrer Person und dem attraktiven Thema zu tun.« Michael Kaiser, Volksbank Backnang eG

Buchen Sie Oliver Geisselhart für Ihre:

- Tagungen
- Kongresse
- Incentives
- Vertriebsmeetings
- Jubiläen
- Kick-offs
- Produktschulungen/-präsentationen
- Vorstandsversammlungen
- Mitarbeiter-/Regionalmeetings
- Jahresabschlusstreffen
- Umstrukturierungsmaßnahmen
- Kundenseminare/-veranstaltungen

Sehr effektiv ist ein mitreißender Vortrag als »Eisbrecher« zu Beginn größerer Veranstaltungen, als »Espresso« nach der Mittagspause oder als Bindeglied zwischen der fachlichen Tagesveranstaltung und dem unterhaltsamen Abendprogramm.

Vorträge, Workshops und Seminare mit Oliver Geisselhart für Ihren Spitzenerfolg

- **Kopf oder Zettel?** – Ihr Gedächtnis kann wesentlich mehr, als Sie denken!
- **Souverän freie Reden halten** – Die Power der Memo-Rhetorik
- **So merke ich mir Namen und Gesichter** – Namen waren Schall und Rauch!
- **Gedächtnis-Power für Verkäufer** – Mehr verkaufen durch mentale Gedächtnistechniken
- **Verkaufserfolg beginnt im Kopf** – Gedächtnispower für Verkäufer

Risikofrei: Sie erhalten die TEAMGEISSELHART-Erfolgsgarantie. Das bedeutet für Sie: Sie bezahlen nur, was es Ihnen wirklich wert war. Sie können also nur gewinnen. Ob Sie nun Ihre Belegschaft, Kunden, Freunde oder Geschäftspartner weiterbilden und motivieren oder sich bei einer Veranstaltung vom Wettbewerb positiv abheben wollen – die Begeisterung Ihrer Teilnehmer ist Ihnen sicher.

Fordern Sie gern Ihr unverbindliches Angebot an:

TEAMGEISSELHART GmbH
Stolzestraße 15
44139 Dortmund
Tel.: 0231 952567-92
info@kopferfolg.de
www.kopferfolg.de

208 Seiten
Preis: 12,99 € (D) | 13,40 € (A)
ISBN 978-3-86882-258-8

Oliver Geisselhart
Helmut Lange
SCHIEB DAS SCHAF
Mit Wortbildern hundert und mehr Englischvokabeln pro Stunde lernen

1500 Vokabeln einfach, sicher, schnell, dauerhaft und mit Spaß einspeichern – das ist möglich mit der Keyword-Methode von Helmut Lange und Oliver Geisselhart.

Die Methode ist so einfach wie genial: Jede Englischvokabel ist gehirngerecht als Bild bzw. kleines Filmchen mit ihrer Übersetzung verknüpft. Durch einfaches Lesen und Sich-Vorstellen dieser meist sehr lustigen Szenen vor dem geistigen Auge werden die Vokabeln gelernt. So lassen sich spielerisch und völlig mühelos 100 bis 200 Vokabeln in nur einer Stunde lernen.

mvgverlag

208 Seiten
Preis: 12,99 € (D) | 13,40 € (A)
ISBN 978-3-86882-282-3

Oliver Geisselhart
Helmut Lange
LIEBE AM OHR
Mit Wortbildern hundert und mehr Spanischvokabeln pro Stunde lernen

Wer eine neue Sprache wie z. B. Spanisch lernt, kommt ums Vokabelnpauken nicht herum. Normalerweise. Anders bei der innovativen Keyword-Methode von Helmut Lange und Oliver Geisselhart. Die Methode ist so einfach wie genial: Jede Spanisch-Vokabel ist gehirngerecht als Bild bzw. kleines Filmchen mit ihrer Übersetzung verknüpft. Durch einfaches Lesen und Sich-Vorstellen dieser meist sehr lustigen Szenen vor dem inneren Auge werden die 1500 Vokabeln erlernt. So lassen sich spielerisch und völlig mühelos 100 bis 200 Vokabeln in nur einer Stunde erlernen und behalten. Also: Um die deutsche Bedeutung »Liebe« des spanischen Wortes »amor« leichter zu lernen, kann man sich zum Beispiel jemanden vorstellen, der einem anderen am Ohr knabbert und so »Liebe am Ohr« macht. Der gewünschte Effekt ist garantiert.

mvgverlag

Vera F. Birkenbihl
STROH IM KOPF?
Vom Gehirn-Besitzer zum Gehirn-Benutzer

Auch als **E-Book** erhältlich

336 Seiten
Preis: 8,99 € [D] | 9,30 € [A]
ISBN 978-3-86882-445-2

Vera F. Birkenbihl
STROH IM KOPF?
Vom Gehirn-Besitzer zum Gehirn-Benutzter

Egal, was wir lernen/lehren, ob Medizin, Jura oder Computersprache, wir können alles gehirngerecht machen, das heißt verständlich aufbereiten. Von der Gehirnforschung ausgehend, hat Vera F. Birkenbihl faszinierende methodische Ansätze entwickelt. In einzelnen Modulen stellt sie neue Techniken und Ideen vor, zum Beispiel wie sich neue Informationen gehirngerecht aufbereiten lassen. Denn: »Es gibt keine trockene Theorie – nur trockene Theoretiker!« Das Buch ist voller Experimente, praktischer Anregungen und neuer Techniken gemäß dem Motto: ausprobieren, umsetzen und vertiefen.

mvgverlag

Vera F. Birkenbihl

KOMMUNIKATIONS-TRAINING

Zwischenmenschliche
Beziehungen erfolgreich
gestalten

Auch als **E-Book** erhältlich

320 Seiten
Preis: 9,99 € (D) | 10,30 € (A)
ISBN 978-3-86882-446-9

Dieses Buch hilft jedem, durch die Anwendung der richtigen Kommunikationsregeln sich selbst und andere besser zu verstehen und so auch in schwierigen Situationen erfolgreich zu kommunizieren. Die Erfolgsautorin Vera F. Birkenbihl bietet alles, was man braucht, um die eigenen Inhalte möglichst überzeugend zu transportieren und gleichzeitig die Reaktionen seiner Mitmenschen besser zu interpretieren und so seine Menschenkenntnis zu verbessern. Mit zahlreichen einfachen Übungen, Experimenten und Spielen illustriert sie die theoretischen Ausführungen und macht uns Schritt für Schritt zu Kommunikationsprofis.

mvgverlag

Isabel García
ICH REDE.
Kommunikationsfallen
und wie man sie umgeht

160 Seiten
Preis: 16,95 € (D) | 17,50 € (A)
ISBN 978-3-86882-202-1

Kaum zu glauben, aber wahr: Wir überzeugen nur zu sieben Prozent durch das, was wir sagen, und zu stolzen 93 Prozent dadurch, wie wir etwas sagen. Doch nur die wenigsten Menschen sind von Natur aus gute und überzeugende Redner. Wer überzeugen will, muss sich die Grundlagen der Kommunikation aneignen. Isabel García, eine der versiertesten und gefragtesten Sprachspezialisten Deutschlands, erläutert genau diese Grundlagen Schritt für Schritt in ihrem Buch: ruhiges Reden und Atmen, tiefes und sachliches Sprechen, eine entspannte Körperhaltung und das Ausstrahlen von Souveränität. Auf der beiliegenden CD gibt sie außerdem konkrete Sprechbeispiele.

mvgverlag

Wenn Sie **Interesse** an **unseren Büchern** haben,

z. B. als Geschenk für Ihre Kundenbindungsprojekte, fordern Sie unsere attraktiven Sonderkonditionen an.

Weitere Informationen erhalten Sie von unserem Vertriebsteam unter +49 89 651285-154

oder schreiben Sie uns per E-Mail an:

vertrieb@mvg-verlag.de

mvgverlag